FSC
www.fsc.org
MIX
Papier aus verantwortungsvollen Quellen
Paper from responsible sources
FSC® C105338

Maren Sobottka

Perfekt bin ich heute

Roman

Einen schönen
Lesetage wünscht
Ihnen

Impressum

Bibliografische Information der Deutschen Nationalbibliothek:
Die Deutsche Nationalbibliothek verzeichnet diese Publikation in der Deutschen Nationalbibliografie; detaillierte bibliografische Daten sind im Internet über http://dnb.dnb.de abrufbar.

Covergestaltung: Désirée Riechert
Bildnachweise: Adobe Stock:
Daniel Berkmann #130947408
Volha Hlinskaya #556980214 #479747858 #507992233
Herstellung und Verlag: BoD – Books on Demand, Norderstedt

ISBN: 978-3-7597-0540 2

1. Kapitel

Rasch linse ich noch in das Zimmer meiner Chefin, die noch immer im Gespräch mit dem SEO-Manager ist; ziehe meine Jacke an und beeile mich, aus dem Gebäude zu kommen. Ich muss Emil vom Kindergarten abholen und bin sowieso schon wieder spät dran. Wie fast jeden Tag. Aber es ist immer das Gleiche: Bitte, Lara, erledige noch schnell dies oder jenes. Ist doch nur eine Minute. Also erledige ich es schnell, brauche natürlich nicht nur eine Minute, sondern fünf und bin prompt schon wieder im Stress. Also habe ich es mir angewöhnt, mich wegzuschleichen, wenn meine Chefin Meike entweder nicht in ihrem Büro, am Telefon oder wie gerade eben in einem Gespräch ist. Gehetzt verlasse ich das Gebäude, in dem sich im 3. Stock der Verwaltungstrakt der Webagentur befindet, bei der ich als Assistentin arbeite.

Puh, geschafft. Im Laufschritt komme ich am Kindergarten an. Natürlich sitzt Emil mal wieder als letztes Kind in der Garderobe. Alle anderen sind schon abgeholt worden. Nadja, Emils Erzieherin, wartet gemeinsam mit ihm.

Sie mag mich, deshalb tut sie sich schwer, mich zu rüffeln, aber ich sehe ihr ihren Ärger an. Schließlich hat sie Feierabend, der sich nur wegen mir jetzt verzögert. Ich habe ein schlechtes Gewissen, auch wenn ich genau genommen gar nicht schuld bin.

Emil rennt mir freudig entgegen, als er mich sieht und wirft sich enthusiastisch in meine Arme. Ich drücke und herze ihn bis mir auffällt, dass Nadja ungeduldig neben

uns steht und wartet, dass wir endlich gehen und den Kindergarten verlassen.
„Lara“, mahnt sie mich dann doch, „bitte bemühe dich, in Zukunft pünktlich zu sein. Ich weiß, dass du allein und berufstätig bist, aber trotzdem musst du Emil zu den Schließzeiten pünktlich abholen. Es geht nicht, dass du ständig zu spät kommst.“
Ich nicke schuldbewusst. „Tut mir leid“, entschuldige ich mich. „Ich bemühe mich wirklich.“
Nadja nickt, und ich wende mich erleichtert der Tür zu. Das zweite Mal heute, dass ich mich freue irgendwo wegzukommen. Nadja hat gut reden. Sie geht jetzt zu ihrem Freund nach Hause und streamt dann irgendwelche Serien, um sich von ihrem anstrengenden Tag zu entspannen. Ich hingegen koche erst mal für Emil das Abendessen, versuche dieses dann in ihn reinzuzwängen, bevor ich dann gefühlte zwei Stunden Geschichten vorlese, die ich schon so oft gelesen habe, dass ich sie schon auswendig kann. Wenn Emil dann endlich schläft, esse ich selbst etwas, räume auf, schalte den Fernseher ein und bekomme noch nicht mal mehr mit, was läuft, da ich vorher schon eingeschlafen bin. Toller Abend! Und am nächsten Tag geht alles wieder von vorne los. Ich könnte jeden Tag heulen.
Aber es hilft ja nichts. Also reiße ich mich zusammen, nehme Emil an die Hand, und gemeinsam versuchen wir dann, den kurzen Weg zu unserer Wohnung zu meistern, ohne uns von den vielen interessanten Vorkommnissen auf dem Heimweg ablenken zu lassen. Das kann ein rotes Auto sein oder ein Hund, der seinen Haufen mitten auf dem Fußweg platziert, während sein Halter unbeteiligt in die andere Richtung schaut.

Emil ist gerade in dem Alter, wo einfach alles seine Aufmerksamkeit erregt, sodass ein fünfminütiger Fußmarsch sich auch gerne auf eine halbe Stunde streckt – wenn wir schnell sind. Diesmal dauert es fast 45 Minuten, und ich bin so ausgelaugt vom Geduldigsein, dass ich das Gefühl habe, platzen zu müssen. Doch endlich sind wir da.

Die Haustür zu unserem Wohnhaus steht offen, und zwei Männer versuchen einen Schrank die schmale Treppe hochzutragen. Das gelingt ihnen mehr schlecht als recht, sodass ich jetzt auch noch in meinem eigenen Treppenhaus im Stau stehe. Ganz ehrlich? Ich bin maximal genervt. Einer der Männer lächelt mich entschuldigend an, als sie den Schrank absetzen, weil der andere sich den Schweiß von der Stirn wischen muss. Dabei ist es kalt im Treppenhaus; schließlich steht die Tür offen und wir haben Winter.

Doch auch ein Lächeln kann meine Laune nicht heben. Ich bin müde, mir ist kalt und ich habe noch zwei Stunden vor mir, bevor ich vor dem Fernseher einschlafen darf. Deswegen lächle ich auch nicht zurück, sondern schaue nur finster.

Endlich geht es weiter. Der Schrank wird in die Wohnung neben uns bugsiert, und Emil und ich klemmen dementsprechend so lange dahinter. Immerhin findet er es interessant, so muss ich wenigstens nicht auch noch sein Gequengel ertragen.

Endlich ist der Weg frei. Doch gerade, als ich die Wohnungstür aufschließen möchte, höre ich hinter mir eine Stimme: „Hallo, ich bin Ben. Ich denke, wir sind jetzt Nachbarn.“

Mir ist nicht nach Freundlichkeit, dazu fehlt mir jegliche Energie, also knurre ich nur: „Lara."
Der neue Nachbar schaut etwas pikiert. Er hält mich wohl für sehr unhöflich, wendet sich aber nach einem Blick in mein Gesicht schulterzuckend von mir ab und murmelt etwas, das sich anhört wie: „Ist heute wohl nicht dein Tag."
Nein, ist es tatsächlich nicht. Und das schon seit drei Monaten. So lange ist nämlich der Vater von Emil schon in Australien und hat mich mit dem ganzen Alltag alleingelassen. Er braucht mal eine Auszeit von dem ganzen Familienkram, war seine Begründung. Dabei waren wir ja gar keine richtige Familie. Wir haben zwar zusammengewohnt, und ab und zu hat er mich auch mal entlastet, aber meistens war ich trotzdem mit dem Kinder-Alltagsleben allein. Und das war ihm zu viel? Typisch Mann. Und der neue Nachbar tickt wohl auch so. Soll er doch mal ein Kind allein großziehen und nebenbei arbeiten. Dann weiß er, was das bedeutet und grinst nicht blöd, wenn er die Treppe blockiert.
Meine Nerven liegen blank. Ich schmeiße meine Tasche auf den Stuhl neben der Kommode, auf dem schon einige Jacken, Pullis, Mützen und Schals liegen, weshalb die Tasche recht unsicher oben drauf thront. Aber das Konstrukt hält, und ich beginne, Emil aus seinen dicken Winterklamotten zu schälen, die dann aus Mangel an Möglichkeiten unter dem Stuhl landen.
Kaum ist Emil ausgezogen, fängt er an, Flugzeug zu spielen und rennt brummend in der Wohnung herum. Zuerst will ich ihn sofort stoppen, da die alte Dame, die in der Wohnung unter uns wohnt, sich schon öfter über das laute Trappeln aus unserer Wohnung beschwert hat

und ich weiterem Ärger aus dem Weg gehen will. Aber dann bin ich einfach zu müde. Ich ziehe auch meine Jacke aus, schlüpfe in meine warmen, kuscheligen Hausschuhe und mache mich auf den Weg in die Küche. Dort habe ich gerade begonnen, die Töpfe auf den Ofen zu stellen und das Gemüse zu schnippeln, als ich höre, wie Frau Marquart mit ihrem Stock entrüstet an die Decke klopft.

„Emil", rufe ich. „Ich brauche deine Hilfe. Du weißt doch, ich tue mich mit dem Karotten schneiden so schwer." Sofort eilt mein Sohn herbei und macht sich mit Expertenmiene daran, die Karotten in kleine Rädchen zu schneiden. Na ja, also gut, in große und viel zu breite Rädchen, so dass ich sie nochmals in der Mitte durchschneide, bevor ich anfange, sie im Topf zu dünsten. Das ist Mehrarbeit für mich, aber wenigstens ist Emil beschäftigt und trampelt Frau Marquart nicht mehr auf dem Kopf herum.

Das Essen ist fertig und Emil kann endlich essen. Das kann er schon ganz gut alleine, solange ich nur daneben sitze, zuschaue und gegebenenfalls eingreife. Deswegen esse ich meistens auch erst später, oft auch nur die Reste von Emil. Mama-Resteessen, nennt er es gerne. Oder wahrscheinlich meint er: Mama, Reste essen!

Nach dem Abendessen gehen wir ins Bad. Auch hier spulen wir das übliche Programm ab: „Brumm, Turbo, Zahnbürste kommt! Und, Mund auf! Sehr gut! Nein, Emil, nicht beißen. Noch mal, brumm, Mund auf!" Ich bin sicher, dass eine Minute Zähne putzen reicht. Von vielen Experten werden zwei Minuten empfohlen, aber das ist mit Sicherheit übertrieben. Oder die Experten

haben einfach keine Kinder. Sonst wäre ihnen klar, dass zwei Minuten gefühlt zehn Minuten sind und am Abend die Kraft dafür einfach nicht mehr reicht.
Am Ende sieht Emil in seinem Frosch-Schlafanzug einfach herzallerliebst und wie ein sauberes, glückliches, gut eingecremtes Kind aus. Jedes Mal, wenn er so im Bett liegt, quillt mir das Herz vor lauter Liebe über, und wenn ich nicht so schrecklich müde wäre, würde ich das mit Sicherheit auch genießen. Aber so schnappe ich mir nur sein aktuelles, kleines Lieblingsbuch über Ritter, und gemeinsam tauchen wir noch in ihre Welt ein, bis mein kleiner Frosch-Ritter endlich schläft und leise Schnarchlaute von sich gibt.
Me-Time! Na ja, fast. Nach dem Mama-Resteessen räume ich noch die Küche auf, die noch chaotischer aussieht, wenn Emil mir beim Kochen geholfen hat, und lasse mich dann aufs Sofa fallen. Fernseher an und Augen zu! Herrlich so ein Feierabend!
Am nächsten Morgen sind wir wie üblich spät dran. Schimpfend bugsiere ich Emil aus dem Haus, dränge ihn ungeduldig Richtung Kindergarten und bin froh, dass Nadja ihn sofort am Eingang entgegennimmt. Dann trabe ich Richtung Heidelberger Weststadt ins Büro.
Meike ist noch nicht da oder holt sich gerade selbst ihren Kaffee, da sie mich noch nicht schicken konnte. Im Eiltempo ist mein Rechner an, die Jacke über der Stuhllehne und die Tasche unter dem Tisch (die ich heute Morgen erst mal wieder einräumen musste, da sie doch von dem wackeligen Kleiderstapel gefallen war. Immer wieder interessant, was man dann in einer Tasche so alles findet). Als Meike mit ihrer dampfenden Tasse Kaffee ins Büro kommt, sitze ich schon völlig

vertieft über meiner Arbeit – jedenfalls soll es den Anschein wecken.
„Guten Morgen, liebe Lara“, trällert sie. „War es heute Morgen mit Emil wieder schwierig?“
Meike ist keine blöde Chefin. Sie ist an ihren Mitarbeitern interessiert und nimmt auch ihre persönlichen Probleme echt ernst. Trotzdem meine ich immer wieder, einen lauernden Unterton herauszuhören, der mir sagt: Na ja, selbst schuld, Lara. Du solltest vielleicht einfach strenger mit Emil sein, ihn früher ins Bett schicken, seine Sachen schon abends zurechtlegen oder tun, was auch immer am Folgetag die Lösung des Zeitproblems werden könnte.
Ich gebe ihr grundsätzlich ja recht. Das Blöde ist nur, dass ich nie so genau weiß, was wohl an diesem Morgen das Trödelproblem werden wird. Deswegen ist es aussichtslos, alle Möglichkeiten zu bedenken und im Vornhinein auszuschließen. Heute zum Beispiel war es Mister Petz, sein Kuschelbär, der unbedingt noch schlafen gelegt werden musste, bevor Emil in den Kindergarten gehen konnte. An anderen Tagen kann Mister Petz kopfüber an der Heizung hängen und Emil schert sich nicht darum. Dafür muss ich mit ihm diskutieren, warum ich die Marmelade in den Kühlschrank stelle, da sie dort ja frieren könnte.
„Guten Morgen, Meike“, antworte ich und lächele breit. „Die Kostenauswertung ist gleich fertig. Ich bringe sie dir in einer halben Stunde.“
Besser gleich auf die Arbeit eingehen, das klappt bei Meike meistens. Einen weiteren Erziehungsdisput mit einer kinderlosen Karrierefrau ertrage ich heute nicht.

„Ah, sehr gut.“ Sie nickt wohlwollend und verschwindet in ihrem Büro. Ich habe ein klassisches Vorzimmerbüro, also ein Durchgangszimmer. Wenn Meike in ihr Büro will, muss sie immer meins durchqueren. Das kann, gelinde gesagt, an einigen Tagen ein echter Stressauslöser werden.
Bevor ich mich weiter über die Auswertung mache, hole ich mir auch erst mal einen Kaffee. An der Kaffeemaschine treffe ich meine Lieblingskollegin Sanne aus der Buchhaltung. Sanne für alles Kaufmännische in unserer Agentur zuständig ist. Wir haben schon öfter den einen oder anderen Chefinnen-Bashing-Abend über einer Flasche Bier verbracht. Ich finde, kein Chef auf dieser Welt darf so fehlerlos sein, dass man nicht ab und zu noch über ihn lästern kann. Ich meine, was fördert sonst den Kollegenzusammenhalt?
„Oh weh, Lara. Deine Augenringe sind noch stärker geworden“, begrüßt sie mich. Dann merkt sie, dass das vielleicht etwas unhöflich war und fügt schnell noch an: „Steht dir aber. War dieser Heroin-Chic nicht mal in?“
Ich überlege, ob sie es nicht besser nur bei der ersten Bemerkung gelassen hätte. Aber so ist Sanne nun mal, redet frei von der Leber weg. Das kann auch sehr erfrischend sein. Jedenfalls muss man bei ihr nie Angst haben, belogen zu werden.
Ich lächle also und erwidere: „Das Wochenende naht und dann kann ich ein bisschen ausschlafen, sofern Emil mich lässt. Zumindest kann ich beim Kuscheln noch ein bisschen dösen.“
„Immer positiv bleiben, so ist es richtig. Das sage ich mir bei dieser Plörre täglich.“ Trübselig schaut sie in ihre

Kaffeetasse. Ich lache und gebe lieber nicht zu, dass ich den Agenturkaffee eigentlich ganz gerne mag.
„Was hast du denn am Wochenende vor?“, frage ich sie ablenkend.
„Ach“, meint sie trübselig. „Rudi möchte zu dieser unsäglichen Ausstellung im Kurpfälzischen Museum.“ Sie verdreht die Augen. „Da muss ich wieder so tun, als würde ich mich genauso für Kunst begeistern wie er. Dabei würde ich lieber auf dem Sofa sitzen und alberne Serien streamen.“
Bis heute ist mir nicht ganz klar, was Sanne und Rudi aneinanderbindet. Während Rudi ein wahrer Schöngeist mit Einstecktuch ist, ist Sanne nicht nur geerdet, sondern künstlerisch auch völlig ungebildet. Aber wie sagt man so schön: Wo die Liebe hinfällt!
Wenig später maile ich Meike ihre Auswertung und sehe die heutige Post durch. Viel Werbung, ein paar Rechnungen und einige Briefe. Die Briefe lege ich Meike hin, die Rechnungen bringe ich Sanne und dann recherchiere ich weiter für unsere große Party im Sommer. Meike möchte etwas ganz Besonderes. Das bedeutet viel Arbeit, und ich überlege jetzt schon, wo ich in der Zeit mit Emil hinsoll.
Ich brauche dringend ein Mütternetzwerk, denke ich. Andere Mütter haben vielleicht auch keinen helfenden Partner, aber ein paar unterstützende Freundinnen oder wenigstens die eigene Mutter, die gern eine Oma ist. Leider ist meine Mutter in dieser Hinsicht völlig unbrauchbar, denn sie ist so schrecklich elitär, dass sie sich in der Zeit, die Emil bei ihr verbringt mehr Sorgen, um ihre weiße Couch macht, als um Emil. Deswegen möchte Emil nicht mehr zu ihr. Er findet die Ecke, in der

er immer sitzen muss, mittlerweile zu langweilig. Meine Mutter nennt ihn deswegen verzogen, denn natürlich ist den Kindern meines Bruders in der in ihnen zugedachten Ecke nie langweilig.

Das kann aber auch durchaus daran liegen, dass sie es nicht anders kennen, denn meine Schwägerin tickt ähnlich wie meine Mutter. In ihrem Haus gibt es sogar klar abgesteckte Kinderzonen, fehlt nur noch, dass sie gelbe Streifen am Boden anbringt, damit die Kinder ihre Laufwege ganz genau erkennen können. Na ja, sie erkennen sie auch ungesagt. Das stelle ich jedenfalls immer wieder fest, wenn ich mit Emil dort bin – der sich übrigens nicht um die unmarkierten Kinderwege kümmert. Ich finde das in Ordnung, schließlich ist er erst fast 4. Doch für meine Schwägerin ist das eine mittelschwere Katastrophe. Ich frage mich manchmal, wie sie bei einer echten Katastrophe reagieren würde, also zum Beispiel einen Morgen bei uns erleben müsste. Ich vermute, sie wäre danach ein Fall für die Psychiatrie.

Nach der Arbeit sprinte ich wie gewohnt in den Kindergarten – und, oh Wunder, ich schaffe es sogar rechtzeitig. Deswegen bin ich eigentlich auch ganz gut gelaunt, als ich unseren Hausflur betrete. Doch kaum stehe ich vor meiner Haustür, der Schlüssel ist noch nicht im Schloss, kommt mein neuer Nachbar Ben aus seiner Wohnung gegenüber und grüßt mich so überschwänglich, dass ich fast versucht bin, anzunehmen, er freue sich, mich zu sehen, was eigentlich gar nicht sein kann, nachdem ich gestern so unfreundlich zu ihm war. Ich merke schnell, dass meine Annahme richtig ist, denn er beachtet mich gar nicht weiter, sondern geht vor Emil in die Hocke und erzählt irgendwas von

einer Emma – wer auch immer das ist. Und die Frage ist, warum Emil das interessieren sollte. Schließlich bequemt er sich, auch mich zu bemerken. „Hi." Er grinst schon wieder so blöd, dabei ist gar kein Schrank in der Nähe, der das Treppenhaus blockiert.
„Auch Hi", antworte ich, bemüht ein bisschen freundlicher zu sein als gestern. Er grinst mich an und ich schaue neutral zurück. Mir liegt die Frage auf der Zunge, wer Emma sei, doch ich möchte das Gespräch nicht unnötig verlängern.
„Okay, also dann", sagt er und schaut mich zum Abschied merkwürdig an. Wahrscheinlich fragt er sich, ob ich ständig schlechte Laune habe. Vielleicht denkt er auch, kein Wunder, dass sie immer so unfreundlich ist, so wie die aussieht.
Meine Haare sind strähnig, mein Gesicht ist blass und ungeschminkt, die Schatten unter den Augen sind tief, und mein Bauch ist schwabbelig. Na gut, das konnte er in meinen Winterklamotten vielleicht nicht erkennen, aber dass ich nicht gerade eine Gazelle bin, muss er schon bemerkt haben. So blind kann kein Mann sein. Kurz: Ich bin keine Schönheit und obendrein gestresste Mutter eines Dreijährigen. Und da wundert er sich, dass ich schlechte Laune habe? Obwohl – vielleicht wundert es ihn ja gar nicht.
Emil ist ganz angetan und kräht, während ich ihm seine Jacke ausziehe: „Ben ist nett."
„Ja, das ist er", nicke ich.
„Er schaut wie du, wenn ich der Trödel-Emil bin."
„Also genervt?" schlage ich vor.
Emil kichert und ist sich sicher mit seiner Aussage. „Du tust nur genervt."

Wie gut, dass mein Sohn seine eigenen Interpretationen hat. Es könnte seiner unschuldigen, kindlichen Seele schaden, wenn er den Grad meiner Genervtheit wirklich erfassen würde.
„Okay", sage ich und spiele strenge Mutter. „Jetzt gibt es ein bisschen Gurke und Käse und dann ist Bettzeit."
Ich greife spielerisch nach ihm, bekomme ihn zu fassen und drehe mich mit ihm im Kreis. Mein Sohn juchzt vor Vergnügen. Dennoch versuche ich, ihn nicht zu sehr aufzuputschen. Spaß muss sein, aber die Schlafenszeit darf nicht darunter leiden.
Tatsächlich schaffe ich es. Eine Stunde später liegt er als glücklicher, eingecremter Frosch im Bett. Ich liebe ihn so sehr, dass ich fast versucht bin, ihn noch mal aus dem Bett zu heben und zu drücken. Doch ihm fallen schon die Augen zu, und ich möchte kein Risiko eingehen. Meine verschlafenen Sofaabende sind mir einfach zu wertvoll.
Am nächsten Morgen erwartet mich im Kindergarten eine Begegnung, mit der ich nicht gerechnet hätte. Denn kaum betrete ich mit Emil an der Hand die Garderobe, fällt mein Blick auf einen großen, gutaussehenden Mann, der aussieht wie mein neuer Nachbar. Und der – wie sich nach zwei Sekunden herausstellt – mein neuer Nachbar ist.
„Was machst du hier?", platze ich auch gleich unhöflich heraus, denn ganz ehrlich: Ich fühle mich gestalkt!
Ben schaut irritiert, ganz so, als hätte er jedes Recht hier zu sein, was er auch hat, wie sich bei seiner Antwort herausstellt. „Ich habe Emma in den Kindergarten gebracht."

Okay, wer ist Emma? Das habe ich mich schon gestern gefragt, aber jetzt scheint die Antwort essenziell zu sein. Er scheint meinen fragenden Blick zu spüren, denn er antwortet: „Meine Tochter. Ich habe sie in diesem Kindergarten angemeldet."
Das erklärt so einiges. Unter anderem, warum es Emil interessieren könnte, wer Emma ist. Doch das bedeutet auch, dass es eine große Emma gibt. Ein bisschen enttäuscht bin ich schon. Ich hätte gerne einen Nachbar gehabt, der Single ist. Das hätte vielleicht ein bisschen Spannung in mein Leben gebracht.
Ich schäle Emil aus seiner Jacke, ziehe ihm seine Kindergartenhausschuhe an und übergebe ihn Nadja. Dann sehe ich auf die Uhr und stelle fest, dass ich zum ersten Mal seit Wochen nicht zur Arbeit hetzen muss.
Ben und ich gehen gemeinsam aus der Tür. Es gibt ein kurzes Gerangel, doch dann lässt Ben mir ganz Gentleman den Vortritt und deshalb werde ich als erste nass, denn es regnet wie aus Kübeln. Gemeinsam stehen wir unter dem Vordach und scheinen nicht zu wissen, ob wir lieber nass werden oder die Nähe des anderen ertragen wollen.
„Wo musst du hin?", bricht Ben das Schweigen.
„In die Weststadt. Dort arbeite ich. Es sind eigentlich nur 15 Minuten zu Fuß, aber bei dem Wetter und ohne Schirm ..." Ich zucke die Achseln. „Da warte ich den Wolkenbruch lieber ab." Ich lächle ihn aufmunternd an. So nach dem Motto: Du kannst gerne gehen. Ich komme klar.
Doch Ben lässt sich nicht irritieren. „Ich bin mit dem Auto da. Ich fahre dich."

Das ist kein Angebot. Das ist eine Feststellung. Und ich mag es nicht, wenn man einfach so über mich bestimmt. Ich will schon hochmütig ablehnen als mir Meike und meine Termine einfallen. Was soll's?, denke ich. So ein Fahrdienst ist allemal besser als Meikes stumme Vorwürfe.
„Okay", gebe ich mich deshalb gnädig. „Wo steht dein Auto denn?"
„Ich fahre vor. Bleibe nur hier stehen."
Was für ein Service! Einfach nur stehen bleiben, klingt himmlisch.
Wenig später fährt Ben vor. Na gut, es ist keine Luxuslimousine, eher ein Mittelklassewagen mit einem verranzten Kindersitz auf der Rückbank, aber dennoch besser, als im Regen durch die Stadt zu laufen.
„Vielen Dank", sage ich, als wir keine fünf Minuten später vor der Agentur stehen.
„Gern geschehen, Nachbarin!", antwortet Ben mit seinem blöden Grinsen und fährt weiter, kaum dass ich ausgestiegen bin. Fast komme ich mir vor wie in einem 50er-Jahre-Film, wo der Hauptdarstellerin das nasse Regenwasser an den Mantel spritzt, als der Mann mit quietschenden Reifen davonfährt. Die Geschichte hinkt nicht nur deshalb, weil ich keinen Mantel trage.
„Du bist ja gar nicht nass", stellt Sanne auch gleich bei unserem obligatorischen Morgenkaffee fest.
„Ich hatte einen Schirm", teile ich ihr gleich mit Verschwörermiene mit.
„Echt jetzt?", fragt sie. Ganz so, als wäre es ganz und gar ungewöhnlich, einen Schirm zu besitzen. „Für mich sah es eher so aus, als wärst du aus einem Auto gestiegen,

in dem ein gutaussehender Kerl saß. Hast du mir irgendwas zu beichten, Lara?“
Ich lache. „Es ist nicht, was du denkst“, wiegele ich ab. „Die Tochter von meinem Nachbar ist in derselben Kita wie Emil, und er hat mir angeboten, mich zu fahren.“
„Ach so“, meint Sanne enttäuscht. „Und ich dachte schon, da wäre eine handfeste Romanze im Anmarsch.“
„Tut mir leid, dich enttäuschen zu müssen.“ Ich nehme meinen Kaffee und gehe zu meinem Schreibtisch zurück. Dabei frage ich mich, ob ich nicht wirklich enttäuscht bin. Fragt sich nur, warum. Ich bin nicht auf der Suche nach einem Mann. Ich warte auf Jens, den Vater von Emil. Auch wenn ich mich geärgert habe, dass er einfach so nach Australien abgedüst ist, ist er dennoch mein Freund. Und wer weiß, vielleicht wird alles besser zwischen uns, wenn er erst wieder da ist. Vielleicht hat er in Australien gelernt, was Verantwortung heißt und ist auch bereit, diese zu übernehmen. Außerdem liebe ich ihn. Wir sind immerhin seit sechs Jahren zusammen und haben ein Kind. Das bedeutet etwas. Das bedeutet viel. Und ganz abgesehen davon ist Ben gar nicht mein Typ.
Resolut stelle ich die Kaffeetasse auf dem Schreibtisch ab, hangele nach dem Stapel wichtiger Unterlagen und gebe die Daten in das Programm ein, damit ich sie später in meiner Präsentation verarbeiten kann.
Obwohl ich mich bemühe, konzentriert zu arbeiten, schweifen meine Gedanken ungewollt immer wieder zu Ben und seinem Grinsen. Das ärgert mich und stört mich in meiner Seelenruhe. Ich beschließe, heute Abend Jens anzurufen. Er mag es zwar nicht besonders,

wenn ich anrufe, aber heute brauche ich eine Portion Jens, um meine Gedanken wieder klar zu bekommen.
Ich begegne Ben nicht, als ich Emil aus der Kita abhole. Emil erzählt munter und mit der unschuldigen Ahnungslosigkeit eines Dreijährigen, dass eine Frau dagewesen wäre und Emma abgeholt hat. Aha, denke ich. Die große Emma.
„Wie sah sie denn aus?“, frage ich Emil möglichst unbeteiligt.
„Sie hatte einen gelben Regenmantel an“, meint er. Natürlich versteht er die Frage nicht.
Zu Hause angekommen versuche ich herauszufinden, was essenstechnisch heute bei Emil Anklang fände, denn eine Runde „Bäh. Spuck. Kotz. Mag ich nicht“ ertrage ich heute nicht. Doch Emil gibt sich unkompliziert und isst anstandslos das in mundgerechte Portionen zerteilte Käsebrot und die Gurkenscheiben. Vielleicht habe ich aber auch einfach nur Glück gehabt und seinen heutigen Geschmack getroffen.
Ich überlege, ob ich nicht nebenan klingeln und mich auch der großen Emma vorstellen soll. Dann wäre das Gedankengespenst Ben mit Sicherheit auch gebannt. Doch ich rufe dann doch Jens an, nachdem ich meinen kleinen Frosch-Ritter ins Bett gebracht habe. Wie ich es geahnt habe, klingt er alles andere als begeistert.
„Du, Lara, es ist gerade echt schlecht“, sagt er dann auch anstelle einer Begrüßung. „Wir sind gerade dabei, die Schafe ins andere Gehege zu treiben.“
Jens macht in Australien eine Work- and Travel-Tour, deshalb ist er ständig mit anderen Arbeiten betraut. Neulich hat er noch in einem Straßencafé in Melbourne

bedient. Jetzt, ein paar Tage später, ist er anscheinend auf einer Schaffarm im Outback gelandet.
„Wann passt es denn besser?“, frage ich munter und versuche mir meinen Ärger und meine Enttäuschung über seine mangelnde Begeisterung nicht anmerken zu lassen.
„Ich melde mich, wenn es passt“, weicht er aus und lacht dann plötzlich. Im Hintergrund höre ich eine Frauenstimme. *„It's my mother“*, höre ich ihn rufen und versteife mich sofort. Seine Mutter? Sag mal, geht's noch? Höchstens die Mutter seines Sohnes.
„Was ist da los, Jens?“, frage ich und versuche erst gar nicht, die Gereiztheit in meiner Stimme zu unterdrücken.
„Das war Lauren, meine Chefin. Der kann ich ja schlecht sagen, dass ich mit meiner Freundin telefoniere."
„Warum nicht?“
„Nun, das ist privat, oder? Und ich bin bei der Arbeit.“
Ach, und die Mutter ist nicht privat? Mir platzt fast der Kragen.
„Und? Ist diese Lauren jung und hübsch?“, kann ich mir dann doch nicht verkneifen, spitz zu fragen.
Jens stöhnt. „Lara, was soll das? Warum bist du nur so eifersüchtig?“
Ja, warum wohl, denke ich. Vielleicht weil du lieber in Australien bist als bei mir.
„Willst du gar nicht wissen, wie es Emil geht?“, wechsele ich schließlich das Thema.
„Mit Sicherheit gut, sonst hättest du es mir bestimmt schon gesagt.“ Ich höre die Ungeduld in seiner Stimme.

„Irgendwie habe ich das Gefühl, wir sind dir total egal“, jammere ich und hasse mich selbst dafür. „Vermisst du uns denn gar nicht?“
„Natürlich vermisse ich euch“, beeilt sich Jens, mir zu versichern, aber es klingt für mich nicht ehrlich. „Ich jetzt muss jetzt echt weiterarbeiten. Also, Lara, bis bald.“
Er hat aufgelegt, bevor ich überhaupt noch was sagen konnte. Ich sitze da, das Telefon in der Hand und schaue blicklos die Wand an. Ich weiß nicht mehr, was ich denken und fühlen soll. Irgendwie beschleicht mich das Gefühl, dass Jens ein emotionsloses Arschloch ist. Aber vielleicht tue ich ihm auch unrecht und er hat wirklich viel zu tun. Aber, du meine Güte, wer hat das nicht?
Völlig frustriert gehe ich ins Bett und brauche trotz aller Müdigkeit eine ganze Weile bis ich endlich eingeschlafen bin. Dabei verfolgen mich Jens und seine Chefin Lauren bis in meine Träume.

2. Kapitel

Das erste Mal höre ich von Corona im Radio, als ich Emil gerade das Vesper für den Kindergarten richte. Ein neuartiges Virus aus China ist in Deutschland angekommen. Brandgefährlich und sehr ansteckend, möglichweise tödlich. Ich höre die Nachrichten und versuche, damit so umzugehen, wie ich mit Nachrichten, sehr zum Leidwesen meines intellektuellen Bruders, immer umgehe: Ich denke einfach, das betrifft mich nicht. Das bekommen die (wer auch immer) schon in den Griff. Heutzutage erfährt man einfach alles. Kein Grund, sich deswegen Sorgen zu machen. Bisher sind nur wenige Menschen infiziert. Bevor es bei mir ankommt, haben die (wer auch immer) ein Gegenmittel gefunden oder es hat sich herausgestellt, dass es sowieso harmlos ist. Wie auch immer. Es braucht nicht meine Sorge zu sein.
Das ist meine übliche Taktik mit Informationen umzugehen, die ich nicht einschätzen kann.
Ich überlege viel lieber, was Emil wohl heute essen mag, ob es wohl regnen wird oder was ich meiner besten Freundin Katja zum Geburtstag schenken soll, und wann ich wohl die Große-Emma kennenlerne? So viele wichtige Gedanken. Wer hat da schon Zeit für Corona?
Ein mulmiges Gefühl bleibt trotzdem.
Im Kindergarten ist Corona kein Thema. Viel wichtiger ist, dass Nico, der verwöhnte Sohn der Helikoptermutter Tanja Wiedenbach, ihres Zeichens geschiedene Notarsgattin, seinen Geburtstag nicht angemessen feiern konnte. Jedes Kind darf zu seiner Geburtstagsparty im Kindergarten nur zehn andere Kinder einladen,

und Nico hat selbstredend viel mehr Freunde, und deshalb kam er extrem in die Bredouille. Um ehrlich zu sein, hätte ich gern die Probleme anderer Leute. Manchmal erscheint mir das wie das Paradies.
Doch Tanja ist da eindeutig anderer Ansicht, denn kaum sieht sie mich, stürzt sie sich auch schon auf mich und erzählt mir ihre Version der Geschichte von dem verkorksten Geburtstag ihres Sohnes, der das kaum verkraftet, da er ja so sensibel ist. Er kann seine Sensibilität nur nicht so zeigen, versichert sie mir, als sie meinen skeptischen Blick sieht.
Ich denke, sie macht sich was vor. Nico ist das egoistischste, unsensibelste Balg, das mir je untergekommen ist. Kein Wunder bei der Mutter. Sie sind beide nur schwer zu ertragen.
Dennoch höre ich mir ihren Sermon noch weitere fünf Minuten an, bevor Ben mit Emma den Kindergarten betritt und sofort Tanjas Aufmerksamkeit auf sich zieht. Ich bin abgemeldet und nutze die Gelegenheit auch gleich, um mich zu verdünnisieren.
Tanjas flötende Stimme begleitet mich noch, während ich den Kindergarten verlasse. Dann schließt sich die Tür, und es herrscht Ruhe. Die blasse Märzsonne scheint durch die graue Wolkendecke, und unvorbereitet keimen plötzlich Frühlingsgefühle in mir. Die Welt ist einfach doch ein wunderbarer Ort, denke ich und halte mein Gesicht der Sonne entgegen. Das kaum sichtbare und dennoch verheißungsvolle Licht begleitet mich, bis ich bei der Agentur bin. Erst dann werden die Wolken dichter und der Himmel nimmt wieder seine trübe Winterfärbung an. Doch kurz hatte ich die Hoff-

nung auf Frühling, auf neues Leben, auf Besserung, und das stimmt mich positiv.
„Na, du wirkst so fröhlich", begrüßt Sanne mich auch gleich an der Kaffeemaschine. „Frisch verliebt? Vielleicht in deinen netten Nachbarn?"
Ich lache, obwohl der Witz echt schal ist. Abgesehen davon, dass der Nachbar seine Große-Emma hat, interessiert er mich auch gar nicht. Außerdem habe ich Jens. Hoffe ich jedenfalls. Dass ich ihn immer noch habe, meine ich. Doch meine gute Laune verfliegt fast sofort, als ich an diese Lauren denke. Bestimmt sieht sie gut aus. Eine adrette, vor Energie strotzende Schaffarm-Besitzerin. Wie soll ich da mithalten? Gestresste Mutter eines Dreijährigen, immer blass und müde. Nur: An der Entstehung dieses Dreijährigen war Jens immerhin beteiligt. Genau genommen muss er dann auch die gestresste Mutter in Kauf nehmen, denn die hat er ja sozusagen miterschaffen.
Ist das zu hoffnungsfroh? Oh mein Gott, ich denke ja. Die Männergeneration, die so denken kann, muss erst noch erzogen werden. Am besten fange ich mit Emil gleich an. Ein guter Vorsatz. Emil wird anders werden. Dafür werde ich sorgen.
Doch jetzt habe ich trotzdem erstmal andere Sorgen. Die Präsentation muss fertig werden, ich muss noch einkaufen, und wie lange habe ich eigentlich das Bad nicht mehr geputzt? Gute Frage. Ich erinnere mich nicht mehr. Also muss es wohl schon eine Weile her sein, schlussfolgere ich.
Am frühen Nachmittag sprinte ich nach einem Arbeitstag ohne nennenswerte Mittagspause in den Kindergarten. Ich bin zwar die letzte Mutter, aber nicht

das letzte Elternteil, dass sein Kind abgehetzt versucht, noch vor offizieller Schließung abzuholen, denn nach mir hastet Ben noch in die Garderobe, wo ich Emil gerade seine Kindergartenschlappen ausziehe.
„Ah, hallo, Nachbarin“, begrüßt er mich. „Auch spät dran?“
„Ja, so wie eigentlich immer.“ Ich nicke und lächle schief. Himmel, jetzt fange ich schon so blöd an zu grinsen wie er. Geht ja gar nicht.
Ben nickt. „Ja, es kann an manchen Tagen echt hektisch werden.“
Na, denke ich. Immerhin seid ihr zu zweit. Ich stemme alles alleine. Emma kommt um die Ecke gesaust und fällt ihrem Vater begeistert in die Arme. Ein bisschen beneide ich sie. Es muss schön sein in diese Arme zu fallen und aufgefangen zu werden. So rasch wie der Gedanke gekommen ist, verdränge ich ihn auch wieder.
„Sollen wir zusammen nach Hause laufen?“, fragt Ben in meine Gedanken hinein.
Ich lächle bedauernd. „Ich muss noch einkaufen.“
„Mit Emil?“
„Den kann ich ja schlecht allein zu Hause lassen“, antworte ich und klinge schnippischer als ich eigentlich möchte.
„Ich könnte ihn mitnehmen. Dann kannst du in Ruhe einkaufen“, schlägt Ben vor. Und als ich eher aus komplettem Erstaunen als aus Abwehr schweige, fügt er hinzu: „Wenn du mir genügend vertraust. So gut kennen wir uns ja noch nicht.“
„Doch“, versichere ich ihm. „Ich vertraue dir. Das ist es nicht. Nur, möchtest du das wirklich? Schon ein drei-

jähriges Kind kann eine echte Herausforderung sein und dann gleich zwei?“
„Kein Problem. Ich mache das gerne. Und Emma freut sich bestimmt, wenn sie noch ein bisschen mit Emil spielen darf. Oder, Emma?“
„Jaaaa“, jubelt diese und tanzt wie verrückt in der Garderobe herum.
„Bist du auch einverstanden?“, frage ich Emil, der Emma mit großen Augen verfolgt hat.
„Sicher“, antwortet er vernünftig und mannhaft. Dabei versucht er möglichst cool zu schauen. Ich lächle und amüsiere mich innerlich über seinen Versuch, überlegen zu wirken, obwohl er mit Sicherheit genauso gerne durch die Garderobe getanzt wäre wie Emma.
Ich merke, dass Bens Blick auf mir ruht und blicke auf. Er lächelt. „Dann ist das ja abgemacht. Also, auf ihr beiden. Los geht's. Bis später, Lara.“
Wow! So schnell war ich meinen Sohn noch nie los. Und ich kann zum ersten Mal seit fast vier Jahren in Ruhe einkaufen. Das ist ja fast so was wie Wellness. Ich frage mich nur, warum Ben so freundlich zu mir ist. Bisher war ich ihm gegenüber eher abweisend. Am Anfang hat er mich genervt, weil er so entspannt und ungenervt war, und dann blieb ich unfreundlich, weil es mir einfacher erschien. Irgendwie schön, dass Ben sich davon nicht beirren lässt.
Ich genieße den Einkauf. Ich kann alles schön der Reihe nach in den Einkaufswagen legen, ohne dass mir jemand, also Emil, die ganzen Sachen wieder aus dem Wagen schmeißt. Ein herrliches Gefühl! An der Kasse stehe ich hinter einer Mutter mit einem quengelnden Kind und empfinde die Welt gerade als einen erhol-

samen Ort. Trotzdem drängt es mich nach Hause. Ich frage mich wie Ben wohl mit Emil klarkommt. So lange war er außerhalb des Kindergartens noch nie mit jemand anderem allein – ohne mich.
Schon im Hausflur höre ich das Kindergeschrei, aber mein geschultes, mütterliches Ohr hört, dass es ein freudvolles Kreischen ist. Allerdings ein lautes. Wahrscheinlich fängt Frau Marquart mich deshalb auf dem Weg nach oben ab und blafft mich an: „Frau Kuzera, sorgen Sie mal dafür, dass der Lärm endlich aufhört. Das geht schon seit fast einer Stunde so.“ Energisch klopft sie mit ihrem Stock auf den Boden.
„Natürlich, Frau Marquart. Ich werde Herrn Neumann ausrichten, dass es eindeutig zu laut zugeht.“
„Ach, Ihr Sohn ist bei Herrn Neumann? Und ich dachte, ihr Freund wäre zurück und würde das Kind so toben lassen. Aber Herr Neumann ...“.
Sie braucht den Satz gar nicht zu beenden, mir wird auch so klar, dass hier eindeutig mit zweierlei Maß gemessen wird. Was ein Ben darf, darf eine Lara oder deren Freund noch lange nicht. Jedenfalls, wenn es nach Frau Marquart geht. Irgendwie ärgert mich das. Aber ich schlucke es runter, lächle und setze meinen Weg mit den beiden schweren Taschen fort. Zuerst räume ich alles aus und in die Schränke ein, bevor ich an Bens Haustür klingle. Er öffnet fast sofort – mit einem blöden Grinsen im Gesicht.
„Mit den Kindern läuft es echt super“, begrüßt er mich über das Wolfsgeheul hinweg.
„Eindeutig“, antworte ich und versuche, neutral nett zu klingen. Ob die Große-Emma wohl da ist?

„Hast du noch Lust auf einen Kaffee?“, fragt Ben, während ich ins Wohnzimmer schaue, wo die beiden Kleinen gerade damit beschäftigt sind, eine Höhle zu bauen. „Die Baumaßnahmen dauern wohl noch etwas.“
„Okay“, antworte ich und frage mich gleichzeitig, warum mein Bauch sich plötzlich so verknotet. Aber es klang einfach so nett und zuvorkommend. Als würde es ihm wirklich etwas bedeuten. Meine Güte, bin ich tatsächlich so bedürftig, dass mich eine nette, aber völlig harmlose Einladung zu einem Kaffee so durcheinanderbringt?
Ich setze also meinen unkomplizierten „Hey-ich-bin-einfach-nur-nett,-weil-es-meine-Art-ist“-Gesichtsausdruck auf und nehme dankbar lächelnd die Tasse Kaffee entgegen, die Ben mir reicht.
„Die zwei haben Spaß gehabt“, klärt Ben mich auf. „Und du? Alle Einkäufe erledigt?“
„Ja, das auch, aber nebenbei habe ich mir auch etwas Wellness gegönnt.“
Ben zieht fragend eine Augenbraue nach oben. „So lange warst du doch gar nicht weg.“
Ich lache. So leicht, so fröhlich, dass ich fast selbst erschrecke. „Für mich ist es schon Wellness, wenn ich die Ketchupflasche unbeschadet an die Kasse bringen kann.“
„Verstehe“, antwortet Ben, und um seine Augen herum bilden sich kleine Fältchen, als er mich anlächelt. „Es ist anstrengend ein Kind allein zu versorgen. Wo ist Emils Vater? Wenn ich fragen darf“, fügt er noch schnell hinzu.
„Darfst du“, antworte ich. „Er ist in Australien.“

Ben zieht wieder fragend die Augenbraue hoch. Und ich weiß, dass er denkt, was alle denken. Warum? Was macht er da? Er hat einen Sohn. Er müsste hier sein.
„Er macht Work and Travel. Das wollte er schon immer. Es ist sein Traum, und seine Träume sollte man leben“, verteidige ich ihn heftiger, als ich eigentlich möchte.
„Lebst du auch deine Träume?“, fragt er, ohne auf meine Antwort einzugehen.
„Nun, ich habe Emil. Und damit beschränken sich meine Träume darauf, am Wochenende auszuschlafen.“
„Also nicht“, konstatiert Ben. „Warum denkst du dann, er habe ein Recht darauf und du nicht?“
Diese Bemerkung verletzt mich und macht mich wütend. Was bildet der blöde Kerl sich eigentlich ein? Was erlaubt er sich, dass er über mich urteilt? Also platze ich mal wieder unfreundlich und genervt, ungefiltert und ohne nachzudenken mit meinen Gedanken raus: „So? Und wo ist deine bessere Hälfte? Die habe ich auch noch nie gesehen. Etwa auch auf Reisen? Oder geschäftlich unterwegs, während du dich um ihre Tochter kümmerst?“ Eine kindische Retourkutsche, aber ich kann nicht anders, ich bin einfach zu aufgebracht.
„Sie ist tot.“
Er sagt das so neutral, dass ich den Schmerz hinter seinen Worten nur erahnen kann. Doch ich fühle mich, als wäre ich ein aufgeblasener Ballon, den man mit einer Nadel ansticht, sodass die Luft aus ihm in wenigen Sekunden entweicht. Kurz: Meine Wut ist sofort wie weggewischt.

„Das tut mir leid“, stottere ich und würde am liebsten weglaufen, so unangenehm ist es mir, meine unangebrachte Wut einfach so rausgelassen zu haben.
Ben sieht mich nur schweigend an.
„Wie ist sie gestorben?“ traue ich mich dann doch zu fragen.
„Sie hatte Krebs und hat die Behandlung aufgrund ihrer Schwangerschaft aufgeschoben in der Hoffnung, dass dann noch Zeit genug ist, um den Krebs zu stoppen.“ Bens Hand ruht auf der Sofalehne, und seine Finger streichen unwillkürlich über den Stoff. „Sie ist kurz nach Emmas Geburt gestorben. Die Behandlung kam zu spät für sie. Die Ärzte konnten ihr Leben nicht mehr retten.“ Ben schweigt. Er schaut nachdenklich und ein wenig traurig Emma an, die mit Emil immer noch an der Höhle baut und gerade dabei ist, mehrere Kissen neu zu arrangieren. „Emma oder sie. Hätte ich sie, hätte ich Emma nicht. Aber ich möchte Emma nicht missen. Diese Ambivalenz bringt mich noch um.“
„Das kann ich gut verstehen“, antworte ich betroffen und schweige dann erstmal, da mich die Information einer toten Großen-Emma umhaut. Dennoch sammle ich mich und versuche noch ein paar unterstützende Worte zu finden.
„Aber ihr Plan, erst Emma auf die Welt zu bringen, hätte auch klappen können“, sage ich schließlich und lege meine Hand auf seine. Eine menschliche, mitfühlende Geste. Ich hätte nicht gedacht, dass sie einen solchen Gefühlssturm in mir auslöst.
Er auch nicht. Das sehe ich an seinem Blick. Ich fühle vieles, was ich nicht benennen kann.

„Wie war ihr Name?“ frage ich und versuche, uns wieder auf sicheren, neutralen Boden zu bringen.
„Nina.“ Und die Art wie er ihren Namen ausspricht, sagt alles. Er liebt sie immer noch. Ich ziehe meine Hand zurück. Besser, ich bleibe so neutral wie möglich. Er braucht nicht zu merken, welche Gefühle er mit seiner beständigen Freundlichkeit in mir auslöst.
Ben schaut blicklos vor sich hin, doch dann reißt er sich selbst aus der Leere, sieht mich an und grinst: „Nun, wie es aussieht, sind wir beide gerade allein. Wir könnten uns gegenseitig helfen. Was meinst du?“
„Sicher“, antworte ich und hoffe, dass er damit nicht meint, dass ich Emma ja mitbetreuen kann. Ein oder zwei Kinder beaufsichtigen. Wo ist da schon der Unterschied?
„Das wird bestimmt gut“, gibt Ben sich positiv. „Die Kinder mögen sich und wir sind dadurch auch entlastet.“
Wir?‘, denke ich. ‚Oder du?‘
Ben bemerkt meine zögernde Freudlosigkeit und sagt: „Du hättest öfter mal einen Wellnesstag.“
„Du meinst, ich kann in Ruhe einkaufen.“ Jetzt lächle ich doch schief.
„Zum Beispiel. Aber echte Wellness wäre auch drin. Sauna, Massage, ein Friseurbesuch. Keine Ahnung was ihr Frauen alles so als Wellness empfindet.“
Das klingt, als hätte er wirklich vor, Emil auch zu betreuen und nicht nur mir Emma zu überlassen. Vielleicht ist Ben ja doch gar nicht so schlecht als Sparringpartner für alleinerziehende Mütter.

„Okay, und wie stellst du dir das praktisch vor?“, frage ich dann aber doch sicherheitshalber nach.
„Na ja, wir könnten es uns teilen die Kinder in den Kindergarten zu bringen und abzuholen. Ich finde, das wäre eine enorme Entlastung und zudem total praktisch, da wir sowieso denselben Weg haben.“
Das klingt so wunderbar logisch, dass ich fast versucht bin, mich über den Deal zu freuen. Wäre da nicht mein fehlendes Vertrauen in die Männerwelt in Bezug auf Verantwortungsübernahme.
„Versuchen wir es“, willige ich dennoch ein und beschließe, mich positiv überraschen zu lassen.
„Gut. Dann würde ich vorschlagen, ich bringe die beiden morgen in den Kindergarten, und du holst sie ab. Oder ist es dir umgekehrt lieber?“
„Nein. Passt so“, antworte ich erstaunt, dass er den Anfang macht. „Emil wird fertig sein. Aber äh, wann denn?“
Ben grinst und hält mich bestimmt für komplett unorganisiert. „Um acht?“ schlägt er vor.
„Sehr gut“, bestätige ich. „Die Zeit passt uns sehr gut.“
Es ist alles gesagt, alles ausgesprochen und organisiert. Mir bleibt nichts weiter übrig, als Emil aus seinem Spiel mit Emma zu reißen und zu gehen.
Natürlich tobt er, natürlich wehrt er sich mit Händen und Füßen, und natürlich versuche ich mich durchzusetzen, und natürlich gelingt mir das letztendlich auch. Wenn ich auch ein sehr schlechtes Gefühl dabeihabe. Doch schließlich sind wir zu Hause, auch wenn Emil findet, dass er eine blöde Mutter hat. Auch wenn er seine Jacke nimmt und sich eine neue suchen möchte.

Nach einem anstrengenden Abendessen bringe ich ihn ins Bett, und nach einer langen Diskussion, weil er lieber eine Prinzessinnengeschichte hören möchte, um Punkte bei Emma zu sammeln, ist er mit seiner Ritter-Frosch-Geschichte zum Glück doch sehr zufrieden.
Ich jedoch fühle mich wie ein auf dem Rücken liegender Käfer – hilflos und platt. Doch die Aussicht, dass ich morgen einfach in die Agentur gehen kann, ohne vorher in den Kindergarten zu hetzen, stimmt mich fast fröhlich.
Und ich denke an Ben und seinen Blick, den er mir zuwarf, als ich gerade mit Emil kämpfte, weil ich gehen wollte und er nicht. Es war so ein typischer „Meine-Güte-was-für-eine-gestresste-Mutter-Blick". Aber ein sehr verständnisvoller, geradezu verstehender. Ich beschließe ein anderes Mal darüber nachzudenken. Jetzt bin ich müde und möchte ins Bett.
Nachdem ich noch die Küche aufgeräumt habe, kann ich mir endlich die Decke über den Kopf ziehen. Die Erinnerung an Bens Blick blende ich gekonnt aus. Erst als ich schon fast eingeschlafen bin, fällt mir auf, dass ich in den vergangenen Tagen gar nichts mehr von Jens gehört und ich mich auch nicht gemeldet habe. Doch auch das blende ich aus und schlafe erschöpft ein.
Am nächsten Morgen ist Emil zu meiner grenzenlosen Überraschung pünktlich um acht Uhr fertig und wartet ungeduldig auf Ben und Emma. Mister Petz ist heute unwichtig, und auch die Marmelade im Kühlschrank darf ruhig frieren.
Glücklicherweise ist Ben auch pünktlich, sodass Emils Geduld nicht unnötig auf die Probe gestellt wird. Sein Grinsen zur Begrüßung ist blöd wie immer. Seine Augen

sind so fest auf mich gerichtet, dass ich nicht weiß, wo ich hinschauen soll. Das kenne ich nicht. Ich kenne eigentlich nur Männer, die meinem Blick ausweichen. Selbst Jens redete eher mit der Wand hinter mir, anstatt mir in die Augen zu sehen. Warum haben manche Menschen nur eine solche Angst davor, andere anzuschauen? Haben sie Angst, man könnte etwas sehen, was sie lieber verborgen halten möchten?
Ich mache mir eher Sorgen, weil ich blöd zurückgrinse. Meine Gefühle scheinen in einem luftleeren Raum zu schweben, und ich versuche verzweifelt, die Kontrolle zu behalten. Zwar gibt es keine Große-Emma, aber es gibt Jens. Und ich bin mir sicher, dass ich Jens liebe, auch wenn er gerade nicht da ist. Gefühle für einen anderen Mann zu entwickeln, ist da schlichtweg nicht drin.
„Seid ihr soweit?“, fragt Ben schließlich die Kinder, die fertig und zum Abmarsch bereit im Flur stehen. Diese nicken eifrig, und er lächelt mich an.
„Dann kann es ja los gehen.“ Er meint mit Sicherheit die Kinder, doch er sieht mich an. Zaghaft erwidere ich sein Lächeln, und der graue Märztag fühlt sich plötzlich wie Frühling an.
Ich sehe den dreien nach, als sie die Treppe runter gehen und höre die Haustür hinter ihnen laut zufallen. Die plötzliche Ruhe ist fast gespenstisch, doch in mir strahlt sein Lächeln nach. Ich schimpfe mich selbst eine romantische Närrin und beschließe, besser zu versuchen, mich auf praktische Dinge zu konzentrieren. Ich kann zum Beispiel die Wohnung noch ein bisschen aufräumen. Das wird heute Abend eine enorme Erleichterung sein. Dennoch denke ich an sein Lächeln.

Ich könnte singen vor Freude. Also tue ich es auch. Der Stock von Frau Marquart pocht daraufhin unerbittlich an die Decke. Na ja, Freiheit der Emotionen und ihr Ausleben muss in diesem Haus auch noch geübt werden. Egal, ich muss sowieso los.
Sanne erwartet mich bereits an der Kaffeemaschine. Genau genommen erwartet sie mich gar nicht, denn sie ist völlig erstaunt, mich schon um diese Zeit in der Agentur anzutreffen.
„Ist Emil aus dem Bett gefallen?“, begrüßt sie mich.
„Nein, Ben hat ihn abgeholt“, kläre ich sie über meinen frühen Tagesstart auf.
Sanne zieht eine Augenbraue hoch – scheinbar wissend. Doch ich hole sie und mich auf den Boden der Tatsachen, indem ich sage: „Ben und ich haben ein Arrangement getroffen. Wir unterstützen uns und teilen uns die Carearbeit für die Kinder.“
Sanne grinst. „Na, das ist doch schon mal ein Anfang.“
Ein Anfang von was, denke ich, während ich mit der Kaffeetasse an meinen Platz gehe und den PC hochfahre. Doch viel Zeit über diese Frage nachzudenken, bleibt mir sowieso nicht, da der Tag mal wieder voller Aufgaben ist, mit denen ich nicht gerechnet habe.
Bens Lächeln verblasst unter all den Kalkulationstabellen. Besser so, denke ich und beschließe, heute Abend Jens anzurufen, auch wenn er sich eigentlich melden wollte. Er muss nach Hause kommen, sonst komme ich noch auf komische Ideen. Den Gedanken an Lauren tue ich als blöde Eifersüchtelei ab. Bestimmt habe ich einfach Sehnsucht und bausche etwas völlig Harmloses unnötig auf.

Vielleicht klingt ein Telefonat mit der Mutter bei Australiern ja wirklich dringender als ein Telefonat mit der Freundin. Bestimmt gibt es eine vernünftige Begründung dafür, dass Jens mich verleugnet.
Der Tag ist so voll mit Arbeit, dass ich nicht dazu komme über etwas anderes zu grübeln, als darüber, ob ich es schaffe, pünktlich zur Kindergartenschließung die Agentur zu verlassen.
Ich bin zwar nicht pünktlich, aber pünktlich genug, denn die Kinder sind noch nicht vor die Tür gesetzt worden, sondern warten mit Nadja in der warmen Garderobe.
„Lara“, legt Nadja auch gleich anklagend los.
„Ich weiß“, unterbreche ich, bevor sie noch mehr sagen kann. „Ich bessere mich bestimmt. Also, ich arbeite daran“, versichere ich ihr. Und sie winkt resigniert ab.
„Alleinerziehend zu sein ist schwer. Das weiß ich ja. Aber Ben meinte heute Morgen, ihr würdet euch in Zukunft die Kindergartenwege teilen!?“ Sie sieht mich fragend und voller Hoffnung auf Besserung an.
„Ja, das ist der Plan“, bestätige ich. „Ich bin gespannt, ob und wie es funktioniert.“
„Ich auch“, meint Nadja und schaut demonstrativ auf ihre Armbanduhr.
Rasch nehme ich die Kinder und trete hinaus in den grauen, regnerischen Märztag. Hoffentlich ist es bald Frühling, und wir können schöne Sonnentage genießen. Ich habe den Winter so satt.
Der Weg ist mit zwei Kindern ähnlich lang und von Unterbrechungen geprägt wie mit Emil allein. Der Weg bietet aber auch einfach so viele interessante Beobachtungen. Steine, die aus einer Gartenmauer gebrochen sind, Vögel, die auf besagter Mauer sitzen und

andere auf Stromleitungen. Ein blaues und ein grünes Auto am Straßenrand lösen heftige Diskussionen aus, welches man schöner findet. Und Emma möchte sowieso lieber ein rotes mit gelben Blumen. Und ich beschließe daraufhin ihr den Spitznamen Flower-Power-Emma zu geben.

Nach einer gefühlten Ewigkeit kommen wir zu Hause an. Ich nehme Emma mit zu uns und mache beiden Kindern einen heißen Kakao, nachdem ich ihnen im Flur die nassen Sachen ausgezogen habe. Zufrieden sitzen sie da und pusten auf die aufgeschäumte Milch auf ihrem Kakao, sodass kleine Spritzer auf der Tischplatte landen. Dann lachen sie, völlig gefangen in ihrer kleinen Kinderwelt. Ich lache mit und höre dennoch nur auf die Haustür, ob Ben kommt. Wie blöd. Wie sinnlos. Völlig sinnlos und blöd, das ist es, und so fühlt es sich auch an. Und trotzdem: Als Ben schließlich da ist, mich anschaut, lächelt und mir das Gefühl gibt, irgendwie besonders zu sein, fühlt es sich einfach nur gut an. Wenn Jens nicht wäre, könnte ich Bens Blick und seinem blöden Grinsen fast verfallen. Doch es gibt Jens und ich weiß nicht, ob ich darüber froh oder traurig sein soll.

„Hey“, begrüßt Ben mich, während ich in der Wohnungstür stehe und ihn einfach nur ansehe. „Darf ich reinkommen?“

„Ja klar“, beeile ich mich zu sagen und versuche mich zu sortieren, während ich zur Seite trete, damit er in die Wohnung kommen kann.

Emma läuft ihm jubelnd entgegen, als sie ihn sieht, und Ben schließt sie liebevoll in die Arme.

„Na, meine Große, hast du einen schönen Tag gehabt?“, fragt er und sieht sie dabei forschend an.
„Ja, voll“, erwidert Emma. „Emil ist einfach so lustig. Und ich habe von Lara Kakao bekommen, weil ich nass war.“
„Das ist ja nett von Lara“, antwortet Ben ernsthaft und wirft mir einen amüsierten Blick zu. Ich versuche ebenso scherzhaft und amüsiert zurückzublicken, aber ich vermute, dass mir das völlig misslingt. Und das finde ich irgendwie gar nicht amüsant. Denn ich will das eigentlich nicht. Ich brauche keine weiteren Komplikationen in meinem Leben.
Deswegen bin ich froh als Ben mit Emma tatsächlich wenig später die Wohnung verlässt und nicht versucht, noch Zeit zu schinden.
Ich beschließe Jens anzurufen. Wenn ich mir ein bisschen Liebe von ihm abhole, ist das das beste Gegenmittel gegen anziehende Nachbarn. Ich wähle, und ich höre den immer ein wenig dumpf klingenden internationalen Klingelton. Nach einer gefühlten Ewigkeit hebt Jens ab und krächzt ein verschlafenes „Ja, bitte?“ in sein Handy.
„Hi, Jens, mein Schatz. Ich bin es Lara. Wie geht es dir denn?“, flöte ich und fühle mich wie eine falsche Schlange. Allerdings nicht allzu lange, denn Jens blafft mich fast umgehend an: „Lara, weißt du wie spät es bei uns ist? Es ist mitten in der Nacht.“
Scheiße, die Zeitverschiebung habe ich völlig vergessen.
„Oh“, stottere ich. „Das tut mir leid. Ich wollte dich nicht wecken.“

Im Hintergrund höre ich eine ebenfalls verschlafene Frauenstimme. „Bist du nicht allein?“, frage ich alarmiert.
„Doch“, entgegnet Jens genervt. „Warum fragst du?“
„Ich habe gerade eine Frauenstimme gehört.“
„Geht deine Fantasie schon wieder mit dir durch? Hier ist keine Frau.“
„Vielleicht die Leitung“, versuche ich zu beschwichtigen, obwohl ich mir sicher bin, eine andere Frau gehört zu haben.
„So wird es sein“, meint Jens. „Kann ich jetzt weiterschlafen?“
Ich nicke, auch, wenn er das nicht sieht. Doch ich möchte erst ein bisschen Liebe. Sonst halte ich die Situation hier nicht aus.
„Vermisst du mich?“, frage ich deshalb.
Jens‘ unterdrücktes Seufzen kann ich über die halbe Welt hören. „Sicher vermisse ich dich.“
„Wirklich?“, hake ich nach, denn ich kann sein Vermissen nicht fühlen.
„Natürlich. Wir haben es hier nur gerade mitten in der Nacht.“
„Okay“, lenke ich ein. „ich melde mich dann zu einer besseren Zeit.“
„Morgen beginnt die Schafschur. Ich werde also wenig Zeit haben. Aber probiere es gern.“
Seine Worte fühlen sich so falsch an. So redet man doch nicht mit seiner Freundin, der Mutter seines Sohnes, sondern eher mit einer entfernten Bekannten. Und überhaupt: Warum meldet er sich nie? Immer bin ich diejenige, die anruft und selbst dann scheine ich nur zu

stören. Führen wir überhaupt noch eine richtige Beziehung? Irgendwie fühlt es sich nicht so an.
Genervt schleudere ich mein Handy in die Ecke. Ich könnte heulen. Also tue ich es. Sieht mich ja keiner. Emil ist schon im Bett und wenn ich leise heule, hört mich auch keiner. Und ganz ehrlich, danach geht es mir besser.

3. Kapitel

Am Sonntag bin ich bei meinen Eltern zum Essen eingeladen, und mein Bruder Lars wird mitsamt seiner Familie auch da sein. Meine Begeisterung darüber hält sich in Grenzen, denn mein Bruder ist sozusagen der Vorzeigesohn, während ich nur die missratene Tochter bin. Das macht die Familienessen mit ihm für mich immer ausgesprochen unentspannt. Ständig habe ich das Gefühl, mich rechtfertigen zu müssen, und zwar für so ziemlich alles – für meinen Job, für meinen Sohn (nicht nur, dass ich alleinerziehend bin, nein, mein Sohn sei zudem auch noch schrecklich unerzogen) und für die Tatsache, dass ich überhaupt lebe, atme und Ressourcen verbrauche. Unverschämt wie ich nun mal bin.

Kaum angekommen, entspricht Emil auch gleich voll den Erwartungen meiner Familie, indem er schon laut brüllend den Hausflur betritt. Ich wünschte, ich hätte eine bessere Ausrede als die, dass Mister Petz in den Gully gefallen ist beziehungsweise in die Pfütze davor und er deshalb über und über voller Schlamm ist und Emil völlig außer sich geraten ist, weil er dachte, dass Mister Petz jetzt für immer so aussieht. Geduldig habe ich ihm wieder und wieder erklärt, dass Mister Petz bei 30° waschbar ist und nach dem Waschgang wieder aussieht wie vorher. Hoch und heilig habe ich es ihm versprochen. Dennoch ist Emil nur schwer zu beruhigen und hört erst auf zu heulen, als meine Mutter mich völlig entnervt anfährt, dass ich endlich mein Kind in den Griff bekommen soll.

Vor Schreck hat er dann einen Schluckauf bekommen und jetzt sitzt er mit den wohlerzogenen, ordentlich aussehenden Kindern meines Bruders am Esstisch und hickst immer noch unglücklich vor sich hin.
Silke, die perfekte Frau meines Bruders, schaut Emil leicht angewidert an und sonnt sich dann in den Blicken meiner Eltern, die besagen wie unglaublich sauber und wohlerzogen ihre Kinder im Vergleich zu Emil sind. Lars schaut erst Emil und dann mich an und fragt: „Was macht Emils Vater? Wie heißt er gleich nochmal?“ Er legt seine Stirn in Falten und schaut fragend an die Decke. „Jürgen?“
„Jens“, antworte ich genervt und gehe damit komplett auf seine Absicht ein, mich mit seiner gespielten Ahnungslosigkeit aufzuregen.
„Richtig, Jens“, gibt Lars sich nonchalant. „Was macht er? Da war irgendwas mit Selbstfindung. Wo ist er denn noch mal? Tibet?“
„Er macht Work and Travel in Australien“, sage ich leicht gereizt, obwohl ich versuche, das zu verbergen und möglichst neutral zu klingen.
„Work und Travel“, wiederholt Lars. „Machen das nicht die Abiturienten nach der Schule?“
Rechtfertige dich nicht, Lara, beschwöre ich mich innerlich. Lars ist ein Idiot. Er ist es nicht wert. Außerdem musst du dich nicht für Jens‘ Verhalten entschuldigen. Du regst dich doch selbst über den Blödmann auf.
Trotzdem höre ich mich sagen: „Das kann man auch noch machen, wenn man älter ist.“

„Stimmt. Solange man noch nicht gelernt hat, was Verantwortung bedeutet.“ Lars schaut Beifall heischend in die Runde, und ich hasse ihn aus vollstem Herzen.
Ich sage trotzdem nichts mehr. Ich möchte Jens nicht verteidigen, denn im Grunde hat Lars ja recht. Es ist nur sein komplett fehlendes Mitgefühl, das mich ärgert. Er meint es nicht gut mit mir, er möchte mich vorführen. Ich soll mich schlecht fühlen, damit er sich besser fühlen kann. Das hat er schon gemacht, als wir Kinder waren – sein Ego auf meine Kosten aufgeblasen. Ich hasse das. Und das meine ich völlig emotionslos. Das ist sozusagen sogar ziemlich rational. Mein Hass auf ihn. Schließlich habe ich gute Gründe.
„Verantwortung kann halt nicht jeder übernehmen“, meint Silke. „Dazu gehört Charakter.“
Meine Mutter lächelt fröhlich in die Runde und verteilt die zerkochten Kartoffeln.
Lars streichelt Silkes Hand und lächelt ihr wohlwollend zu.
Mein Vater schiebt sich widerwillig eine zerkochte Kartoffel in den Mund.
Ich kotze – zumindest bildlich gesprochen.
Emil schaut immer noch unglücklich.
Ich fange an zu essen und beschließe den Aufenthalt im Haus meiner Eltern so kurz wie möglich zu halten. Meine Eltern haben Lars schon als Kind immer vorgezogen. Vielleicht weil er der Stammhalter ist, vielleicht weil er einfach in allem besser war als ich, vielleicht weil sie ihn einfach mehr liebten. Wie auch immer, Lars ist ein egozentrischer, selbstherrlicher

Arsch geworden, der in meinen Augen alles andere als liebenswert ist. Aber was weiß ich schon?
Mühsam stopfe ich mir die zerkochten Kartoffeln in den Mund, dazu ein bisschen zerkochtes Gemüse und faseriges Fleisch. Ich konnte das Essen meiner Mutter noch nie leiden, sie ist eine furchtbare Köchin.
„Dein Essen ist einfach köstlich", schleimt Silke und schafft es tatsächlich eine Gabel Gemüse zu essen, ohne die Miene zu verziehen.
Meine Mutter neigt wohlgefällig ihren Kopf, ganz so, als wollte sie sagen: Ich weiß. Obwohl sie es eigentlich besser wissen müsste. Schließlich isst sie ja auch ihr eigenes Essen.
Also vielleicht ist ihr doch klar, dass Silke nur schleimen möchte. Bestimmt hat sie vor lauter Schleimspur gar keinen Geschmack mehr.
Die Kinder meines Bruders sind nicht ganz so gute Schauspieler wie ihre Mutter, kauen und schlucken aber tapfer. Nur Emil ist ehrlich und absolut authentisch und spuckt sein halbzerkautes Essen auf den Teller zurück und sagt: „Bäh, schmeckt nicht."
„Du verwöhnst ihn zu sehr, Lara", maßregelt meine Mutter auch sofort.
„Meine Kinder müssen immer essen, was auf den Tisch kommt", bläst Silke auch gleich ins selbe Horn.
Ich fühle mich schrecklich und habe allen gegenüber zu meinem eigenen Ärger pauschal ein schlechtes Gewissen. Meiner Mutter gegenüber, weil Emil ihre Gefühle verletzt hat, Emil gegenüber, weil er gezwungen wird, diesen Fraß zu essen, Silke gegenüber, weil sie sich, um meiner Mutter zu gefallen, gezwungen sieht, zu schlucken, obwohl sie bestimmt auch lieber alles

auskotzen würde, den Kindern meines Bruders gegenüber, weil sie ihre Eltern nicht enttäuschen wollen und deshalb einen Appetit vortäuschen, den sie gar nicht haben.
Na gut, Zeit zu gehen. Mir ist unwohl. Und das liegt nicht nur am Essen.
„Wir müssen leider los", lüge ich. „Wir haben dem Nachbarn versprochen, heute noch auf seine Tochter aufzupassen."
Emils Kopf ruckt nach oben. „Emma kommt?", fragt er freudig, und ich denke nur: ‚Scheiße! Wie kann ein Dreijähriger nur so einen Satz richtig interpretieren. Ist Emil etwa hochbegabt? Oder einfach nur ein bisschen in Emma verliebt?'
Lara, sei nicht lächerlich, weise ich mich auch gleich selbst zurecht. Emil ist drei, okay fast vier Jahre alt, aber dennoch zu jung, um sich zu verlieben.
„Wir werden mal nach ihr schauen", antworte ich und hoffe, dass alle Zuhörer das verstehen, was sie verstehen sollen und wollen.
Der Abschied ist glücklicherweise kurz und traurigerweise frostig. Irgendwie sind sie alle sauer auf mich, und ich weiß gar nicht warum.
Plötzlich kann ich Emil sehr gut nachvollziehen, wenn er mal wieder nicht versteht, warum Erwachsene mit ihm schimpfen. Ich verstehe es ja selbst nicht, und ich bin erwachsen.
Schließlich sind wir wieder zu Hause und Emil hört nicht auf, nach Emma zu fragen. Selbst die Aussicht auf einen sauberen Mister Petz kann ihn nicht dauerhaft davon ablenken, dass ich ihm indirekt in Aussicht gestellt habe, mit Emma zu spielen.

Nach einer Weile bin ich so weit, dass ich mich frage, ob bei Ben zu klingeln nicht der einfachere Weg ist. Also überwinde ich mich und drücke wagemutig den Knopf auf der anderen Seite des Flurs. Nichts rührt sich. Ich drücke nochmal. Stille auf der anderen Seite. Ben ist nicht da, und ich frage mich, wo er ist, obwohl mich das gar nichts angeht. Irrationalerweise fühle ich mich außerdem verletzt und wünschte mir, er würde gefälligst zu Hause darauf warten, ob ich nicht zufällig vorbeikomme. Wie blöd. Und wie idiotisch. Anmaßend geradezu. Und unrealistisch.
Das findet Emil nicht und heult lautstark vor Enttäuschung. Frau Marquart klopft daraufhin wieder mal mit ihrem Stock gegen die Decke. Irgendwie ist es ein Scheißsonntag. Um endlich etwas Ruhe zu haben, und um ein unglückliches Kind glücklich zu machen, schalte ich den Fernseher ein, und wir kuscheln uns bei einem Film auf das Sofa und essen selbstgemachtes Popcorn. Der Tag könnte schlimmer enden.
Am nächsten Morgen bin ich dran, die Kinder in den Kindergarten zu bringen, und Ben holt sie ab. Deshalb stehe ich pünktlich um 8 Uhr, mit einem erwartungsvoll schauenden Emil an der Hand vor seiner Tür. Es dauert eine gefühlte Ewigkeit, bis sich die Tür öffnet und Ben verschlafen in ihrem Türrahmen steht.
„Scheiße“, sagt er anstatt einer Begrüßung. „Ich habe komplett verschlafen. Emma ist nämlich gar nicht da; sie ist über Nacht bei meiner Mutter geblieben.“
„Ach so“, sage ich einfallslos und spüre, wie Emils Erwartungshaltung in sich zusammenfällt. Ich unterdrücke meinen inneren Ärger. Er hätte mir fairerweise Bescheid geben müssen. Es ist erst der zweite Tag

unseres Unterstützungsversuches, und schon hält er sich nicht mehr an die Vereinbarung.
Eine weitere verschlafene Stimme aus dem Off lässt mir das Blut in den Adern gefrieren. „Ben, wer ist das? Kommst du wieder ins Bett?“ In mir ist auf einmal alles kalt, doch ich versuche meine Verletztheit zu verbergen. Ben soll nicht merken, wie tief mich die Situation trifft, denn schließlich ist nichts zwischen uns passiert, außer ein paar Blickwechseln und ein Kinderunterstützungsarrangement. Ich habe kein Recht, verletzt zu sein. Aber weh tut es zu meinem eigenen Erstaunen trotzdem. Und wie.
Ben dreht sich um. „Ich komme gleich“, verspricht er und wendet sich dann wieder mir zu. Den Blick, den er mir zuwirft, könnte ich als verzweifelt und um Verzeihung heischend interpretieren, wenn mir das nicht zu hoffnungsfroh vorkäme.
Also verabschiede ich mich höflich und trete so würdevoll wie möglich den Rückzug an. „Morgen hole ich die Kinder ab. Versprochen. Wirklich!“, wiederholt er, als er meinen skeptischen Blick sieht. „Es ist mir einfach was dazwischengekommen und ich habe vergessen dir Bescheid zu geben.“
Oh, Mann. So kann man es auch nennen. Arschloch.
„Ich hole die Kinder vom Kindergarten ab.“ Seine Stimme ist bittend, sein Blick nach wie vor entschuldigend, aber ich finde ihn einfach nur noch lächerlich in seinen ausgeleierten Boxershorts, kombiniert mit einem ungebügelten T-Shirt. Jedenfalls versuche ich, mir das den ganzen Weg zum Kindergarten einzureden.
„Guten Morgen, Lara“, begrüßt mich Nadja. „Emma ist schon da.“ Ihre Stimme ist fragend.

„Ja, richtig", sage ich, ganz so als wäre ich vorab über alles informiert gewesen. „Sie übernachtete bei ihrer Großmutter. Aber Ben holt die beiden heute Nachmittag ab."
Merkwürdigerweise glaube ich ihm. Entweder bin ich total naiv oder ich vertraue ihm doch noch. Nadja sagt nichts mehr, und ich schäle Emil aus seiner Jacke. Emma kommt angerannt. Sie strahlt, als sie Emil sieht. Emil freut sich auch und schämt sich nicht, das auch zu zeigen. Hand in Hand gehen die zwei ins Bauzimmer. Es muss herrlich sein, ein Kind zu sein. So unkompliziert. Gefühle werden ohne Hemmungen gezeigt und ebenso ungehemmt erwidert. Ohne Angst, ohne unausgesprochene Erwartung. So wunderbar. Warum müssen Erwachsene nur aus allem ein Problem machen?
„Warum musst du nur aus allem so ein Problem machen?", fragt Sanne mich später an der Kaffeemaschine und meint damit nicht Ben, denn diese Verwicklungsschleife habe ich ihr lieber verschwiegen, sondern die neueste Präsentation, über die ich in der letzten halben Stunde gejammert habe, weil ich jammern musste und den wahren Grund nicht nennen wollte.
„Das ist ein Problem", kreische ich und breche fast in Tränen aus.
„Beruhige dich", mahnt Sanne. „Das ist doch so eine blöde Präsentation nicht wert."
„Du hast recht", schniefe ich. „Ich gehe jetzt in die IT und löse mein technisches Problem."
„Das ist meine Kollegin, wie ich sie kenne", lobt Sanne und geht Kaffee schlürfend davon, während ich mich

auf den Weg in die IT mache, um zu faken, dass ich ein gefaktes Problem löse.
Den ganzen Tag geht mir Ben nicht aus dem Kopf. Ich frage mich, mit wem er wohl im Bett lag. Ob sie über mich geredet und vielleicht gelacht haben: Die blöde, naive Nachbarin, die denkt, bei einem Mann wie Ben landen zu können. Oder waren sie viel zu sehr mit sich selbst beschäftigt? Keine Ahnung, welcher Gedanke mir unangenehmer ist.
Am Abend hetze ich nach Hause, obwohl ich mir Zeit lassen könnte. Schließlich ist Emil ja bei Ben. Ich sollte die Zeit nutzen und etwas für mich tun. Oder zumindest einkaufen gehen. Doch ich möchte Ben sehen. Seine Augen auf mir spüren, sein Lächeln wahrnehmen und mich rundum wohlfühlen. Leider bleibt das ein schöner Traum, denn da war diese Frau in seinem Bett. Das kann ich nicht ignorieren, so gerne ich es auch würde.
Und so stehe ich mit verschlossener Miene da, als er mir die Tür öffnet statt mit einem offenen Lachen, was mir viel lieber wäre. Bens Lächeln erlischt bei meinem Anblick.
„Immer noch sauer?“, fragt er und schaut zerknirscht.
Ja, klar, wenn auch aus einem anderen Grund als er annimmt. „Ist schon okay“, lüge ich.
„Du bist früh dran. Die beiden spielen noch. Du kannst Emil gerne noch eine Weile hierlassen.“
„Okay“, antworte ich und warte, ob er mich zu sich hereinbittet. Das tut er nicht. Also kein Erwachsenen-Kaffeetrinken, während die Kinder noch spielen. Ich versuche nicht enttäuscht zu sein, aber ich bin es. Enttäuscht und grenzenlos traurig. Für Ben bin ich halt

doch nur eine Mutter mit der er sich die Carearbeit ein bisschen teilen kann.
Aber was habe ich auch erwartet. Denn zum einen ist Ben viel zu gutaussehend für mich, und zum anderen bin ich in festen Händen. Zumindest offiziell und irgendwie ja auch inoffiziell, auch wenn es sich nicht mehr gut anfühlt.
Ich gehe in meine Wohnung, räume ein bisschen auf, bereite das Abendessen vor und bürste mir die Haare, bevor ich wieder über den Flur gehe, um Emil zu holen. Mein Anblick im Spiegel frustriert mich jedes Mal, deswegen schaue ich so selten rein. Mein braunes Haar ist glanzlos und irgendwie ohne Schwung, meine Lippen dünn und blass, meinen Augen fehlt das Funkeln. Kein Wunder, dass Ben mich uninteressant findet.
Emma öffnet die Tür und schaut *„not amused"*, dass ich Emil schon abholen möchte. Sie stemmt die Hände in die Hüften und sagt entschieden: „Ich will nicht, dass Emil schon geht."
Ben schiebt sie beiseite. „Emil muss genauso ins Bett wie du, Prinzessin."
Jetzt lächelt er doch noch durch meine frostige Miene hindurch. „Sorry, war ein schlechter Start heute Morgen. Ich mache das wieder gut."
Ernsthaft? Willst du mit mir auch ins Bett?
Doch schnell dämmert mir, dass er es anders meint. Er meint, dass Emma in Zukunft fix und fertig angezogen sein wird, wenn ich sie morgens holen komme. Bin ich enttäuscht oder erleichtert? Eindeutig erleichtert, schließlich habe ich Jens. Zumindest rede ich mir das nach wie vor ein.

Ich nehme den heulenden Emil an die Hand und verbringe eine weitere leidige Stunde mit ihm, bevor er endlich in seinem Bett liegt und schläft. Völlig erschöpft lasse ich mich aufs Sofa gleiten, nehme den Telefonhörer, der auf der Sofalehne liegt und rufe Katja an. Katja ist meine beste Freundin seit – nun ja, seit immer. Ich erinnere mich an keine Zeit im Leben in der ich nicht mit ihr befreundet war.
„Hi Lari“, begrüßt sie mich. „Lange nichts gehört. Wie geht es dir?“
„Ganz gut – das übliche“, wiegele ich ab.
„Und bei dir?“
Sie lacht – ihr unendlich fröhliches, liebenswertes Lachen. Katja eben. „Ach, die Männer“, orakelt sie schelmisch. „Ich habe da gerade einen kennengelernt. Mal sehen, was das wird.“
„So?“, frage ich, und mich überkommt die wahnwitzige Angst, dass das heute Morgen im Bett von Ben Katja war. Also versuche ich mehr über den mysteriösen Mann herauszufinden. „Was macht er denn? Beruflich und sonst?“
„Was macht er denn?“ Katja lacht. „Nicht wie sieht er aus? Oh, Mann, Lari, was ist nur aus dir geworden?“
Die Frage ist auch deshalb blöd, weil ich gar nicht weiß, was Ben beruflich überhaupt macht. Mist, danach habe ich ihn noch gar nicht gefragt.
„Also gut, wie sieht er aus?“
„Groß und blond“, meint Katja. „Mein typisches Beuteschema.“
Ben ist auch groß und blond – und eigentlich gar nicht mein typisches Beuteschema.
„Und – wo wohnt er?“, taste ich mich vor.

Katja lacht wieder. „Keine Ahnung. So weit sind wir noch nicht. Erstmal waren wir Kaffee trinken."
Also war es nicht sie, die heute Morgen bei Ben war. Wäre auch ein krasser Zufall gewesen. Außerdem weiß Katja ja, wo ich wohne, das hätte sie bestimmt erwähnt.
„Ist es was Ernstes?", frage ich dennoch weiter, weil es mich wirklich interessiert. Normalerweise sind Katjas Beziehungen nämlich von kurzer Dauer.
„Das weiß ich doch jetzt noch nicht", kommt es auch prompt. „Mal sehen."
So reden wir noch eine Weile hin und her. Doch plötzlich wird Katja ernster. „Hast du schon von diesem neuartigen Virus gehört, das wie ein mexikanischer Frauenname klingt?"
„Corona? Ja, ich habe im Radio davon gehört. Ich dachte aber, das wäre eine Biersorte", versuche ich noch zu scherzen.
„Das scheint wohl übel zu sein. Die Menschen sterben daran."
„Ist es denn schon bei uns?"
„Ja, überall gibt es Fälle. Ich mache mir richtig Sorgen, was da wohl auf uns zukommt."
Katja macht sich Sorgen? So kenne ich sie gar nicht. Sollte ich mir auch über Corona Gedanken machen? Bisher konnte ich ja mein leicht mulmiges Gefühl immer wegschieben.
„Na ja", meint Katja. „Wir können sowieso nichts ändern. Am besten wir bleiben gelassen und lassen es auf uns zukommen."
„Gute Idee", stimme ich ihr zu. „Uns betrifft es wahrscheinlich sowieso nicht."

Doch das stellt sich als Irrtum heraus, wie ich schon ein paar Tage später feststelle. Im Kindergarten drückt Nadja mir nämlich ein Informationsschreiben in die Hand, in dessen Textverlauf mir ein fettgedrucktes Notbetreuung spontan ins Auge fällt. Als ich schließlich in der Agentur das gesamte Schreiben lese, wird mir mehr als flau. Neben einer ganzen Liste von Verhaltensweisen, wird auch eine Bescheinigung verlangt, dass man in einem systemrelevanten Bereich arbeitet oder ansonsten unabkömmlich ist, damit man sein Kind weiter in den Kindergarten bringen darf. Eine ganze Weile sinniere ich, ob Meike mich wohl für unabkömmlich hält oder ob mein Job im Zuge der Corona-Maßnahmen einfach wegrationalisiert wird.
„Du kommst auf Ideen", meint Sanne bei unserem obligatorischen Treffen an der Kaffeemaschine. „Meike braucht dich. Sie kann ja noch nicht einmal ein Dokument einscannen. Fragt sich also tatsächlich, wer von euch beiden entbehrlicher ist."
Sie lächelt mir aufmunternd zu. „Das ist bald vorbei", meint sie dann noch. „Du weißt doch, wie das läuft: Zuerst schaukeln die Medien was hoch und hinterher stellt sich raus, dass alles nur eine Zeitungsente war."
„Hoffentlich hast du recht", sage ich. „Für mich klingt das alles sehr bedrohlich."
Immerhin bringt dieses ganze Corona-Durcheinander Ben und mich dazu, mal wieder ein länger als zwei Minuten andauerndes Gespräch zu führen. Jeder noch so negativen Situation kann man eben auch etwas Positives abgewinnen. In den letzten Tagen stand seine schlecht verborgene Liebesnacht unausgesprochen zwischen uns und lähmte jeden unkomplizierten Ge-

sprächsversuch. Das ist jetzt anders. Gemeinsam versuchen wir, Licht in das Vorschriften-Wirrwarr des Kindergartens zu bringen und abzuwägen, inwieweit wir einen Anspruch auf Notbetreuung haben.
„Ich denke, wir haben beide keine systemrelevanten Berufe. Du arbeitest in einer Web-Agentur und ich bin Sportberichterstatter. Trotzdem müssen wir arbeiten und sind obendrein alleinerziehend, das müsste uns doch für die Notbetreuung geradezu prädestinieren. Meinst du nicht?"
Sportberichterstatter ist er. Jetzt weiß ich das also auch. Ansonsten sage ich nur zustimmend: „Hm."
„Wir geben unsere Anmeldung für die Notbetreuung also ab", beschließt Ben und füllt schon fleißig das Formular aus. „Und wenn ein Kind erkältet ist, werden wir schon eine Lösung finden. Einer von uns muss dann halt zu Hause bleiben. Kannst du im Home-Office arbeiten?"
Warum nur fühlt es sich schon wieder an, als müsste ich die ganze Verantwortung tragen? Natürlich gehe ich ins Homeoffice. Wer auch sonst? Wohl kaum Big Ben.
Doch ganz so einfach ist es nicht mit den Vorverurteilungen, denn Ben fährt nach kurzer Pause fort: „Bei mir ist Homeoffice möglich. Also haben wir kein Problem denke ich, auch wenn wir uns nicht abwechseln können."
Er setzt seine Unterschrift unter den Antrag und schiebt das Blatt zu mir, damit ich seine Angaben für mein Exemplar ab- und unterschreiben kann, was ich auch tue. Es fühlt sich seltsam an. Es fühlt sich nach Gemeinsamkeit an, nach Familienplanung, nach Beziehung. Dabei ist es nur ein Arrangement. Das rufe ich mir in

Erinnerung, da ich es scheinbar beim Anblick seiner blauen Augen und seines durchdringenden Blicks vergessen habe.
„Gut. Das hätten wir." Ben schaut mich an. Mist. Ist sein Blick unsicher? Irgendwie erscheint er mir etwas unstet. Hat er etwa ein schlechtes Gewissen? Aber warum? Genau genommen ist er mir nichts schuldig. Bei Licht betrachtet habe ich kein Recht, angefressen zu sein. Doch um ehrlich zu sein, ich könnte wegen all diesen unausgesprochenen, ungelebten Gefühlen schreien. Bin ich denn die Einzige, die so fühlt? Spricht er nichts aus, weil es nicht auszusprechen gibt? Himmel, diese Gefühle machen mich noch verrückt. Und dann ist da auch noch Jens! Dieser Gedanke ernüchtert mich sofort. Stimmt, ich habe ja Jens. Wie konnte ich das nur vergessen? Und das alles wegen zwei blauer Augen und des dazugehörigen Blicks. Nun ja, und vielleicht auch ein bisschen deshalb, weil Ben so gar nicht mit seinem emanzipationsgerechten Verhalten in meine Vorurteilsschublade passen will. Wenn man von seinem schwanzgesteuerten, typisch männlichen Paarungsverhalten mal absieht. Und jetzt bekomme ich auch wieder schlechte Laune, und meine gute Meinung über Ben muss schwere Risse hinnehmen. Letzten Endes sind eben doch alle Männer gleich, selbst wenn sie Ben heißen und man (also ich) bei einem Blick aus seinen Augen ganz weiche Knie bekommt. So dass man (also ich) nur noch denken kann: So ein Arschloch! Wieso ist mir nur so anders, wenn er mich ansieht?

Macht das alles Sinn? Irgendwie nicht. Und mein Blick scheint auch genauso wirr zu sein wie meine Gedanken, denn Ben fragt besorgt: „Alles in Ordnung, Lara?"
„Sicher", antworte ich und lächle breit. „Alles bestens."
Ich scheine eine gute Lügnerin zu sein. Jedenfalls glaubt er mir oder tut zumindest so. Ich schnappe mir Emil und schiebe ein Abendessen und eine Gute-Nacht-Geschichte vor, um endlich aus dem Blickfeld dieser Augen zu kommen. Auch wenn das fast nicht möglich ist, da sie mich manchmal bis in meinen Schlaf verfolgen.
Nach einem emotionsgeladenen Abendessen, das Emil mehr schlecht als recht in seinen Magen bugsiert, liegt er endlich im Bett und ist so müde, dass er sogar seine Rittergeschichte vergisst und nur noch mit Mister Petz kuscheln möchte, bis er eingeschlafen ist. Ich beschließe mir eine Prise Jens abzuholen und ihn in Australien anzurufen. Ich schaue auf die Uhr, es ist gerade mal 19 Uhr. Das bedeutet, in Australien ist es schon mitten in der Nacht. Wenn ich ihn wecke, wird Jens wieder sauer sein. Ich tue es dennoch. Natürlich reiße ich ihn aus dem Schlaf, doch zumindest höre ich keine verschlafene Frauenstimme im Hintergrund.
„Mensch, Lara. Wie oft denn noch? Ruf später an, dann ist es hier schon morgens."
„Später schlafe ich", kläre ich ihn auf.
„Und ich schlafe jetzt", murrt Jens.
„Ein Kleinkind stresst mehr als ein paar Schafe."
„Woher willst du das wissen? Sollen wir tauschen?"
„Gute Idee!", rufe ich erfreut und merke, wie Jens am anderen Ende der Leitung fieberhaft überlegt, wie er aus der Nummer wieder rauskommt ohne zuzugeben, dass er alles gut findet, wie es ist.

„Ich glaube, Schafe sind nichts für dich", redet Jens mir meine nicht ernst gemeinte Zustimmung wieder aus.
„Und wie lange sind sie noch was für dich?", frage ich quengeliger, als ich eigentlich möchte.
Jens seufzt auch gleich theatralisch. „Das ist halt gerade mein Job. Glaub mir, ich wäre auch lieber woanders."
Das glaube ich ihm nicht. Er ist gern in Australien, gern in einer anderen Welt, gern ohne Verantwortung. Schafe hin oder her. Die nimmt er in Kauf für sein großes Projekt, das Freiheit heißt. Ich wäre auch gern frei, auch wenn Freiheit für mich gerade eher bedeutet, am Wochenende mal auszuschlafen oder mich spontan in ein Café zu setzen, wenn die Sonne scheint.
„Läuft dein Visum nicht bald ab?", frage ich dann doch noch, um ihn daran zu erinnern, dass er sowieso zwangsläufig bald wieder woanders sein wird.
„Ein paar Wochen habe ich noch", wehrt Jens ab und ich frage mich, ob er in Australien eine Verlängerung geplant hat. Eigentlich wollte er danach noch nach Indien.
„Na gut, Lara. Ich schlafe jetzt weiter. Grüß Emil von mir." Damit legt er auf. Grüß Emil von mir? Was denkt er denn, wie alt sein Sohn ist?
Hey, Emil, schöne Grüße von deinem Vater.
Von wem? Ich habe einen Vater? Ist es Ben?
Nein, nicht Ben, dein Vater heißt Jens.
Blöder Name. Ich finde Ben viel schöner. Warum kann ich keinen Vater haben, der Ben heißt.
Nun ja, damit Ben quasi dein Vater werden könnte, müsste ich mit ihm gewisse Dinge tun, und ich glaube, das will Ben nicht.

Schade, aber warum nicht? Will er nicht mein Vater sein?
Jens ist doch dein Vater.
Wer ist Jens?
Ich stoppe meinen inneren Dialog. Was für eine blöde Gedankenspielerei.
Ich schenke mir ein Glas Wein ein, um mir an diesem Tag wenigstens noch ein bisschen was Gutes zu gönnen. Gemütlich auf dem Sofa sitzen und ein Glas Wein trinken. Klingt nach einem großartigen Plan.

4. Kapitel

Die nächsten Tage läuft das Arrangement zwischen Ben und mir reibungslos. Es gibt auch keine weiteren Frauenstimmen aus dem Schlafzimmer und fast bin ich versucht mir einzureden, dass ich mir das alles nur eingebildet habe. Dennoch bin ich Ben gegenüber voll kühler Höflichkeit, sodass sich ein unkomplizierter Austausch zwischen uns wie in der ersten Zeit nicht mehr einstellen will. Das frustriert mich, obwohl ich die jetzige Situation mit meinem Verhalten herbeigeführt habe.

Am Ende der Woche treffe ich morgens an der Kaffeemaschine mal wieder auf Sanne. Da wir uns fast jeden Morgen treffen, argwöhne ich, dass sie mir auflauert. Was mich allerdings nicht stört, da mir die kleinen Morgenpläusche mit ihr ans Herz gewachsen sind.

„Meine Freundin ärgert sich über ihren Mann", eröffnet Sanne heute das Gespräch, während sie Zucker in ihren Kaffee schüttet.

„Das wundert mich", entgegne ich. „Ich wusste nicht, dass man sich über Männer ärgern kann."

Natürlich meine ich das ironisch, doch Sanne geht über meine Bemerkung einfach hinweg.

„Ihr Mann hilft ihr einfach nicht im Haushalt und auch nur selten mit den Kindern. Dabei sind sie beide berufstätig, aber die Doppelbelastung liegt auf ihren Schultern."

„Ja, das ist ungerecht", antworte ich und sehe zu, wie mein Kaffee aus der Maschine in die Tasse läuft und sich

die hellbraune Crema bildet. „Aber immer noch besser als Jens, der sich mal gleich ganz verdünnisiert."
„Dann macht er wenigstens auch keine Arbeit", konstatiert Sanne trocken.
„Das stimmt. So habe ich das noch gar nicht gesehen", antworte ich und nippe gedankenverloren an meinem Kaffee.
„Dabei halten die Männer sich doch für das starke Geschlecht, da sollten sie Karriere, Kinder und Haushalt doch mit Leichtigkeit wuppen. Ganz ehrlich, wenn nicht sie, wer denn dann?" Sanne stellt die Frage ganz ernst, aber ich merke, dass sie das eigentlich als Spaß meint. Aber, meine Güte, sie hat einfach Recht.
Wir kichern. „Der war echt nicht schlecht", lobt Sanne sich selbst. „Man kann sich wirklich ernsthaft fragen, warum Männer sich für das starke Geschlecht halten, wo doch die Frauen die meiste Alltagsarbeit übernehmen."
„Das frage ich mich schon lange", tönt Meikes Stimme von hinten. „Mein Mann ist auch von den einfachsten Haushaltsaufgaben überfordert. Und so was will Ingenieur sein." Sie schüttelt den Kopf.
„In der Hinsicht sind wir Frauen uns wohl alle einig", sagt Sanne noch und stakst an ihren Arbeitsplatz, um nicht das Risiko einzugehen vor Meike als Tratschtante dazustehen.
Auch ich mache es mir hinter meinem Schreibtisch bequem und tue zumindest so, als würde ich anfangen zu arbeiten, obwohl ich in Wirklichkeit beobachte, wie meine hellbraune Crema langsam mit dem dunkelbraunen Kaffee verschmilzt. Während ich noch vor mich hinträume und dabei versuche, völlig auf meine Arbeit

konzentriert auszusehen, klingelt das Telefon. Es ist der Kindergarten.
„Bitte hol Emil ab“, sagt Nadja und klingt nicht nur kurz angebunden, sondern komplett aufgelöst. „Ein anderes Kind ist ein Corona-Verdachtsfall. Alle Kontakte müssen sofort in Quarantäne.“
„Emil kann nicht in Quarantäne“, höre ich mich wie durch Watte sagen. „Ich kann ihn nicht betreuen.“
„Emma ist auch betroffen. Sprich dich halt mit Ben ab.“ Nadja lässt nicht mit sich diskutieren. „Lieber Himmel, Lara. Es ist Gesetz!“
Es ist Gesetz? Was für ein Gesetz?
„Es ist eine Corona-Notverordnung. Wir wissen alle nicht, was auf uns zukommt, aber junge Menschen stecken die Infektion in aller Regel gut weg.“
Plötzlich wird mir ganz flau. Das hier ist ernst. Ich muss Emil abholen. Fast kommt es mir so vor, als müsste ich ihn retten. Vor den ganzen schrecklichen Viren, die im Kindergarten kursieren.
„Okay“, sage ich. „Ich komme sofort.“ Meine Stimme klingt brüchig. „Soll ich Emma auch gleich mitnehmen?“
„Das wäre super. Ich konnte Ben noch nicht erreichen.“ Nadja klingt erleichtert, gleich zwei Baustellen bearbeitet zu haben.
Mit wackligen Beinen gehe ich zu Meike ins Büro und schildere ihr die Situation.
„Sicher, Lara“, bestärkt sie mich. „Wir befinden uns gerade in einer Ausnahmesituation. Geh und hol deinen Sohn ab. Du hast genug Überstunden. Das passt.“
Erleichtert packe ich meine Sachen, verlasse mehrere Stunden vor der normalen Zeit das Agenturgebäude und haste zum Kindergarten. Emil erwartet mich in der

Garderobe. Wie ein Häufchen Elend sitzt er auf der Garderobenbank. Er empfindet seine frühe Abholung durch mich als Rauschmiss und fühlt sich persönlich verantwortlich. Das spüre ich genau. Zum Glück sitzt Emma auch an ihrem Platz. Somit ist Emil nicht alleine. Außerdem kann ich Emma auf diese Weise auch gleich mitnehmen.
„Kommt, Kinder“, höre ich mich sagen. „Gehen wir nach Hause und trinken eine große Tasse Kakao mit Sahne.“
Zwei kleine Gestalten jubeln und strahlen bei meinen Worten, und ich fühle mich auf erwachsene Art großzügig. Der Heimweg gestaltet sich dennoch langwierig wie immer. Aber auch der längste Weg findet mal ein Ende und schließlich sitzen zwei Kinder an einem Donnerstagmorgen an meinem Küchentisch und schlürfen heiße Schokolade.
Während sich die beiden Kleinen noch von ihrem vermeintlichen Rausschmiss erholen, versuche ich Ben zu erreichen, um ihm zu sagen, dass Emma bei mir ist. Doch ich erreiche nur seine Mailbox. Ich spreche ihm kurz eine Nachricht drauf. Hoffentlich hört er sie auch ab, denke ich und gehe dabei von mir aus: Ich höre meine nämlich grundsätzlich nie ab.
Danach bauen wir mit Emils bunten Bauklötzen einen Turm. Noch während wir dabei sind, klingelt mein Handy, und mein Herz macht einen völlig unangebrachten Hüpfer.
„Emma ist bei dir?“, vergewissert sich Ben auch erstmal, bevor er überhaupt Hallo sagt.
„Ja, sie ist bei mir und baut mit Emil gerade einen vierfarbigen Turm“, informiere und beruhige ich ihn.

„Okay, ich komme so schnell ich kann. Ich glaube, wir haben einiges zu klären."
Und wieder dieses blöde Herz, das hüpft und klopft, als wäre es auf einem Rockkonzert. Dabei will Ben ja nur die neue Corona-Situation mit mir besprechen und nicht unsere nicht vorhandene, da nicht ausgesprochene Gefühlssituation, die es sowieso nicht gibt, denn bei allem, was nicht ausgesprochen wird, kann man die Existenz leugnen. Was extrem praktisch ist. Jedenfalls in Bens und meinem Fall. Klingt das chaotisch? Nun ja, es ist chaotisch.
Wenig später steht Ben vor meiner Tür und sieht einfach nur gut aus. So gut, dass mir die Knie weich werden, obwohl er gar nicht mein Typ ist.
„Hallo", sagt er. „Wo ist Emma?" Er stellt diese Frage schnell, damit bloß keine romantische Stimmung aufkommt – vielleicht?
„Hi", antworte ich mit meiner unkomplizierten Ich-bin-krass-und-habe-alles-im-Griff-Stimme. „Emma ist im Wohnzimmer."
Ben geht ohne jegliche Verzögerung durch meine Haustür direkt ins Wohnzimmer und scheint sich erst beim Anblick der friedlich spielenden Emma ein wenig zu beruhigen.
„Emma", spricht er sie an. „Papa ist da."
„Hallo Papa", antwortet sie fröhlich. „Emil und ich bauen gerade einen hohen Turm", informiert sie ihn noch und widmet sich dann wieder voller Konzentration ihrem Spiel.
Ben dreht sich erleichtert zu mir um. „Ihr scheint es ja gut zu gehen."
„Ja, sicher. Weshalb denn nicht?", frage ich erstaunt.

„Nun ja.“ Ben schaut etwas unschlüssig. „Ich dachte, sie hätte Corona.“
„Und wenn schon“, meine ich. „Das wird doch nur für ältere Menschen gefährlich.“
„Es sind wohl auch schon Kinder gestorben.“ Ben schaut nach wie vor besorgt.
Kurz bin auch ich besorgt, und mein Bauch verknotet sich. Ich hasse dieses Gefühl. Deshalb verdränge ich es sofort und wiegle ab: „Das sind die Medien. Die sind auf schlechte Nachrichten programmiert. Bringt mehr Aufmerksamkeit.“
„Vielleicht hast du recht“, antwortet Ben und klingt nicht besonders überzeugt, was womöglich auch daran liegt, dass er selbst Journalist ist und es besser weiß. Doch diese unangenehme Wahrheit verdränge ich gleich wieder.
„Kann sie noch bleiben?“, frage ich, weil ich die beiden nur ungerne in ihrem Spiel stören möchte.
„Wenn es für dich okay ist, gerne. Ich muss sowieso noch einen Artikel fertigschreiben.“
„Alles klar“, sage ich leichthin. „Ich bringe sie dir dann so um 6 Uhr rüber. Passt das?“
„Perfekt“, meint Ben und lächelt zum ersten Mal, seit er atemlos meine Wohnung gestürmt hat, breit und aufrichtig.
Und dieses Lächeln begleitet mich durch den Rest des Nachmittags. Vor lauter Erinnerung an Bens Lächeln überhöre ich sogar fast Frau Marquardts Versuche, durch das Klopfen an die Decke ihren Unmut über den fröhlichen Kinderlärm zu äußern. Leider ist ihr Klopfen sehr penetrant, sodass ich es irgendwann dann doch nicht mehr ignorieren kann.

Dennoch kann ich ja schlecht zu den Kindern sagen: „Hey, spielt gefälligst leiser. Frau Marquardt fühlt sich gestört." Das würden sie auch einfach nicht verstehen. Wahrscheinlich würde eine Antwort kommen wie: „Frau Marquardt kann gerne mitspielen."
Ich bin mir allerdings ziemlich sicher, dass das nicht ihre Intention ist. Deshalb ködere ich die beiden mit der Idee einen Bananenshake zu machen. Meine Küche wird danach zwar höchstwahrscheinlich eine Grundreinigung benötigen, aber das scheint mir ein kleiner Preis für Frau Marquardts Seelenheil zu sein.
Erstaunlicherweise bleibt die Küche fast in ihrem alten Zustand, dank der Tatsache, dass ich den größten Teil der Zubereitung selbst übernehme. Hm, der Bananenshake schmeckt auffallend gut. Das Rezept muss ich mir merken.
Um Punkt 6 Uhr stehe ich mit Emma vor Bens Tür und weiß nicht, welche Annahme mir peinlicher sein soll: Dass ich so pünktlich bin, weil ich Emma loswerden möchte oder weil ich es nicht erwarten kann, ihren Vater zu sehen. Nun ja, eindeutig das zweitere. Zumal das auch genau der Grund ist, und ich möchte ja nicht durchschaut werden.
Ben öffnet die Tür und nimmt mit seiner männlichen Präsenz den gesamten Türrahmen ein.
„Ich glaube, wir haben ein Problem", eröffnet er das Gespräch.
Ja, ich habe ein Problem, nämlich ihn wieder aus meinem Kopf zu bekommen. Ich wusste nicht, dass er auch eins hat.
„Welches denn?", frage ich.
„Wir sind in Quarantäne."

Ich bin maximal verwirrt und schüttle den Kopf in der Hoffnung, dass er wieder klar wird.
„Und das bedeutet was?“, frage ich.
„Wir dürfen das Haus nicht mehr verlassen, bis wir wissen, ob Jonas sich angesteckt hat.“
„Jonas ist der Corona-Verdachtsfall? Den konnte ich noch nie leiden.“
Ben grinst schief. „Wünsche ihm trotzdem alles Gute und hoffe, dass er gesund ist.“
„Okay“, sage ich. „Wie lange dauert es, bis wir wissen, ob er sich angesteckt hat oder nicht?“
„Keine Ahnung.“ Ben zuckt die Achseln. „Die Testzentren sind wohl gerade ziemlich überlastet.“
Gedankenverloren streicht er Emma über das Haar. Ich versuche zu ignorieren, was diese Geste mit mir macht.
„Wir könnten morgen zusammen frühstücken“, schlägt Ben plötzlich vor.
Ich schüttele den Kopf. „Das geht leider nicht. Ich muss arbeiten.“
Ben schaut mich etwas fassungslos an. „Lara, wir sind bis auf Weiteres in Quarantäne. Du kannst da nicht arbeiten gehen.“
Allmählich wird auch mir die gesamte Tragweite der Situation bewusst. Mein schockiertes Gesicht scheint Ben anzurühren, denn er streckt die Hand aus und berührt sanft meine Schulter.
„Schlafen wir erstmal darüber.“ Seine Stimme ist sanft und mitfühlend. „Morgen sieht es bestimmt schon anders aus. Kaffee und Toast um 8 Uhr bei mir?“
„Okay, gern.“ Ich versuche zu lächeln. Tausend Gedanken purzeln durch meinen Kopf, doch nur einer bleibt wirklich haften. Ich werde mit Ben morgen früh-

stücken. Bei dieser Aussicht hat sogar Corona nicht die Macht, mir meine sich schlagartig bessernde Laune zu verhageln.
Schließlich nehme ich Emil an die Hand und gehe über den Flur in meine Wohnung zurück. Ich spüre, dass Emil müde ist, sein Tag war anstrengend und verwirrend. Trotzdem wirkt er aufgedreht, und ich befürchte, dass ich ihn trotz allem nur schwer ins Bett bekommen werde.
Um ihn ein bisschen zur Ruhe zu bringen, koche ich uns einen Tee, den wir gemeinsam auf dem Sofa trinken, bis Emil schließlich die Augen zufallen und ich ihn ohne großes Aufheben ins Bett bringen kann.
Doch ich bin nach wie vor wegen der Aussicht, morgen ein ganzes Frühstück lang mit Ben zusammen sein zu dürfen, aufgeregt. Um meine aufgewühlten Nerven zu beruhigen, schenke ich mir den restlichen Rotwein ein, der schon seit Wochen in der Flasche vor sich hingammelt. Obwohl ich sicher bin, dass Wein aufgrund seines Alkoholgehaltes nicht umkippen kann. Dennoch nippe ich zunächst ganz vorsichtig. Doch der Wein scheint in Ordnung zu sein und nehme einen großen Schluck. Dann setze ich mich aufs Sofa, ziehe die Beine an und lasse meinen Gefühlen freien Lauf. Seltsamerweise bin ich in diesem Moment glücklich. Schon der Gedanke an Ben macht mich glücklich. Der Gedanke an unser gemeinsames Frühstück erfüllt mich mit unermesslicher Vorfreude.
Das Klingeln des Telefons reißt mich aus meiner Träumerei. Noch ganz in Gedanken hebe ich ab.
„Hallo?"

„Lara, bist du das?“ Es ist Jens. Ich erkenne seine Stimme.
„Jens?“, frage ich trotzdem, da ich es kaum glauben kann, dass er mal anruft.
„Ja, ich bin's. Ich wollte dir nur sagen, dass ich nach Hause komme.“
Kaum hat er das gesagt, bin ich hellwach und ein Schreck läuft durch meinen Körper, den ich nur als lauten verneinenden Aufschrei deuten kann, obwohl es genau das ist, was ich mir seit Monaten wünsche.
„Du kommst wieder?“, stammele ich und fühle mich schlagartig ernüchtert.
„Mein Flug geht in zwei Tagen. Freust du dich, mich wiederzusehen?“
„Sicher“, sage ich mechanisch und kann doch nur denken: Zwei Tage. Ich habe mit Ben nur noch zwei Tage. Dann ist Jens wieder da, und Emil hat seinen Vater wieder.
„Mach dir wegen mir aber keine Umstände. Stefan holt mich vom Flughafen ab.“
Stefan. Ausgerechnet der. Mit dem ist Jens schon früher immer in diversen Kneipen versumpft. Wir hatten so oft Stress deswegen.
„Geht ihr dann gleich einen heben?“, frage ich auch in alter Manier, obwohl es mich eigentlich gar nicht mehr wirklich interessiert.
„Oh, mein Gott, Lara. Schon wieder diese alte Leier, und ich bin noch nicht mal da.“ Jens ist genervt. Das höre ich an seiner Stimme. „Und, nein, wir gehen wahrscheinlich keinen heben. Schließlich werde ich 22 Stunden Flug hinter mir haben. Das ist anstrengend.“

„Ich habe ja nur gefragt. Also, dann, guten Flug und bis in ein paar Tagen. Wann bist du eigentlich in Deutschland?"
„Am Dienstag."
„Ich wollte es nur wissen, Emil und ich sind nämlich in Quarantäne. In Emils Kindergarten gibt es einen Corona-Verdachtsfall, aber bis Dienstag hat sich das bestimmt geklärt."
„Hoffentlich", meint Jens nur, als wären Corona und die damit einhergehende Quarantäne meine Schuld. „Schließlich verlasse ich Australien nur wegen Corona."
Das traut er sich tatsächlich zu sagen? Nicht die Sehnsucht nach mir treibt ihn nach Hause oder zumindest die Sehnsucht nach Emil. Nein, ganz profan die Coronasituation. Scheiß Corona.
„Okay, wir sehen uns", würge ich ihn ab und kann sein Erstaunen über meinen abrupten Gesprächsabbruch fast durch das Telefon spüren. Schließlich ist das ein ganz neues Verhalten von mir, das ich selbst noch kaum begreifen kann.
Nach unserem Telefonat sitze ich auf dem Sofa und starre vor mich hin, unfähig auch nur einen Finger zu rühren, geschweige denn mich zu bewegen. Jens kommt wieder. Darauf habe ich wochenlang gewartet, doch jetzt wo es so weit ist, interessiert es mich nicht mehr. Ganz im Gegenteil, ich wünschte, er bliebe weg. Weit weg. So weit wie möglich. Also in Australien. Da ist er ja auch gerade. Also, das passt doch.
Nein! Es passt nicht. Ich weiß nicht mehr, was ich will. Aber vielleicht ist das auch egal, da Ben ja eindeutig nichts von mir will. Sonst hätte er ja wohl kaum andere Frauen in seinem Bett. Und Jens will mich auch nicht,

sonst hätte er wohl kaum Lauren in seinem Bett. Das ganze Gefühlschaos überfordert mich und ich fange an zu heulen. Zuerst fange ich langsam an zu schluchzen, bis ich schließlich haltlos losheule. Zum Glück hat Emil einen gesegneten Schlaf und wird nicht wach. Gefühlte Stunden später bin ich vom Weinen so erschöpft, dass ich fast auf dem Sofa einschlafe und mich nur mit großer Mühe zuerst ins Bad zum Zähneputzen und dann ins Bett schleppe.

Nach einer unruhigen Nacht fühle ich mich wie gerädert und stehe nur auf, weil Emil ruft und ich außerdem auf jeden Fall nicht zu spät zu Ben kommen möchte.

Ich stehe zwar pünktlich vor seiner Tür, da Emil sich in der Erwartung, Emma zu sehen blitzschnell und ohne Weiteres hat anziehen lassen, aber leider sehe ich wegen meiner durchweinten Nacht reichlich demoliert aus.

„Geht es dir gut, Lara?“, fragt Ben auch gleich anstatt einer Begrüßung.

„Ja, danke“, antworte ich. „Geht schon.“

„Du siehst aus, als hättest du die letzte Nacht zu tief ins Glas geschaut.“

Nun, das kann ich schlecht dementieren, indem ich ihm die Wahrheit sage und zugebe, dass ich furchtbar heulen musste, unter anderem auch wegen ihm. So ganz nach dem Motto: Ich habe wegen dir geheult – wegen dir und der Tatsache, dass Jens nach Hause kommt und alles zerstören wird, was es sowieso nur in meinen Träumen gibt. Doch auch zerstörte Träume tun weh. So wenig real sie auch sein mögen.

„Ich habe schlecht geschlafen", sage ich deshalb nur und schiebe im Anfall eines Geistesblitzes sorgenvoll hinterher: „Ich hoffe, ich habe kein Corona."
„Das hoffe ich auch", sagt Ben und macht trotzdem die Tür weit auf, damit ich seine Wohnung betreten kann.
Der Frühstückstisch ist gedeckt, der Kaffee duftet verführerisch und es gibt frisch aufgebackene Brötchen.
„Wow", entfährt es mir. „Sieht alles superlecker aus und riecht auch so." Schnuppernd halte ich meine Nase in die Luft.
„Setz dich", fordert Ben mich auf. „Möchtest du Kaffee?"
„Gern."
Wenig später steht eine duftende Tasse schwarzer Kaffee vor mir, und nach den ersten Schlucken erscheint mir das Leben wieder lebenswert. Besonders, weil ich sehe, dass Ben sich so viel Mühe gegeben hat. Wegen mir? Oder aus einer Corona-Langeweile heraus?
„Wie geht es dir denn jetzt?", fragt Ben und setzt sich an den Tisch mir gegenüber. Emil und Emma sind bereits im Wohnzimmer verschwunden, um Emmas Spielekiste zu inspizieren.
„Geht so", antworte ich und ärgere mich gleich, dass ich ihm kein fröhlicheres Gesicht zeige. Ich schnappe mir ein Brötchen, lobe die selbstgemachte Marmelade von seiner Mutter und hoffe, dass er nicht weiter fragt, sondern dass ich es schaffe, ihm gute Laune vorzuspielen. Ich möchte so gern frisch und gut aufgelegt auf ihn wirken. Ich glaube, Ben ist ein Mann, der auf positive Frauen steht.
„Du siehst irgendwie so … zerstört aus", lässt Ben sich allerdings nicht ablenken.

„Ich sage doch, ich habe schlecht geschlafen." Ich merke selbst, dass ich gereizt klinge.
Ben schaut weiterhin skeptisch. „Entschuldige bitte, Lara, aber so einfach möchte ich dich nicht davonkommen lassen. Ich spüre doch, dass dich etwas belastet."
Wer hat nochmal behauptet, Männer würden die Gefühle anderer Menschen nicht wahrnehmen? Auf Ben trifft das jedenfalls nicht zu. Er ist so feinfühlig, dass er Stimmungen aufschnappt, die gar nicht für ihn bestimmt sind.
Schließlich hole ich tief Luft und sage ihm die halbe Wahrheit: „Jens kommt aus Australien zurück."
Ein Schatten huscht über Bens Gesicht, so kurz und schnell, dass ich fast versucht bin zu denken, ich hätte mich geirrt.
„Freut dich das denn nicht?", fragt er mit belegter Stimme.
Ich sehe ihn an. Er sieht mich an. Mein Herz flattert. Ihm entgegen. Es ist fast unerträglich. Trotzdem kann ich meinen Blick nicht abwenden und sehe ihm weiterhin in die Augen. Sie sind blau und strahlen trotzdem Wärme und Verständnis aus, dass mich ein seltsames Gefühl von nach-Hause-kommen erfüllt.
„Ich bin mir nicht sicher", antworte ich wahrheitsgemäß. „Ich habe Angst, dass er alles durcheinanderbringt."
Ich sehe Ben weiterhin an. Versteht er die Botschaft? Dass ich unser Arrangement trotz allem liebe und es mir viel bedeutet, da ich ihn dann immer sehen kann. Von der Selbstverständlichkeit seiner Unterstützung mal

ganz abgesehen. Auch wenn er lieber mit anderen Frauen ins Bett geht.
„Er wird sich wieder eingewöhnen“, gibt Ben sich sicher.
Er wird sich erstmal überhaupt gewöhnen müssen, denke ich.
Laut antworte ich: „Jens ist anders als du. Er hat nicht diese selbstverständliche Fürsorge für Kinder.“
Ben lächelt traurig. „Ganz ehrlich, Lara? Ich habe das auch erst lernen müssen.“
„Du hast es aber gelernt“, lächle ich traurig zurück. „An Jens‘ Lernfähigkeit habe ich starke Zweifel.“ Ich wende meinen Blick ab und zucke mit den Achseln.
„Er ist immerhin Emils Vater.“
„Stimmt.“ Ich nicke. „Und er ist mein Freund, auch wenn ich gerade nicht mehr weiß ...“ Rasch stoppe ich mich. Ich möchte Ben meine Gefühle nicht verraten, auch wenn ich denke, dass er sie eigentlich erkennen müsste. Schließlich hat er schon bewiesen, dass er sehr sensibel ist.
„Das wird schon“, meint Ben tröstend. Doch sein Blick ist traurig.
Ich nicke und esse mein Brötchen mit der selbstgemachten Marmelade. Was soll ich auch noch sagen? Ben sagt ja auch nichts. Jedenfalls nichts, was mir zeigen könnte, was er fühlt. Und ich würde es so gerne wissen, möchte es fühlen, möchte es leben.
Doch dann stoppe ich mich. Moment mal. Ben verbringt seine Nächte mit anderen Frauen, und ich fantasiere mir in meinen Tagträumen was zusammen, was außerhalb jeglicher Realität liegt.
Wir verbringen trotz meiner unrealistischen Träume den ganzen restlichen Tag zusammen. Doch leider nicht

aufgrund einer romantischen Stimmung, sondern weil das einfacher für uns ist, da wir unsere Wohnungen ja sowieso nicht verlassen dürfen.
Wir spielen mit den Kindern, bauen Bauklötzchentürme, üben Puppentheater und kochen in Emmas Spielküche eine Fantasiesuppe. Es ist so schön und fühlt sich so sehr nach Familie an, dass ich am Nachmittag, als Emma und Emil gemeinsam in Bens Bett ihren Mittagsschlaf halten, unter dem Vorwand ein bisschen aufräumen zu wollen, in meine Wohnung gehe und erst mal tief durchatme, um meine blank liegenden Nerven zu beruhigen und gefühlsmäßig wieder in meine Realität zurückzukehren.
Später gehe ich wieder zu Ben. Emma und Emil sind schon wach und toben munter durchs Wohnzimmer.
„Holla, hier ist ja was los", lache ich und gebe mich mal wieder unkomplizierter, als ich mich fühle.
Ben grinst mich vom Sofa aus schief an, wo er sich hingeflüchtet hat, um sich zumindest ein bisschen vor den Bauklötzchen zu schützen, die durch das Zimmer fliegen.
„Komm hierher", ruft er mir zu und hangelt nach einer Decke, die er dann sorgfältig über unsere Köpfe breitet.
„Die Decke ist unser persönlicher Schutzwall", informiert er mich in einem bemüht ernsten Ton.
„Das ist gut", versichere ich ihm und mache mich ganz klein, um möglichst wenig Angriffsfläche zu bieten.
„Politisch extrem unkorrekt, aber ich fühle mich wie im Bombenhagel."
„Das ist nicht politisch unkorrekt, sondern eher altmodisch", denke ich laut. „Heute versucht man sich

doch eher an psychologischer Kriegsführung. Gerne auch Diplomatie genannt."

Ben lacht. „Du hast einen wunderbar trockenen Humor, Lara."

Ich werde ganz verlegen, hauptsächlich deshalb, weil das eigentlich gar kein Witz war. Die Nähe zu Ben unter der Decke tötet jeden humorvollen oder sonstigen Gedanken in mir ab. Doch irgendwann hören die Bauklötze auf zu fliegen und wir können unter der Decke hervorkommen.

„Puh", entfährt es Ben. „Mir ist ganz schön warm geworden."

Ich bin mir nicht sicher, aber ist das ein zweideutiger Blick? Vor lauter Unsicherheit beschließe ich, ihn auf jeden Fall zu ignorieren.

„Jetzt kann ich einen Kaffee vertragen", meint Ben. „Du auch?"

Wenig später sitzen wir mit einer dampfenden Tasse vor uns an seinem Küchentisch. Fieberhaft überlege ich, worüber ich mit ihm reden könnte. Irgendwas, was meine Gefühle nicht verrät, aber mein Kopf ist leer. Zum Glück scheint es Ben nicht so zu gehen, denn er plaudert munter drauf los. Erzählt Anekdoten aus seinem Berufsalltag und dass er berufsgedingt grundsätzlich an den Wochenenden stark eingespannt ist.

„Das fand Nina oft gar nicht gut", lächelt er versonnen. „Aber natürlich hat sie es trotzdem akzeptiert", fügt er noch schnell hinzu.

„Wie machst du das dann mit Emma?", frage ich.

„Meine Mutter ist glücklicherweise sehr engagiert, was ihre Enkeltochter angeht."

Ich überlege, wie ein Leben an Bens Seite aussehen würde, wenn er das halbe Wochenende auf Sportveranstaltungen ist, um dann darüber zu schreiben. Hat Nina die Familienwochenenden vermisst und haben sie das dann unter der Woche nachgeholt?
„Zum Glück bin ich nicht jedes Wochenende unterwegs“, beantwortet Ben meine Fragen, bevor ich sie gestellt habe. „Wir sind mehrere Berichterstatter und wechseln uns ab.“
Nun, dann wäre das ja auch geklärt.
„Und du?“, fragt er.
„Ich arbeite am Wochenende nicht“, antworte ich ernsthaft, und Ben lacht.
Gern würde ich ihn fragen, wer diese Frau neulich in seinem Bett war, aber ich traue mich nicht. Und es geht mich eigentlich auch gar nichts an. Und wenn ich natürlich nicht alles aus Bens Leben mitbekomme, sind wir in den letzten Tagen doch so oft zusammen gewesen, dass ich mir sicher bin, dass keine Frau mehr bei ihm war.
Schließlich erzähle ich ihm von meinem Job und meiner tyrannischen Chefin Meike.
„Magst du deinen Job?“, fragt er und schaut mich interessiert an. Seine Arme ruhen auf der Tischplatte, und ich bemerke feine blonde Härchen auf seinen Unterarmen, die mich auf seltsame und beunruhigende Art und Weise berühren.
Ich lege den Kopf schief und tue so, als würde ich überlegen. „Ja, ich mag meinen Job. Ich bin eigentlich gerne Meikes Assistentin, auch wenn es mit ihr manchmal ganz schön stressig sein kann.“

„Hat sie denn Verständnis für deine Situation als alleinerziehende Mutter?“
„Nein“, antworte ich ohne nachzudenken. Ben schaut erstaunt. „Sie hat keine Kinder“, füge ich erklärend hinzu. „Deshalb kann sie es nicht verstehen, aber sie gibt sich alle Mühe, das zu verbergen.“
Ben lacht entspannt, und ich stelle fest, dass ich sein Lachen liebe. Es gibt mir das Gefühl, witzig zu sein, wo ich doch einfach nur ehrlich bin.
Doch irgendwann sind unsere Kaffeetassen leer, und es ist Zeit fürs Abendessen. Und auch, wenn es mir schwerfällt, beschließe ich zu gehen. Trotz all der für mich gut empfundenen Gespräche kann ich nicht einschätzen, ob Ben wirklich so gern mit mir zusammen ist, wie er tut. Meine Unsicherheit und meine tiefe innere Überzeugung, im Grunde genommen eine langweilige Person zu sein, gekoppelt mit Bens gutem Aussehen und seinem natürlichen Charme, unterstützen mich bei der Einsicht, dass Ben einfach nur nett sein will, weil er ein aufgeschlossener Mensch ist und nicht, weil er meine Gegenwart so sehr genießt.
Also schnappe ich mir den sich mal wieder vehement wehrenden Emil und gehe über den Flur zu meiner Wohnung. Bens Einladung, zum Abendessen zu bleiben, schlage ich aus.
Später am Abend sitze ich wieder allein auf meinem Sofa, Emil liegt schon im Bett und schläft, und ich lasse den Tag vor meinem inneren Auge noch mal an mir vorbeiziehen. Es war so schön, den ganzen Tag mit Ben zu verbringen. Trotz aller Unsicherheiten in meiner oder vielleicht auch unserer Gefühlswelt, war es unglaublich

entspannt. Entspannt auf eine Art wie es mit Jens nie war.
Ich versuche also der Tatsache ins Gesicht zu sehen: Ich liebe Jens nicht mehr! Ich möchte mit einem Mann zusammen sein, der mir mehr Freude als Leid ins Leben bringt. Der mich zum Lachen bringt, bei dem ich mich selbst spüre. So wie Ben, auch wenn Ben es vielleicht nicht sein kann, wird er die Blaupause für meine zukünftigen Beziehungen.
Doch was mache ich mit Jens, wenn er am Dienstag kommt? Ich beschließe, das auf mich zukommen zu lassen. Vielleicht entpuppt Jens sich doch als ein ganz anderer. Vielleicht hat Australien ihn geläutert. Vielleicht kann ich das durch das Telefon nur nicht so spüren. Vielleicht liebe ich ihn ja doch noch. Erstmal abwarten und vielleicht wird ja alles ganz anders als gedacht. Alles ist möglich.
Doch dann kommt es noch mal ganz anders. Denn am nächsten Morgen höre ich im Radio, dass viele Fluglinien ihren Flugverkehr wegen Corona eingestellt haben. Das gilt auch für die australischen Airlines. Und damit ist Australien isoliert, und niemand kommt mehr rein oder raus.

5. Kapitel

Die Entwarnung des Kindergartens kommt schon am nächsten Morgen. Der Verdachtsfall blieb ein Verdacht, und wir sind wieder aus der Quarantäne entlassen. Ebenso Ben und Emma. Etwas ratlos stehen wir uns im Flur gegenüber und tauschen die Nachricht aus.
„Schade, ich hatte mich auf einen weiteren gemeinsamen Isolationstag echt gefreut“, meint Ben und sieht erstaunlicherweise tatsächlich enttäuscht aus.
„Wir können den Tag trotzdem gemeinsam verbringen“, schlage ich vor. „Im Büro erwartet mich heute sowieso niemand.“
„Tolle Idee!“, ruft Ben begeistert, und seine blauen Augen leuchten noch intensiver.
Da die Sonne scheint und die häusliche Isolation beendet ist, ziehen wir die Kinder warm an und gehen in den Park. Dort ist es menschenleer, was sich einerseits seltsam anfühlt aber mich andererseits auf merkwürdige Weise beflügelt. In der Stadt ist man selten genug allein. Vielleicht einsam, aber dennoch umgeben von vielen Menschen.
Auch Ben nimmt die Leere wahr. Das sehe ich an seinen Blicken, die haltsuchend umherwandern.
„So menschenleer habe ich den Park noch nie gesehen“, flüstert er. „Wo sind sie denn alle? So viele auf einmal können doch nicht in Quarantäne sein.“
„Vielleicht bleiben sie freiwillig zu Hause“, gebe ich zu Bedenken. „Aus Angst sich anzustecken.“
„Draußen?“, fragt Ben ungläubig.
Ich zucke die Achseln.

Die Kinder finden es zuerst aufregend, dass wir die einzigen Menschen weit und breit sind, doch dann finden wir den Spielplatz mit Absperrband versiegelt vor, und das dämpft unsere Stimmung dann doch sehr.
„Bescheuert“, kommentiert Ben.
„Wie schlimm ist es, wenn man zu solchen Maßnahmen greifen muss?“, frage ich und fühle wieder ein flaues Gefühl im Magen.
Dennoch machen wir das Beste aus unserem ungeplanten, freien Tag. Wir spielen Fangen und Verstecken und werfen uns später auf der Wiese den mitgebrachten Ball immer wieder zu. Die Kinder kreischen vor Freude. Ben ist beim Ball zuwerfen unermüdlich, obwohl ihm doch mittlerweile die Arme lahm sein müssten. So wie mir, aber ich gebe es wenigstens zu und setze mich für eine Pause ins Gras.
Kurze Zeit später sitzt Ben neben mir. Emma und Emil rennen weiter kreischend über die Wiese. Immer dem Ball nach, den sie jetzt mit ihren Füßen vor sich her kicken.
Ich erzähle Ben, dass Jens vielleicht doch nicht kommen wird, da er keine Möglichkeit hat, aus Australien rauszukommen, da alle Flüge gestrichen wurden.
„Bist du sicher, dass er nicht kommt?“ fragt Ben, schaut aber nicht mich an, sondern in die blaue Weite des Parks.
„Nein“, antworte ich.
„Er hat sich noch nicht gemeldet?“, hakt er weiter nach.
„Nein. Vielleicht hat er es doch noch auf einen der letzten Flieger geschafft. Wer weiß“, meine ich und Ben sieht mich seltsam an. Ich schaue genauso seltsam

zurück. Und ich denke, wir hoffen beide dasselbe: Dass Jens nicht kommt.
Bens Nähe irritiert mich und gibt mir doch auch ein Gefühl von Geborgenheit. Eine seltsame Mischung, und ich wünsche mir plötzlich, die Situation wäre weniger kompliziert.
Schließlich klopft Ben sich auf die Schenkel und ruft: „Genug ausgeruht. Laufen wir doch noch mal dem Ball nach." Er springt auf und wirft mir einen auffordernden Blick zu, mit dem er sagen will, dass ich mitkommen soll. Lieber wäre ich faul im Gras sitzen geblieben, doch bei Bens Aufforderung kann ich nicht nein sagen. Also raffe ich mich auf, und wir spielen mit den Kindern noch eine ganze Weile Fußball, bevor es ihnen zu langweilig wird und wir gemeinsam wieder nach Hause gehen.
Auch an diesem Abend ist Emil so müde von den Ereignissen des Tages, dass er sich anstandslos ins Bett bringen lässt und fast sofort mit Mister Petz im Arm einschläft. Mein Bedürfnis, den Abend wohlig räkelnd auf dem Sofa zu verbringen und an Ben zu denken, wird durch einen Anruf von Jens jäh zerstört.
„Lara, wo hast du nur gesteckt?", blafft er mich an, anstatt mich zu begrüßen.
Ich schaue auf das Telefon und sehe es tatsächlich fröhlich blinken.
„Ich war im Park. Und als ich wiederkam, habe ich nicht auf verpasste Anrufe geachtet."
„Du warst im Park? Seid ihr nicht mehr in Quarantäne?"
„Nein, die wurde heute Morgen aufgehoben."
„Du weißt, dass ich nicht kommen kann?", Jens versucht zerknirscht zu klingen. Es bleibt bei dem Versuch.

„Ich habe es mir gedacht. Die Flüge wurden eingestellt."
„Richtig. Ich kann das Land erst mal nicht verlassen. Es soll aber wohl nur für ein paar Tage gelten."
„Nur?", frage ich und freue mich kein bisschen, dass Jens eventuell in zwei Wochen doch auf der Matte steht.
„Ja, ich weiß, ein paar Tage können auch lang sein", versteht Jens meine Frage logischerweise falsch.
„Wir freuen uns trotzdem", lüge ich.
„Also dann", verabschiedet sich Jens. „Ich schlafe jetzt weiter. Bald muss ich aufstehen." Er gähnt demonstrativ.
„Okay, bis bald", antworte ich und frage mich, warum er sich auf einmal so viel Mühe gibt, nett zu sein. Also für seine Verhältnisse – so nett wie Jens eben sein kann. Ganz ungewohnt. Denn die letzten Wochen gab er sich eigentlich nur noch genervt. Kurz nachdem das Gespräch mit Jens beendet ist, klingelt das Telefon wieder. Lars ruft mich an. Völlig perplex melde ich mich. Lars ruft mich sonst nie an.
„Ist was mit unseren Eltern?", frage ich dementsprechend gleich alarmiert.
„Meine Güte, Lara, warum musst du nur immer gleich das Schlimmste erwarten? Von wem hast du nur diese negative Grundeinstellung?"
Ich sage erst mal nichts dazu. Verletzt bin ich trotzdem. Doch ich denke, das wollte er auch. „Warum rufst du sonst an?", versuche ich, ihm den Ball zurückzuspielen. Doch Lars wäre nicht Lars, wenn das nicht total daneben gehen würde.

„Ich darf mich doch wohl nach dem Befinden meiner Schwester erkundigen. Besonders in diesen schweren infektiösen Zeiten."
Im Hintergrund höre ich ihn zu seiner schrecklichen Frau sagen: Typisch Lara. Immer negativ. Immer misstrauisch und kein bisschen dankbar, dass man an sie denkt.
„Mir geht es gut", wehre ich ihn ab und hoffe, dass das Gespräch damit erledigt ist.
„Das ist schön. Ihr habt kein Corona?"
„Nein!" Ich bin genervt, doch meine Stimme bleibt freundlich.
„Das ist erst mal gut", meint Lars gönnerhaft und fährt dann fort: „Ich finde ja, dass du deinen Haushalt etwas ordentlicher gestalten könntest. Dein Leben an sich ist ja geprägt von Überforderung. Dennoch wollte ich dich um einen Gefallen bitten."
Ich weiß nicht, was mich perplexer macht, die fast wie nebenbei gesagten Beleidigungen von Lars oder die Tatsache, dass er mich um einen Gefallen bittet.
„Was für einen Gefallen?", frage ich auch zu Recht misstrauisch.
„Silke und ich wollten ein paar Tage ausspannen und haben uns überlegt, ob du so lange zu uns ziehen könntest und die Kinder beaufsichtigst. Emil kannst du natürlich mitbringen", fügt er noch schnell hinzu.
Ich bin völlig von den Socken, sozusagen im Unmöglich-zu-antworten-ohne-vorher-hörbar-nach-Luft-zu-schnappen-Modus.
„Ihr müsstet natürlich vorher einen Test machen", klärt Lars mich noch auf. „Aber so teuer ist der nicht, das

kannst sogar du dir leisten. Schließlich geht es um die Gesundheit."
Wie fühlt sich wohl ein Fisch auf dem Trockenen? So ähnlich, wie es mir gerade geht, denke ich.
„Ich kann nicht", krächze ich. „Emil hat einen Corona-Verdachtsfall im Kindergarten. Das tut mir leid", füge ich noch schnell hinzu, um den Vorwurf „Ich freue mich, dir nicht helfen zu können" gleich im Vorfeld entkräften zu können.
„Zu blöd!", meint Lars ärgerlich. „Silke und ich haben uns so gefreut." Sein Ton ist unangemessenerweise vorwurfsvoll. Oder auch angemessen, da ja kein Verdacht mehr besteht. Aber das weiß Lars nicht. Und ich werde es ihm mit Sicherheit nicht sagen.
„Vielleicht bleibt es bei dem Verdacht. Wir fahren erst in ein paar Tagen. Es könnte trotzdem klappen."
„Vielleicht", höre ich mich sagen, weil ich mich nicht traue, ihm eine vollständige Abfuhr zu erteilen. „Aber schaue dich bitte dennoch nach einer Alternative um", schaffe ich es noch hinterherzuschieben. „Sehr zuversichtlich bin ich nicht."
„Oh, Lara. Du bist immer so negativ", stimmt Lars wieder seine Leier an. „Warte halt erst mal ab, anstatt gleich das Schlimmste zu erwarten."
Wenn dieser Vorwurf mich nicht doch sehr treffen würde, würde ich am liebsten lachen. Schließlich ist der Verdacht schon längst ausgeräumt, und ich nutze ihn nur noch als Ausrede. Aber es verletzt. Hauptsächlich wahrscheinlich deshalb, weil ich einfach nicht den Mut habe, Lars die Wahrheit zu sagen, die lautet: Scher dich sonst wohin. Ich habe keinen Bock, auf deine Brut aufzupassen.

„Okay, ich bessere mich“, gebe ich mich kompromiss- und unterordnungsbereit. Ich möchte einfach nur meine Ruhe vor ihm haben.
Lars schnaubt hörbar und ungläubig. „Du hast dich in 27 Jahren nicht gebessert. Ich habe die Hoffnung aufgegeben.“
Manchmal frage ich mich, was Lars eigentlich will. Und ob er das selber überhaupt weiß.
„Emil ruft nach mir“, lüge ich, weil ich das Gespräch beenden möchte.
„Du musst nicht gleich springen, nur weil der Sohnemann ruft“, klärt mich Lars auch sofort ungefragt auf.
„Ich weiß. Trotzdem. Tschüss. Ich melde mich“, sage ich noch und lege auf.
Den Telefonhörer noch unschlüssig in der Hand, weiß ich, dass ich Lars gleich ganz klar eine Absage hätte erteilen müssen. Schon allein aus Selbsterhaltungstrieb. Doch tief in meinem Inneren weiß ich auch, dass Lars durchaus jemand anderen hätte fragen können, nur ich war halt die beste und billigste Option.
Also nehme ich das Handy und schreibe ihm: Habe gerade die Nachricht bekommen, dass der Verdacht sich erhärtet hat. Sorry.
So! Jetzt weiß er, dass er nicht mit mir rechnen kann. Zwar lüge ich, um eine Ausrede zu haben, aber das ist immer noch besser, als aus reinem Pflichtgefühl heraus zuzusagen. Zumindest für mich.
Danach schmeiße ich mich aufs Sofa und denke an Ben. Was ist es nur, was mich so anzieht? Sein Lächeln? Seine Augen? Okay, er sieht gut aus. Das hat ja sogar Sanne festgestellt, und die gilt als sehr wählerisch. Aber das allein ist es nicht. Es ist das Gefühl, das er in mir auslöst.

Ich fühle mich so wohl mit ihm, so angenommen. Wahrgenommen, um meiner selbst Willen und nicht wegen der Rolle, die für mich vorgesehen wurde.
Ich wusste nicht, dass mir das wichtig ist. Doch anscheinend ist es das, sonst würde ich nicht so auf Ben reagieren. Was er wohl fühlt? Was bin ich für ihn? Eine weitere Mutter in seinem Netzwerk? Sicher, ich fühle mich angenommen, aber sieht Ben mich überhaupt als Frau?
Ich rekapituliere im Geiste meinen Kleiderschrank. Viel Praktisches, viel Älteres, wenig Weibliches ist mein Resümee. Eigentlich sollte ich mich dringend ein wenig aufpolieren, doch abgesehen von der Energie fehlt mir auch das Geld. Und sollte Liebe davon nicht unabhängig sein? Möglicherweise ist sie das auch, aber leider ist es mein eigener Selbstwert auf jeden Fall nicht, weshalb ich darauf angewiesen bin, mich in meinen Klamotten wohlzufühlen. Doch das tue ich ja, stelle ich fest. Ich gehe nur davon aus, dass sie Ben nicht gefallen, weil sie nicht besonders weiblich sind. Und er so eine wahnsinnig männliche Anziehung hat, und deshalb denke ich ... am besten gar nichts mehr heute Abend. Über diese Grübeleien werde ich noch verrückt. Und ich ändere ja doch nichts dadurch.
Am nächsten Morgen stehe ich vor Bens Tür und hole Emma ab, da es meine Woche ist, die Kinder in den Kindergarten zu bringen. Ben öffnet nur in T-Shirt und Unterhose bekleidet die Tür. Sofort wird mein Mund trocken, und ich fühle mich in meiner unförmigen Winterjacke eindeutig im Nachteil. Gleichzeitig frage ich mich, ob er wohl wieder eine Bettgenossin hat und deshalb so leicht bekleidet durch die Wohnung läuft.

Doch scheinbar hat er das nicht, denn es ertönt keine Stimme aus dem Off, sondern es ist nur Bens Ruf zu hören, der Emma Bescheid gibt, dass Emil da ist, um sie in den Kindergarten zu bringen. Dabei zwinkert er mir zu, und ich fühle mich in Auflösung begriffen, so weich werden meine Knie bei seinem zwinkernden Lächeln.
„Und kommt Jens jetzt?“, fragt er, und ich frage mich, warum ihm das so wichtig ist. Oder warum sonst sollte er diese Frage stellen?
„Nein, er hat keinen Flug mehr bekommen.“
Sieht Ben erleichtert aus oder bilde ich mir das nur ein?
„Er meinte aber, die Flugstreichung sei voraussichtlich nur von kurzer Dauer.“
„Okaaayyy“, meint Ben gedehnt. „Freust du dich darüber?“
„Weiß nicht“, antworte ich nicht ganz wahrheitsgemäß und starre meine Stiefelspitzen an, damit er in meinen Augen nicht die Wahrheit lesen kann.
Dann stürmt Emma zum Glück um die Ecke und zieht mich mit ihrer Wirbelwindenergie mit.
Nachdem ich die Kinder erfolgreich in den Kindergarten gebracht habe, stehe ich mit Sanne zu unserem Morgentratsch an der Kaffeemaschine.
„Dieses Corona macht mich wahnsinnig“, schimpft sie. „Wirklich gefährlich ist es doch anscheinend nur für alte Leute, aber eingesperrt werden wir alle.“
„Die Verbreitung muss halt gestoppt werden“, murmele ich und konzentriere mich auf meine Crema.
„Wusstest du, dass jetzt Einkaufsdienste für alte Leute ins Leben gerufen werden? Damit sie sich im Supermarkt nicht anstecken.“
„Das ist doch gut, oder nicht?“, frage ich.

„Vielleicht“, meint Sanne. „Ich finde jede Maßnahme gut, die diesem Spuk ein rasches Ende bereitet.“
„Ich habe eine alte Nachbarin“, sinniere ich. „Um ehrlich zu sein, nervt sie mich, aber es wäre doch nett, wenn ich ihr anbiete, ihre Einkäufe zu erledigen, oder?“
„Ja, das klingt wirklich nett“, meint Sanne, ist aber mit ihren Gedanken mittlerweile eindeutig schon bei der Arbeit. Also mache auch ich mich – innerlich seufzend – auf den Weg zu meinem Platz und fahre den PC hoch, während ich die Crema sorgfältig inhaliere.
Der Tag gestaltet sich gefühlt lang und anstrengend, da Meike ständig irgendwelche Änderungen haben möchte. Ich bin froh, dass Ben die Kinder abholt, damit ich nicht aus dem Büro hetzen muss, sondern meine Aufgaben erst mal in aller Ruhe fertigstellen kann. Mich beschleicht der Gedanke wie schön es wäre, wenn Ben nicht nur mein Nachbar und Carehelfer wäre, sondern der verantwortungsbewusste Vater von Emil. Wunschdenken, aber dennoch herzerwärmend. Und mehr. Doch das verdränge ich gleich wieder.
Es ist schon nach sechs Uhr, als ich endlich zu Hause bin. In der Agentur war die Hölle los, Meike war in ihrem Delegationseifer einfach nicht zu bremsen vor lauter Angst, dass wir alle demnächst ins Homeoffice geschickt werden. Auf meinem Weg durch das Treppenhaus nach oben, fällt mir wieder meine Idee ein Frau Marquart und ihren Stock vor einer Ansteckung zu schützen, also klingle ich kurzerhand bei ihr, bevor ich mich wieder über sie ärgere und ihr das Angebot doch nicht unterbreite.
Ihre Tür öffnet sich einen Spalt und Frau Marquart lugt vorsichtig um die Ecke. „Wer ist da?“ krächzt sie.

„Guten Tag, Frau Marquart“, sage ich höflich. „Ich bin’s, Lara Kuzera aus dem oberen Stock.“
„Ah, Sie sind’s.“ Die Tür öffnet sich ein Stück weiter, wenn auch nicht viel. „Wollen Sie mal wieder ankündigen, dass es lauter werden kann, weil sie Ihren Sohn nicht im Griff haben?“
Ich wusste nicht, dass es so schnell gehen kann, dass mich diese alte Vettel auf die Palme bringt. Dennoch bleibe ich nach außen hin ruhig.
„Nein, das ist es nicht. Ich gehe morgen einkaufen und wollte fragen, ob ich Ihnen etwas mitbringen kann.“
Von der anderen Seite der Tür kommt erst mal kein Ton, doch dann höre ich die krächzende Stimme misstrauisch fragen: „Wollen Sie mich ausrauben?“
Oh, du meine Güte. Diese Person hat wirklich, also wirklich einen kleinen Dachschaden. Oder man wird einfach wunderlich im Alter.
„Nein, Frau Marquart, bestimmt nicht“, versichere ich ihr deshalb. „Ich möchte einfach nicht, dass Sie Angst vor einer Ansteckung mit Corona haben müssen.“
Wieder kommt kein Ton, doch diesmal, weil mein Angebot der alten Dame die Sprache verschlagen hat.
„Schreiben Sie mir einfach einen Einkaufszettel und ich besorge Ihnen die Sachen. Abrechnen können wir danach.“
Die Tür öffnet sich plötzlich ganz. „Sie sind sehr nett“, stellt Frau Marquart fest und steht auf ihren Stock gestützt mitten im Türrahmen. Ich lächle unbestimmt.
„In diesen unruhigen Zeiten müssen Nachbarn doch zusammenhalten.“
Sie nickt. „Ja, vielen Dank auch. Ich schreibe die Einkaufsliste.“ Mit diesen Worten schließt sie die Tür

wieder. Seltsame Person. Vermutlich einsam. Ich setze meinen Weg nach oben fort und klingle schließlich an Bens Tür. Er öffnet mir fast sofort – eine schiefe Papierkrone auf dem Kopf. Im Hintergrund ist lautes Lachen und Kreischen zu hören. Oh, mein Gott, ich liebe diesen Mann und seine humorvolle Art, mit den Kindern umzugehen.
Ben bittet mich mit einer königlich anmutenden Geste in die Wohnung und schiebt mir, kaum, dass ich im Esszimmer bin, eine Tasse dampfenden Tee zu. Dankbar trinke ich das warme Getränk und erzähle dabei von meinem Angebot, für Frau Marquart einkaufen zu gehen.
„Weiß sie deine nette Geste wenigstens zu würdigen?“, fragt Ben.
„Ich denke schon“, antworte ich und puste über meinen heißen Tee.
„Weißt du“, meint Ben und grinst verschmitzt. „Jeder hat so seine Rolle im Leben, und Frau Marquart hat eindeutig die des Hausdrachens.“
Ich lache. „Und ich dachte, zu dir wäre sie immer äußerst nett? Jedenfalls bringt sie dich mir gegenüber immer als leuchtendes Beispiel.“
„Das liegt nur daran, dass ich ein gutaussehender Typ bin“, grinst Ben.
„Außerdem hast du als alleinerziehender Vater einen Orden verdient, während ich als alleinerziehende Mutter einfach mein Leben nicht im Griff habe.“ Das sollte eigentlich lustig klingen, doch zu meinem eigenen Schrecken stelle ich fest, dass ich verbittert klinge. Auch Ben registriert meinen veränderten Tonfall und geht sofort auf meine geänderte Stimmung ein.

„Die Gesellschaft ist nicht immer gerecht“, bestätigt er meine Wahrnehmung. „Aber das ändert sich allmählich. Lass dich davon nicht verunsichern. Du bist eine tolle Mutter.“
Doch statt dass mich seine Worte aufbauen, ist mir nur noch mehr nach Heulen zumute, weil dieser wunderbare, empathische Mann nicht für mich bestimmt ist und ich mich mit den egozentrischen, nur an den eigenen Bedürfnissen orientierten Männern dieser Welt herumschlagen muss. Dennoch lächle ich Ben an und hauche: „Danke!“
Danach schweigen wir uns erst mal an. Ich trinke in kleinen Schlucken den heißen Tee und suche verzweifelt nach einer lustig klingenden Bemerkung, mit der ich die lockere Stimmung zurückholen kann. Ben wiederrum scheint tief in ernsten Gedanken verstrickt zu sein. Mist! Ich schaffe es immer wieder, gute Stimmungen zu ruinieren. Kein Wunder, dass kein normaler Mann Bock auf mich hat.
„Weißt du, ich merke das schon“, fängt Ben mit ernstem Ton und Gesicht an und mir bleibt vor Schreck das Herz stehen. Was merkt er? Dass ich ihn anhimmle? Oh, mein Gott, wie peinlich!
Doch er fährt ganz anders fort als ich in der ersten Schrecksekunde erwarte. „Ich bekomme von so vielen Menschen Anerkennung wegen meiner Rolle als Emmas Vater. Und ständig wird mir Hilfe angeboten. Fast so, als würde ich es allein nicht hinbekommen. Und dann bekomme ich gutgemeinten Zuspruch, dass ich schon wieder eine Mutter für Emma finden werde. Damit ich mich endlich wieder auf mich selbst konzentrieren kann. Und das sagen Frauen zu mir! Das ist paradox.

Alleinerziehenden Müttern spricht man die Fähigkeit ab, allein für sich und das Kind finanziell ausreichend sorgen zu können. Zudem haben sie keinen Anspruch auf ihre eigenen Bedürfnisse. Und alleinerziehende Väter seien zwar anscheinend nicht nur in der Lage für finanzielle Stabilität zu sorgen, sondern es sei auch noch ihr ureigenstes Bedürfnis. Emotional für ihr Kind zu sorgen, gehöre allerdings nicht zu ihren Bedürfnissen, das machten sie nur gezwungenermaßen, weil gerade keine Frau parat steht. Wir haben beide unsere Rollen zugewiesen bekommen. Und ich fühle mich in meiner auch nicht wohl."
Ich höre ihm zu und fühle mich seltsam berührt. So habe ich das noch nie gesehen. Ich hätte nie gedacht, dass auch Männer mit ihrer Rolle hadern könnten.
„Das stimmt!", sage ich schließlich erstaunt, nachdem ich seine Worte eine Weile auf mich habe wirken lassen. „Das pauschale Absprechen von Kompetenzen fühlt sich immer falsch an. Ziemlich egal, ob dem Vater, wenn auch nur indirekt, abgesprochen wird, Fürsorge leisten zu können oder der Mutter deutlich gezeigt wird, dass sie ihr Kind ja nur im finanziellen Chaos großziehen kann. Und ohne einem finanziellen Chaos ist sie eine schlechte Mutter, weil sie zu viel arbeitet. Der Mann natürlich nicht. Der opfert sich trotz Job für sein Kind auf."
„Aber es reicht nie", springt Ben wieder dazu. „Denn ohne Mutterliebe fehlt einem Kind immer was. Trotz tollem Vater. Deshalb stehen die Frauen auch Schlange, um den armen Mann vor seiner Verantwortung zu schützen und sich seine ewige Dankbarkeit zu sichern, dass sie sich um sein Kind kümmern."

„Das klingt alles so nach altem Rollenbild“, klage ich. „Natürlich ist es immer besser, wenn ein Kind männliche und weibliche Sichtweisen auf das Leben kennenlernt, aber auch in einer Familie mit beiden Elternteilen kann der Vater ein Waschlappen sein und die Mutter die dominante Rolle einnehmen. Jeder muss halt lernen mit seinem Schicksal umzugehen.“
Habe ich das gerade wirklich gesagt? Ausgerechnet ich, die ich ständig mit dem eigenen Schicksal hadere? Die ich ständig die perfekte Familie des perfekten Bruders unter die Nase gerieben bekommt und die selbst nur in der Lage ist, ein uneheliches Kind mit einem verantwortungslosen Globetrotter zu zeugen. Vielleicht sollte ich mir mal meine eigenen Worte zu Herzen nehmen.
„Ich bin kein Waschlappen“, kommentiert Ben.
„Und ich bin nicht dominant.“
„Wir haben gute Voraussetzungen“, lächelt Ben und schaut mir wieder auf seine unnachahmliche Art fest in die Augen. Wenn ich nur wüsste, was er mir eigentlich sagen will.
„Wofür?“, traue ich mich aber dennoch zu fragen.
„Nun, um uns miteinander um unsere Kinder zu kümmern. Wie wir es ja auch schon tun.“ Sein Blick wird noch intensiver, falls das überhaupt noch möglich ist. Aber was will er mir nun sagen? Für mich klingt das eher nach Pragmatismus als nach überbordender Leidenschaft.
„Ja, ich finde wir kriegen das ganz gut hin“, bestätige ich ihn, um ihm bloß nicht meine Bedürftigkeit zu zeigen.
„Soll ich dir beim Einkaufen für Frau Marquart helfen?“, begibt Ben sich wieder auf gefühlssicheres Terrain.

„Gern, das wäre toll“, zeige ich mich von meiner unkomplizierten Seite.
„Wir könnten sowieso füreinander einkaufen“, sinniert Ben. „Das würde uns beiden helfen.“
„Sicher, gute Idee.“ Dann wage ich mich noch weiter vor. „Und wenn du abends mal was vorhast, ... ich passe gerne auf Emma auf.“ Gespannt warte ich, wie er auf mein Angebot reagiert.
Ben schaut irritiert und reagiert zum Glück nicht so enthusiastisch, wie ich es insgeheim befürchte.
„Danke, aber die Zeiten sind gerade nicht besonders ausgehfreundlich. Gilt natürlich trotzdem auch umgekehrt.“
„Ich sehe es genauso wie du. Viel Lust auszugehen, habe ich nicht.“
Mein Tee ist leer und wäre mittlerweile sowieso kalt geworden. Ratlos drehe ich die Tasse in meiner Hand.
„Emil und ich sollten gehen.“
„Emma sollte auch ins Bett.“
Und da sitzen wir nun, schauen uns an. Keiner weiß mehr was zu sagen und es gäbe dennoch noch so viel zu sagen. Ich durchbreche die gedanklich ereignisreiche Stille und stehe auf.
„Emil“, rufe ich, wobei mir erst in diesem Augenblick auffällt, dass es erstaunlich ruhig im Wohnzimmer geworden ist. Erfahrungsgemäß ist Stille bei kleinen Kindern selten ein gutes Zeichen. Ben folgt mir nun auch etwas beunruhigt, erst jetzt fällt mir auf, dass die Pappkrone immer noch schief auf seinem Kopf sitzt.
Das Wohnzimmer ist leer und in Sekundenschnelle rauscht mir das Blut vor Schreck wie Eiswasser durch die Adern. Auch Ben bleibt schreckensstarr stehen und

schaut sich suchend um. Sein Blick fällt auf das Tipi und er schiebt mit einer raschen Bewegung den Eingangsstoff beiseite. Und tatsächlich liegen die Beiden da drin und schlafen tief und fest. Vor Erleichterung wäre ich fast umgefallen.
„Und das ohne Abendessen“, flüstere ich.
Ben zeigt auf die leere Keksschachtel auf dem Boden und bemerkt: „Ich glaube Abendessen ist heute unnötig.“
„Und Zähne putzen?“, spule ich unsere übliche Abendroutine weiter ab.
„Geht auch mal ohne“, grinst Ben. „Hey, Lara. Genieß es, so unverhofft zu einem routinefreien Abend gekommen zu sein. Möchtest du ein Glas Wein?“
„Du hast noch die Krone auf dem Kopf“, kläre ich ihn auf und grinse auch.
Perplex fasst sich Ben an den Kopf und zieht sich die Papierkrone vom Kopf. Es ist ihm sichtlich peinlich. Und das gefällt mir. Dann fühle ich mich in meiner stets gefühlten Peinlichkeit nicht ganz so allein. „Und ein Glas Wein wäre genau das Richtige.“
Ben schenkt jedem von uns ein Glas ein, schiebt nebenher ein Baguette in den Ofen und schneidet ein paar Tomaten auf.
„Nutze den Abend“, grinst er, während er die Tomaten auf den Tisch stellt. Der Wein hat mich ein wenig lockerer gemacht, deshalb antworte ich frech: „Das könnte man zweideutig verstehen.“
„Ich meine das nicht zweideutig“, gibt Ben sich auch sofort defensiv und sieht mich erschrocken an. Mist, denke ich. Schon wieder reingefallen. Jetzt fühlt er sich angemacht.

„Sollte ein Scherz sein“, versuche ich zu retten, was zu retten ist.
„Ich wollte nicht respektlos sein“, sagt Ben und ich verstehe diese Aussage nicht.
Ich nehme einen weiteren Schluck Wein und Ben holt das fertige Baguette aus dem Ofen. Schweigend fangen wir an zu essen.
„Wo hast du das Baguette her?“ breche ich schließlich das Schweigen. „Es ist sehr gut.“
„Vom Bäcker. Es war tiefgefroren.“
„Cool“, sage ich und denke, dass ich immer aufbackbares Baguette aus dem Supermarkt hole. Auch aus Kostengründen.
Vielleicht liegt es am Wein, vielleicht an dem zauberhaft einfachen Essen, aber unsere Stimmung wird wieder gelöster. Manchmal habe ich den Eindruck, dass Ben und ich zu vorsichtig miteinander umgehen. Nicht wirklich locker. Immer ein wenig zu besorgt darum, was der andere denken und ob er sich durch das was man sagt oder tut verletzt fühlen könnte. Und ich frage mich, warum das wohl so ist.
Dennoch wird es ein sehr schöner Abend. Wir erzählen uns viel, und ich bin erstaunt, wie leicht es ist, sich mit Ben zu unterhalten, wenn man nicht ständig auf der Suche nach Gefühlszeichen ist. Ich erfahre viel von ihm, von seiner Kindheit mit zwei Schwestern und seiner Beziehung zu Nina mit der er immerhin über 10 Jahre zusammen war. Und heute noch zusammen wäre, wenn sie nicht gestorben wäre.
„Dann war sie deine erste Freundin?“ frage ich.

„Fast“, lächelt Ben. „Ich hatte eine große, unerwiderte Jugendliebe, und es gab vor ihr ein paar Liebeleien, aber nichts wirklich Ernstes.“
Mittlerweile weiß ich auch wie alt Ben ist. Er ist 33. Dann muss er so um die 21 gewesen sein, als er mit Nina zusammenkam.
„Eine große unerwiderte Jugendliebe“, sinniere ich und frage mich, welche Frau so dumm ist, Bens Liebe nicht zu erwidern.
„Und bei dir?“
„Chaos. Zu viele Gefühle, die nicht erwidert wurden. Und dann kam Jens.“
Ich staune über meine eigene Ehrlichkeit, aber bei Ben habe ich einfach das Gefühl, ehrlich sein zu können. Er beurteilt mich nicht.
„Wie lange seid ihr schon zusammen?“
„Fast 6 Jahre“, antworte ich und stelle fest, dass ich ähnlich alt gewesen sein muss, als ich mit Jens zusammenkam wie Ben und Nina. Dennoch fühlt es sich nicht wie eine ernsthafte, erfüllende Beziehung an, wie Bens mit Sicherheit gewesen ist.
„Ihr seid jung Eltern geworden“, tastet Ben sich vor. „War es zu früh?“
„Auf jeden Fall“, sage ich inbrünstig. „Verstehe mich nicht falsch. Ich liebe Emil, aber ein paar Jahre später Mutter zu werden, wäre bestimmt besser gewesen.“
„Jens hat sich seine Auszeit genommen. Was ist mir dir? Wärst du auch noch gerne ins Ausland gegangen?“
Ich lächle wehmütig. „Vielleicht in meinen Träumen. Im realen Leben hätte ich es mich doch nie getraut.“
„Und ist er deine große Liebe?“
„Du meinst, so wie Nina deine?“

Ben nickt.
„Nein“, sage ich fest. „Er war einfach da. Er war verbindlich, spielte nicht nur mit mir und gab mir ein Gefühl von Sicherheit. Das, … das brauchte ich damals irgendwie“, wird mir im Gespräch klar. „Vielleicht weil ich es zu Hause nicht bekam. Du weißt schon, mein perfekter Bruder und so.“
Bens Blick ruht mal wieder in meinen Augen, warm, stetig und unendlich sichtbar. Erreichbar für mich und meine Gefühle. Ich bin mal wieder komplett verwirrt.
„Und jetzt? Gibt er dir noch Sicherheit?“
„Nein, die hat er mir eigentlich nie gegeben. Er hat nur so getan, wollte es vermutlich auch gerne, konnte aber nicht. Und damit meine ich nicht, die finanzielle Sicherheit, sondern emotionale Sicherheit. Das Gefühl, dass der andere immer für dich da ist.“
Bens Blick bleibt weiterhin nachdenklich auf mir liegen. „Das ist wichtig“, bekräftigt er schließlich. „Vertrauen und Sicherheit. Sich beim anderen wohlzufühlen.“
„Auf jeden Fall“, stimme ich zu.
„Und wie geht es jetzt mit euch weiter?“
„Ich weiß nicht. Erstmal muss er wieder kommen, dann werden wir sehen. Ich kann das so gar nicht beurteilen.“
Und dann wird mir klar, was ich gesagt habe. Ben würde sich mir niemals nähern, solange es Jens gibt. Und wenn ich ihm dann auch noch den Eindruck vermittle, dass ich auf dessen Rückkehr warte, wird er erst recht nichts unternehmen. Ich meine, vielleicht interessiert er sich ja tatsächlich nicht für mich als Frau, sondern nur als unterstützende Mutter – auch wenn es sich manchmal anders anfühlt, aber ich tue auch nichts, was ihn ermuntern könnte. Das wird mir plötzlich klar. Er wird

die Gefühle, die manchmal zwischen uns schweben genauso wahrnehmen wie ich, aber er ist anständig, würde sich nie in eine andere Beziehung drängen. Aber ich wünsche es mir doch so sehr. Dass er Jens einfach beiseiteschiebt und in Zukunft mein Held ist. Doch wie realistisch ist das? Nein, die Entscheidung liegt eindeutig bei mir und ich kann keine treffen, ohne mit Jens von Angesicht zu Angesicht gesprochen zu haben. Alles andere würde sich für mich falsch anfühlen.
Ich sehe Ben an, schaue ihm in die Augen und ins Herz und plötzlich würde ich einfach gerne weinen, weil alles so schrecklich unmöglich ist. Vielleicht sollte ich mich doch darauf freuen, dass Jens bald kommt. Immerhin muss es dann zu einer Entscheidung kommen.
„Weißt du, irgendwie hoffe ich dann doch, dass Jens bald kommt", sagt Ben und fasst meine Gedanken zusammen.
Mein Herz fängt irritiert an zu klopfen. Um das zu verbergen, nehme ich noch einen großen Schluck von dem Wein. Ich fühle mich hilflos, mein Kopf ist völlig leer und meine Gedanken rasen in meinem Kopf wirr um die Wette.
„Warum?", frage ich mit versagender Stimme und räuspere mich. „Weil du mich und Emil dann los bist?"
Jetzt ist es an Ben irritiert und betroffen zu schauen. „Warum sollte es mich freuen, dich los zu sein?" Seine Stimme klingt leicht verärgert.
„Weil ich anstrengend bin?" Meine Stimme ist zu hoch, um selbstsicher zu klingen.
„Anstrengend?" Ben runzelt die Stirn. „Warum denkst du das? Du bist der unkomplizierteste Mensch, der mir seit langem begegnet ist."

„Warum freust du dich sonst?“
„Weil du dich dann aus einer für dich unguten Situation befreien kannst“, sagt Ben liebevoll und scheint seinen leichten Ärger vergessen zu haben. „Oder auch nicht. Aber du kannst dich zumindest entscheiden und hängst nicht mehr in der Luft.“
Ich sehe ihn an und diesmal schaue ich nicht weg, sondern lasse ihn in meine Seele und in meine Gedanken schauen. Plötzlich traue ich mich und fühle einfach nur ein unglaublich tiefes Vertrauen zu diesem Mann, der es anscheinend wirklich nur gut mit mir meint. Auch, wenn ich selbst denke, dass ich es nicht verdient habe, dass man positiv von mir denkt.
Auch Ben sieht mich an und lächelt direkt durch meine Augen in meine Seele hinein. Wenn es Augenblicke gibt, die für die Ewigkeit bestimmt sind, dann ist es dieser. Ein Moment, der für immer in der Erinnerung bleiben wird. Ein Moment so tiefer Verbundenheit, dass er das Leben lebenswert macht.
Nur mit Mühe und viel Kraft kann ich mich von seinen Augen lösen.
„Ich sollte gehen. Es ist spät.“
Ben nickt. „Ich bringe dich noch zur Tür.“
An der Tür angekommen, denke ich einen kurzen Moment, dass er sie nicht öffnen wird, sondern sich davorstellt, damit ich nicht gehen kann. Doch das tut er nicht, sondern er öffnet die Tür und lässt mich anstandslos in den kalten Flur treten. Ein kurzes Lächeln zum Abschied, dann ist unser gemeinsamer Abend vorbei und ich bin ganz allein, da Emil den Rest der Nacht in Emmas Zelt verbringt.

6. Kapitel

Am folgenden Nachmittag erledige ich nach der Arbeit nicht nur meine Einkäufe, sondern auch Bens und Frau Marquarts. Die Liste habe ich mir von beiden morgens persönlich geben lassen. Es ist viel, aber da Emil nicht dabei ist, dennoch entspannter, als wenn ich mit Emil nur für mich allein einkaufe.
Frau Marquart öffnet mir die Tür mit einer Maske, als ich ihre Einkäufe abliefere. Fast hätte ich sie nicht erkannt, da ihr Gesicht hinter dem Stofffetzen fast verschwindet. Doch da es ihre Haustür ist und sie allein wohnt, bin ich ziemlich zuversichtlich, es mit der richtigen Person zu tun zu haben. Außerdem erkenne ich sie an ihren grauen, unordentlich aufgesteckten Haaren.
„Lieferservice“, lächle ich.
Ich bin mir sicher, dass sie auch lächelt, auch wenn ich das wegen der Maske nicht sehen kann. Allerdings macht sie eine einladende Geste in ihre Wohnung. Ich bin kurz sprachlos, da sie noch nie so freundlich zu mir war.
„Ich habe extra die Maske aufgesetzt, damit ich Ihnen einen Kaffee anbieten kann“, erklärt sie. „Masken sollen gegen die Ansteckung mit dem Virus helfen.“
„Tatsächlich?“, frage ich und weiß endlich, warum ich beim Einkaufen so viele Menschen mit einem Stofffetzen vor dem Mund gesehen habe.
„Ich kann ihnen auch eine geben“, bietet sie mir an. „Meine Freundin näht gerade ganz viele aus alten Stoffresten.“ Stolz hält sie mir eine buntgemusterte Maske hin. Ich nehme sie aus Höflichkeit, bin mir aber

ziemlich sicher, dass ich mich mit so einem Ding auf dem Gesicht nicht auf die Straße traue.
Dann trinke ich aus Höflichkeit noch einen Kaffee, den ich eigentlich gar nicht möchte und lerne eine nette und gesprächige Frau Marquart kennen. Vielleicht ist sie aber auch nur nett und gesprächig, weil sie sonst niemanden zum Reden hat. Seit Corona publik wurde, und Kontaktreduzierungen angeraten wurde, habe sie ihre Freundinnen nicht mehr gesehen, erzählt sie. Es hätte nur eine kurze Begegnung mit der Maskennäherin gegeben.
„Zum Glück kann man sich nicht durchs Telefon anstecken", meint sie trübselig. „Aber das ist auf die Dauer auch kein richtiger Ersatz für eine echte Begegnung."
„Es ist bestimmt bald vorbei", versuche ich sie zu trösten. „Sie finden ein hilfreiches Medikament und dann hat der Spuk ein Ende."
„Hoffentlich." Das klingt so traurig, dass mir unser Hausdrachen richtig leidtut und auf einmal gar nicht mehr drachig wirkt.
Das erwähne ich wenig später auch Ben gegenüber, als ich ihm seine Lebensmittel bringe und Emil abhole, damit ich sicher gehen kann, dass er nicht wieder bei Emma einschläft und ich einen weiteren traumhaften Abend mit Ben verbringen muss.
„Der Mensch ist ein soziales Wesen, wir alle brauchen menschliche Kontakte, Gespräche und Berührungen. Auf die Entfernung funktioniert das schlecht." Ist sein Blick bedeutungsvoll oder bilde ich mir das in meiner realitätsfernen Romantik nur ein?

„Es kann ja nicht ewig gehen“, sage ich nur und lasse offen, ob ich Corona, meine Beziehung zu Jens oder irgendwas anderes meine.
Als ich am nächsten Morgen in die Agentur komme, herrscht eine solch aufgeregte Stimmung wie sonst nur kurz vor der Weihnachtsfeier, wenn alle schon mal vorgeglüht haben.
„Was ist los?“, frage ich Sanne, die gerade aufgeregt an mir vorbeiläuft.
„Ein großer Teil von uns wird ins Homeoffice geschickt – der Rest in die Kurzarbeit.“
„Kurzarbeit?“, frage ich voller Schrecken. Ich habe schon zu normalen Zeiten zu wenig Geld.
Sanne, die schon am Ende des Flurs war, dreht sich um und kommt zu mir zurück. „Ja, seltsam, nicht? Wir sind eine Web-Agentur. Man sollte denken, das Online-Business boomt gerade. Aber tatsächlich stellen sich gerade viele Kunden als zahlungsunfähig heraus. Das reißt uns mit.“ Und schon läuft sie wieder los.
Kaum bin ich an meinem Platz, ruft mich Meike in ihr Büro. „Du hast es bestimmt schon mitbekommen, dass unser größter Kunde zahlungsunfähig ist und wir ganz schnell Einsparungen vornehmen müssen. Du müsstest bitte diese Unterlagen unserem Steuerbüro bringen. Vielleicht fällt ihnen was zur Schadensbegrenzung ein.“
Ich schaue sie nur mit großen Augen an. Die Geschwindigkeit des freien Falls überfordert mich. Doch Meike versteht mein Zögern falsch. „Ich möchte keinen Kurier beauftragen. Deshalb schicke ich dich.“
„Okay, kein Problem“, sage ich und strecke die Hand nach der Mappe aus. Ich frage nicht, warum Sanne nicht geht, sie ist doch unsere Buchhalterin und kennt die

Steuerberaterin. Aber wahrscheinlich hat sie Wichtigeres zu tun.
Meike reicht mir einen Zettel mit der Adresse. „Die Steuerberaterin heißt Olivia Westing. Sie weiß Bescheid, dass jemand kommt."
Ich ziehe also meine Jacke wieder an, nur um sie vor der Agentur wieder auszuziehen, denn wie durch ein Wunder hat sich der graue März in einen sonnigen April verwandelt. Zwar ist es morgens noch kalt, aber dann wird es wunderbar warm. Ich beschließe, das schöne Wetter zu nutzen und in das Steuerbüro zu laufen. Eine kleine Auszeit wird mir guttun.
Zwanzig Minuten später stehe ich am Empfang und melde mich bei Olivia Westing an. Ein pickeliger Jüngling holt mich ab und bringt mich in einem gläsernen Aufzug ins zweite Stockwerk. Dort öffnet er eine Tür. Hinter einem großen Schreibtisch sitzt eine wunderschöne, kompetent wirkende Frau. Ich fühle mich eingeschüchtert. Die Kanzlei wirkt so ehrfurchtgebietend, und dann ist da auch noch diese kühle, korrekt angezogene Steuerberaterin, während ich im Schlabberlook mit meiner Winterjacke über dem Arm auftrete.
Doch das warmherzige Lächeln von Olivia Westing straft den ersten Eindruck Lügen, und ich nehme mir mal wieder fest vor, an meinem Vorurteilsbewusstsein zu arbeiten. Sie bietet mir einen Platz an dem kleinen runden Besprechungstisch an, und der Jüngling setzt sich dazu. Ich schiebe ihr die Unterlagen hin, die sie mit gerunzelter Stirn durchschaut. Dann gibt sie sie an ihren Kollegen weiter.

„Arbeite mal einen Finanzierungsplan für die Bank aus. Ich schaue es mir später an.“ Damit ist er entlassen.
„Mein Azubi“, lächelt Olivia Westing. „Sie können Frau Schmidt sagen, dass wir uns baldmöglichst bei ihr melden.“
„Gut“, sage ich und fühle mich immer noch beeindruckt. So kann nur eine Frau aussehen, die kein Kind hat und keine andere Sorge als die, dass ihre Frisur richtig sitzt, denke ich trotz guter Vorsätze. Ich stehe auf und bin gerade auf dem Weg zur Tür, als diese aufgeht und ein kleines Mädchen um die Ecke schaut.
„Mia“, lächelt Olivia Westing warmherzig und sagt zu mir gewandt: „Meine Tochter. Der Kindergarten hat wegen Corona geschlossen und ich musste sie mit zur Arbeit bringen.“
Habe ich nicht gesagt, ich muss an meinem Vorurteilsbewusstsein arbeiten?
„Hauke hat keine Zeit mehr für mich“, sagt die Kleine und zieht einen Flunsch.
„Ich habe ein bisschen Zeit, mein Termin war kürzer als gedacht. Lass uns doch gemeinsam malen.“ Da leuchten die Augen des Mädchens auf, und mir wird ganz warm ums Herz. Olivia Westing lächelt mich entschuldigend an. „Sie finden allein raus?“
„Sicher“, antworte ich und erwidere zum ersten Mal ihr Lächeln statt wie ein Fisch zu glotzen.
Wenig später in der Agentur herrscht lähmende Stille. Das krasse Gegenteil zu der Aufregung heute Morgen. Meike sitzt blicklos hinter ihrem Schreibtisch.
„Und?“, fragt sie, als ich ins Zimmer trete.
„Sie meldet sich baldmöglichst.“

Meike nickt. „Nimm dir den Rest des Tages frei, Lara. Heute passiert sowieso nichts mehr. Wir bleiben noch ein paar Tage im Büro und dann gehen wir auch ins Homeoffice."
„Keine Kurzarbeit für uns?", frage ich mit angehaltenem Atem.
„Nein, vorläufig nicht." Meike lacht kurz auf. „Aber wer weiß, was noch kommt."
Ich nicke beklommen. Meine Angst wird so riesig, dass ich fast keine Luft mehr bekomme. Mein Leben war schon lange nicht mehr, wenn überhaupt jemals, in geordneten Bahnen, wie man so schön sagt, aber so plötzlich aus den Fugen war es noch nie. Von heute auf morgen steht mein Leben Kopf. Alles ist unsicher geworden. Und das nicht nur für mich. Die ganze Welt scheint Kopf zu stehen.
Und so stehe ich an einem warmen, sonnigen April mitten in Heidelberg und weiß nichts mit mir anzufangen. Ich beschließe Katja zu fragen, ob sie zufällig auch Zeit hat. Zumindest in ihrer Mittagspause.
Katja hat Zeit und sagt freudig zu. Da viele Restaurants geschlossen sind, holen wir uns an einem Imbiss eine Wurst im Brötchen und setzen uns auf eine Bank am Neckar.
Nachdem sie sich für ihr Geburtstagsgeschenk bedankt hat, das ich in Ermangelung eines persönlichen Treffens mit der Post geschickt hatte, und ihrer Versicherung, dass die Party zum Geburtstag im Sommer nachgeholt werden wird, folgt der übliche Austausch. Oh, Mann, lange nicht gesehen. Wie geht es dir? Was macht die Liebe? Und die Arbeit? Gibt es Neuigkeiten aus der Nachbarschaft?

„Wir gehen ins Homeoffice“, erzähle ich in der Hoffnung, dass es sich durch das Aussprechen weniger schlimm anfühlt.
„Du Glückliche“, sagt Katja, die Laborantin ist und deshalb nur schwer von zu Hause arbeiten kann. „Bei uns ist die Hölle los. Es gibt Kollegen, die sind nur noch mit der Auswertung von den Coronatests beschäftigt. Und der Rest von uns versinkt auch in Arbeit.“
„Auch nicht besser“, bringe ich unser Leid auf Gleichstand. „Aber nur zu Hause zu sein, fühlt sich auch nicht gut an. Zumal ich dann keinen Anspruch mehr auf Notbetreuung habe. Damit ist Emil auch den ganzen Tag da.“
„Und dein netter Nachbar?“ Katja sieht mich aufmerksam an. „Sag mal, Lara, wirst du rot?“
„Wie kommst du darauf?“, wehre ich ab. „Das kommt von der Sonne.“
„So, so, von der Sonne“, meint Katja. „Also, was ist los?“
Also erzähle ich Katja von meinem Dilemma. Von Jens, der in Australien sitzt. Von Ben, der manchmal Interesse an mir zu haben scheint, dann offensichtlich aber wieder doch nicht, und sowieso nichts tut, solange es Jens gibt. Und meine eigenen Gefühle, die seit Wochen Achterbahn fahren.
„Jens schien mir immer als die beste Option. Zumindest bis er nach Australien gereist ist, um noch ein bisschen Jugend zu erleben. Ich habe es ja verstanden, aber trotzdem ...“
„Weißt du, Sicherheit ist nicht immer der beste Grund eine Beziehung einzugehen.“
„Nicht? Aber ich möchte keine unsichere Beziehung haben. Ich möchte mich sicher fühlen.“

„Du möchtest dich geborgen fühlen“, korrigiert Katja mich. „Sicherheit bekommst du auch durch regelmäßige Zahlungen auf dein Konto und ein Dach über dem Kopf. Dafür brauchst du keinen Mann. Der Mann ist fürs Herz; für die Sicherheit bist du selbst zuständig.“
„Aber ich fühle mich allein so unsicher“, seufze ich.
„Und mit Jens fühlst du dich sicherer?“
„Nein, eigentlich auch nicht“, gebe ich kläglich zu. „Er ist ja nicht da. Aber vielleicht wenn er wiederkommt. Er wartet ja nur auf den nächsten Flug.“
„Hm“, macht Katja unbestimmt.
„Und was soll das heißen?“, frage ich und putze mir die Finger mit der Serviette ab.
„Meiner Meinung nach ist Jens raus. Dein Herz schreit nach Ben, und darauf solltest du hören.“
„Vielleicht will er es nicht hören“, gebe ich mich resigniert.
„Das kannst du nur herausfinden, wenn du es probierst. Mach ihm klar, dass Jens Geschichte ist und zeig ihm deine Gefühle.“
Schon allein der Gedanke lässt mir das Blut in meinen Adern rauschen. Niemals werde ich den Mut dazu haben. Ben ist so großartig, warum sollte er sich ernsthaft für mich interessieren? Das macht irgendwie keinen Sinn. Außerdem habe ich ein schlechtes Gewissen gegenüber Jens – zumindest rede ich mir das gekonnt ein und schiebe es innerlich als Ausrede vor. Bisher hat es immer geklappt.
Zum Abschied umarme ich Katja herzlich und wir versprechen uns, uns trotz Corona wieder öfter zu sehen. Das tut mir gut, spüre ich doch, dass ich nicht allen Menschen gleichgültig bin.

Der Nachmittag ist noch jung, und so gehe ich noch eine ganze Weile am Neckar spazieren und genieße die Sonne auf meiner sonnenarmen Haut und in meiner wintergeplagten Seele. Ich bin sicher, dass es unbewusst geschehen ist, aber bevor ich mich versehe, finde ich mich zur nachmittäglichen Abholzeit am Kindergarten, damit kommt auch Emil in den Genuss mal nicht in der Garderobe auf mich warten zu müssen.
Ben steht schon vor der Tür. Ich sehe sein blondes Haar, seine hohe Gestalt und glaube fast, sein Lächeln zu hören. Leider gilt dieses Lächeln nicht mir, sondern Tanja Wiedenbach, die geschiedene Notargattin, deren blonde Strähnchen von der Sonne einen Extra-Glow bekommen und deren Augenaufschlag gekonnt Bens Blick auf eine Art einfängt, die ich in 1000 Jahren nicht lernen würde. Und Ben geht darauf ein, er lächelt, hält ihrem Blick stand und neigt leicht den Kopf, um ihr zu zeigen, dass er aufmerksam zuhört – was auch immer sie ihm zu erzählen hat.
Ich möchte mich schon zurückziehen und allein nach Hause gehen, um Ben dort zu erwarten, als er mich bemerkt. Ist da eine Spur schlechten Gewissens auf seinem Gesicht oder lächelt er tatsächlich erfreut, als er mich sieht? Tanjas Gesicht friert samt Lächeln auf jeden Fall ein, da gibt es keine andere Interpretationsmöglichkeit.
„Ach, Lara“, säuselt sie auch gleich falsch. „Konntest du dir mal wieder nicht merken, dass Ben heute eure Kinder abholt?“
Obwohl mich ihre Bemerkung ärgert und sie mich als Chaotin schlechthin darstellt, muss ich innerlich leicht

lächeln. Denn ohne es zu wollen, hat Tanja Ben und mich als Einheit dargestellt.
„Ich bin nach Hause geschickt worden. Bei uns war heute keine vernünftige Arbeit möglich."
„Ach ja", meint Tanja arrogant. „Du gehörst ja zur arbeitenden Angestelltenfraktion." Du Arme! Sie fügt es nicht laut an, aber ihr Tonfall sagt alles. Zu dumm nur, dass Ben auch dazugehört und sie ihn mit ihrer Bemerkung gleich mitbeleidigt.
Doch Ben sieht es gelassen. „Bei uns ist auch weniger los. Viele Spiele werden abgesagt. Da fragt man sich tatsächlich, worüber man als Sportreporter berichten soll."
„Ich finde, Journalismus ja so interessant", klimpert Tanja auch gleich wieder los.
„Hast du was im Auge?", revanchiere ich mich.
Tanja ignoriert mich und legt ihre Hand auf Bens Arm. „Emma und Nico verstehen sich ja so gut", versichert sie Ben. „Emma liebt ihn und läuft ihm den ganzen Tag hinterher." Sie lacht geziert. „Wie die Kinder, so die Eltern, nicht wahr?"
Ben schaut sie stirnrunzelnd an. „Komisch, sie hat noch nie von Nico erzählt."
„Nicht?" Tanja reißt die Augen auf. „Nico redet ständig von Emma."
„Vielleicht läuft er ja Emma hinterher", wage ich einzuwerfen.
Tanjas Blicke vernichten mich. „Nico läuft anderen Kindern nicht hinterher", klärt sie mich auf. „Das hat er nicht nötig."
Ich verdrehe innerlich die Augen und sehe zu meiner großen Freude, dass es Ben endlich ähnlich geht. Nur

Tanja scheint das völlig zu entgehen. Sie ist sich ihres guten Aussehens so sehr bewusst, dass sie gar nicht auf die Idee kommt, dass es Menschen geben könnte, denen es tatsächlich sowohl auf innere Werte als auch darauf ankommt, was den Mund verlässt. Anstatt sich also darum zu kümmern, sich mal selbst zu reflektieren und aus Fehlern zu lernen, geht sie lieber ins Spa, zum Friseur oder zur Kosmetikerin. Schließlich sieht sie das Ergebnis ihrer Bemühungen sofort und es ist auch weniger anstrengend. Doch zu meiner Erleichterung scheint Ben von ihren Reizen doch unbeeindruckt zu sein. Er hört einfach nur zu und lächelt, weil er höflich sein will. Doch sein Blick wandert immer wieder verschwörerisch zu mir. Völlig unreflektiert macht mich das glücklich. Besonders auch deshalb, weil ich auch mal wieder dringend zum Friseur müsste. Dann fällt mir ein, dass zurzeit wegen Corona alles geschlossen ist und freue mich hämisch, dass Tanjas Frisur wohl bald auch nicht mehr so gut sitzen wird.
Schließlich kommen unsere Kinder aus dem Kindergarten gelaufen. Emil und Emma gemeinsam Hand in Hand, während Nico mit einem widerwilligen Flunsch hinter ihnen läuft. Schön wär's, wenn Tanjas Bemerkung über die Gemeinsamkeiten zwischen Eltern und Kindern stimmen würde. Ich würde auch gerne mit Ben Hand in Hand laufen.
„Nico, mein Schatz“, ruft Tanja ihrem Sprössling entgegen. „Sollen wir heute Emma zu uns einladen?“
Über Nicos Gesicht geht ein Leuchten. Allerdings weiß ich nicht, wer erschrockener schaut, Emma oder Ben. Oder vielleicht doch ich?

„Äh, vielen Dank“, stottert Ben. „Aber das ist vielleicht doch etwas zu spontan.“
„Nur nicht schüchtern sein“, versteht Tanja Bens Ausrede absichtlich falsch. „Ich habe Cupcakes gebacken. Die mögen Kinder doch so gerne, und für dich habe ich selbstverständlich einen Kaffee.“ Sie wirft einen verächtlichen Seitenblick in meine Richtung. „Zum Glück ist Lara heute selbst gekommen. Dann kann sie Emil ja mitnehmen und wir können gleich gemeinsam starten.“
„Ich weiß nicht ...“, ist Ben weiterhin nicht in der Lage ihr eine klare Absage zu erteilen. Emma wiederrum ist viel zu erschrocken, um etwas zu sagen. Bevor sich die beiden also berappelt haben, werden sie schon von Tanja mitgezogen und ich bleibe mit Emil alleine vor dem Kindergarten zurück. Ben wirft mir einen verzweifelten Blick zu, aber mein Mitleid hält sich in Grenzen. Selbst schuld, wenn er sich nicht wehren kann. Dass ich auch nicht gerade gut darin bin, Grenzen zu setzen, versuche ich zu verdrängen. Außerdem kann Tanja wirklich sehr überzeugend sein. Ich hoffe nur, dass Ben in anderer Hinsicht standhaft bleibt, sonst müsste ich doch mein komplettes Bild von ihm revidieren.
Jetzt ist es an Emil, einen Flunsch zu ziehen. „Ich mag Nico nicht.“
„Ich auch nicht“, antworte ich ehrlich, aber pädagogisch nicht gerade wertvoll.
„Und seine Mutter ist auch komisch.“
„So sehe ich das auch.“
„Gar nicht wie eine Mutter. Gar nicht wie du.“

Mein Herz fliegt ihm zu, und ich nehme ihn fest in den Arm.
„Weißt du was? Wir machen uns jetzt auch einen schönen restlichen Nachmittag. Was die können, können wir schon lange. Zuerst Spielplatz und dann Kekse und Kakao?“
„Du bist die beste Mama der Welt“, lobt Emil mich und legt seine dicken Ärmchen um meinen Hals.
Es wird ein wunderschöner Nachmittag. Zwar fliegen meine Gedanken immer wieder zu Ben, aber ich genieße die Zeit mit Emil so sehr, dass die Gedanken auch ebenso schnell wieder verfliegen. Zu den Keksen gibt es dann noch eine Banane, und dafür lasse ich das Abendessen dann ausfallen. Manchmal muss man auch locker sein dürfen, sonst verliert das Leben seine entspannte Seite, denke ich ganz neu und bin stolz auf mich. Und Ben wäre es auch, wenn ich es ihm erzählen würde.
Emil liegt gerade im Bett, Mister Petz fest im Arm und innerlich noch erfüllt von seiner Rittergeschichte, als es an der Tür klingelt. Ich öffne und finde einen schuldbewussten Ben auf meiner Türschwelle, der mir eine Flasche Wein entgegenstreckt.
„Tut mir leid“, sagt er.
„Mir tut es leid. Wäre ich nicht zum Kindergarten gekommen, hätte Tanja dich nicht mitnehmen können. Wie war denn euer gemeinsamer Nachmittag?“
„Furchtbar. Eigentlich bräuchte ich jetzt keinen Wein, sondern einen Schnaps, um mich wieder zu resetten.“
Und dann wird mir schlagartig klar, dass Ben vorhat, die Flasche mit mir gemeinsam zu trinken. Und zwar gleich

heute Abend. Das macht mich mal wieder unreflektiert glücklich.
Dennoch hake ich sicherheitshalber nach, nicht dass ich noch genauso bin wie Tanja und meine Wünsche einfach auf den anderen projiziere. „Sollen wir den Wein jetzt gleich trinken?“
„Das war mein Plan“, bestätigt Ben und wirft mir sein umwerfendes, die Welt erhellendes Lächeln entgegen.
„Dann komm‘ rein. Schläft Emma denn schon?“
„Ja, und hoffentlich die ganze Nacht“, antwortet Ben und wedelt mit einem Babyfon, das er in der anderen Hand hält.
Wäre ich eine andere Art Frau gewesen, hätte ich ihn kokett auf die Zweideutigkeit aufmerksam gemacht, aber da ich nun mal so bin wie ich bin, sage ich nur: „Das geht mir bei Emil auch so. Die Hoffnung stirbt zuletzt.“
Ben kommt in die Wohnung, und ich hole zwei Weingläser aus der Küche. Obwohl es abends noch sehr kalt ist, schlägt Ben vor auf den Balkon zu gehen. Trotz unserer Jacken breitet er noch eine Decke über uns, als wir auf der Hollywoodschaukel sitzen, die ich letztes Jahr angeschafft habe und die mein ganzer Stolz ist. Sie wertet den Balkon um mindestens hundert Prozent auf.
„Coole Schaukel“, meint Ben auch gleich. „Wo hast du die her?“
„Die gab es letztes Jahr bei Deko-fit! im Sale“, antworte ich stolz. „War ein echtes Schnäppchen.“
Ben stößt mit den Füßen die Schaukel ein wenig an und wir rücken durch die Bewegung etwas näher zusammen.

„Also …“, fange ich an. „Lass uns doch ein wenig über Tanja lästern. Sie wirkt so perfekt, dass ich gerne Unperfektes über sie höre.“
Ben lacht. „Ihr Perfekt-sein macht sie doch gerade unperfekt – allerdings nicht im positiven Sinne. Diese Frau hat sogar ihre Gewürze in der Küche nach Farbe und Größe sortiert.“
„Aber sie steht auf dich“, wende ich ein. „Macht dich das nicht ein bisschen stolz?“
„Du meinst, ihr Interesse verleiht mir Größe?“
„Nun ja, so ungefähr. Ich meine, sie sieht ja auch umwerfend aus.“
„Hm“, macht Ben und tut so, als würde er nachdenken. „Erstmal noch ein Schluck Wein. Vielleicht schaffe ich es damit, sie mir schön zu trinken.“
„Gefällt sie dir denn nicht?“
„Du meinst, ob ich finde, dass sie gut aussieht?“ Ich nicke eifrig und Ben fährt fort: „Das tut sie auf jeden Fall. Sie ist sehr schön und das wäre sie auch ohne ihr ganzes Schönheitsprogramm.“
Ich falle innerlich zusammen. Wenn das so ist, kann ich Ben unmöglich gefallen, denn ich sehe ganz anders aus und bin längst nicht so eine Naturschönheit.
„Aber“, Ben wendet sich mir zu und zwingt mich mit seinem Blick ihm in die Augen zu sehen. „Sie zerstört diesen Eindruck von Schönheit, sobald sie den Mund aufmacht. Diese Frau ist so selbstherrlich wie sie schön ist. Und ganz ehrlich, ich möchte mit einer Frau zusammen sein und nicht mit einer Schaufensterpuppe.“
Er schaut mich an, er lächelt mich an, und ich bete ihn an. Für das, was er ist, für das, was er sagt und für das, was er mich fühlen lässt. Ich fühle mich bereit, bereit

seinen Blick zu erwidern, sein Lächeln zu vertiefen, ihn zu berühren. Doch der Augenblick geht vorbei und ich weiß nicht, wieso.
Ben trinkt einen weiteren Schluck von seinem Wein.
„Außerdem fand Emma Nico unerträglich. Er wollte immer nur mit seinen Fantasyfiguren spielen, und das langweilte sie nach einer Weile."
„Und wie waren die Cupcakes?", versuche ich den Stimmungswandel locker zu nehmen.
„Gut. Ich hätte sie kaum besser backen können", grinst Ben.
„Du kannst backen?", frage ich erstaunt.
„Nein, aber Nina konnte toll backen. Ihr hat es aber auch Spaß gemacht. Wenn man nur backt, weil man denkt, das gehört sich als gute Mutter so, dann sollte man seinen Kuchen besser kaufen und etwas anderes mit seinen Kindern machen."
Habe ich schon mal erwähnt, dass ich diesen Mann anbete? Warum nur macht er ständig so schöne Aussagen, dass man gar nicht anders kann als ihm verfallen?
„Findest du nicht?", fragt er und interpretiert mein Schweigen damit völlig falsch.
„Doch, ich kann auch nicht backen. Oder anders, ich kann es, aber mir macht es keinen Spaß. Aber Emil liebt es. Deswegen tue ich es trotzdem."
„Das ist auch wertvoll, Lara. Ich glaube sowieso, dass du für Emil eine richtig gute Mutter bist. Lass dir von niemandem was anderes einreden."
„Weil ich nicht backen kann?"
Ben sieht mich mit schief gelegtem Kopf an. „Weil du Dinge für ihn tust, die du nicht magst. Aber du tust sie,

weil du ihn liebst und nicht, weil du dem Bild einer guten Mutter entsprechen willst. Das ist ein Unterschied."
Ich nicke. „Das ist echt lieb von dir, dass du das sagst. Es gibt Tage, da fühle ich das auch. Und dann gibt es Tage, da denke ich, dass alle anderen wesentlich bessere Mütter sind als ich und ihr Leben bestens im Griff haben, und dass nur ich nichts hinkriege."
„Warum denkst du das? Du bist warmherzig, offen und authentisch. Was für einen anderen Menschen könnte man sich lieber in seinem Leben wünschen?"
Oh Mann, er sagt schon wieder solche Sachen, die ich mich nicht traue zu interpretieren, weil ich Angst habe, verletzt zu werden, wenn ich realisiere, dass es hoffnungslos ist.
„Das liegt bestimmt an meinem perfekten Bruder."
„Der mit Sicherheit auch nicht perfekt ist. Aber bei dir tut er gerne so, damit er sich besser fühlt."
„Meine Eltern finden das aber auch. Jedenfalls reiben sie mir sein aus ihrer Sicht rundlaufendes Familienleben ständig unter die Nase. Ganz im Gegensatz zu mir, die ich nicht nur ein uneheliches Kind habe, sondern mir auch der Vater dazu entlaufen ist."
Ben sieht mich nachdenklich an. „Kann es sein, dass du deshalb an diesem treulosen Idioten festhältst?" fragt er und sagt gleich darauf: „Entschuldige, ich wollte Jens nicht schlechtmachen."
„Schon gut. Du hast ja recht. Vielleicht ist das tatsächlich der Grund. Ich werde darüber nachdenken", schiebe ich noch hinterher, damit Ben nicht merkt, dass meine Entscheidung schon längst getroffen ist - gegen Jens. Aber warum darf er das nicht merken, höre ich

Katja fragen, und ich fühle mich hilflos. Ich sollte dringend an meiner Gefühlsreife arbeiten.
„Und was deine Eltern angeht: Möglicherweise projizieren sie nur ihre eigenen, unerfüllten Träume auf deinen Bruder. Sind sie denn glücklich?"
„Weiß nicht", zucke ich die Achseln. „Aber wie auch immer, ich fühle mich oft schlecht dabei. Deshalb versuche ich ihnen möglichst aus dem Weg zu gehen."
Ben nickt. „Solange du selbst nicht mit dir im Reinen bist, ist das bestimmt nicht die schlechteste Lösung."
„Was ist mit deinen Eltern", versuche ich die Aufmerksamkeit von mir abzulenken.
„Leider kann ich da nicht viel sagen. Sie sind glücklich miteinander, liebevolle Eltern und meine Schwestern habe ich auch nie als Konkurrenz gesehen."
„Da siehst du, dass ich das Problem bin."
Ben wendet sich wieder mir zu, nimmt mich an den Schultern und zwingt mich mal wieder, ihn anzuschauen. „Das darfst du noch nicht einmal denken. Du kannst nichts dafür, dass wichtige Bezugspersonen in deinem Leben emotional bei dir versagt haben. Du bist großartig, wie du bist."
Ich habe schon mehrmals erwähnt, dass ich meinen Nachbarn anbete und abgöttisch verehre, oder?
„Du bist auch großartig", habe ich schließlich den Mut zu erwidern.
Jetzt grinst Ben wieder spitzbübisch, schnappt die Flasche Wein und schenkt uns nach.
„Dann sind wir uns ja einig", sagt er und stößt mit mir an. Der Wein schmeckt warm und fühlt sich auf meiner Zunge weich an. Die Nacht ist doch milder als zuerst gedacht und die Sterne funkeln an einem wolkenlosen

Himmel. Mein Herz fühlt sich auch leicht an, trotz des ständigen Wechselbads der Gefühle. Es ist eine perfekte Nacht, und ich wünsche mir, dass sie nie endet. Doch natürlich ist dieser Wunsch nicht erfüllbar. Leider wird uns trotz der Decke schneller kalt als uns lieb ist, und auch der Wein kann uns irgendwann nicht mehr von innen wärmen. Zumal die Flasche auch leer ist, dabei habe ich zum Schluss extra versucht, langsam zu trinken, um den Abend noch zu verlängern. Doch irgendwann ist er vorbei, und Ben geht wieder in seine Wohnung zurück.

Zum Abschied gibt er mir einen Kuss auf die Wange und bedankt sich so höflich für den netten Abend, dass ich meine Arme, die ich gerade um seinen Hals schlingen wollte, wieder sinken lasse. Irgendwie passt es nie. An Bens traurigem Abschiedsblick sehe ich, dass er ähnlich denkt und wir beide doch nichts dagegen tun können.

7. Kapitel

Die restliche Woche versuche ich, mich auf meinen neuen Corona-Alltag einzustellen. Ich war eigentlich immer der Meinung, flexibel zu sein, aber jetzt stelle ich fest, dass es mir verdammt schwerfällt, mich auf die geänderten Umstände einzustellen. Es ist, als wäre mein Leben von heute auf morgen auf den Kopf gestellt, ein paar Mal gut durchgeschüttelt und schließlich in Schräglage wieder ausgespuckt worden.

Der Freitag wird mein letzter Tag im Büro sein, danach bin ich für unbestimmte Zeit im Homeoffice. Das bedeutet, dass ich auch keinen Anspruch mehr auf die Notbetreuung habe. Damit hat sich auch Bens und meine Regelung erledigt. Gerade kann ich noch gar nicht sagen, was mich mehr erschreckt: mit Emil im Homeoffice zu sitzen oder keinen Grund mehr zu haben Ben täglich zu sehen.

Hinzu kommt, dass alles geschlossen ist. Es gibt keine offenen Restaurants, keine offenen Läden, sofern sie nicht Produkte für den täglichen Bedarf verkaufen, keine offenen Cafés oder Museen mehr. Der Einkauf im Supermarkt ist dementsprechend das gesellschaftliche Highlight der Woche. Selbst die Spielplätze sind immer noch geschlossen, sodass ich mit Emil das schöne Wetter anderweitig nutzen muss.

Obwohl wir zwei wunderschöne Abende hatten (aus meiner Sicht zumindest), sehe ich Ben nur bei der morgendlichen und abendlichen Übergabe der Kinder. Ansonsten scheint auch seine Woche von beruflicher und familiärer Organisation geprägt zu sein. Jedenfalls

behauptet er das. Aber vielleicht ist das auch nur eine Ausrede.
Am Freitag bringe ich Emil das letzte Mal in den Kindergarten. Nadja steht mit ihrer Stoffmaske vor dem Mund in der Garderobe.
„Jetzt sind Emil und du also auch weg“, sagt sie traurig. „Es geht alles so schnell.“
„Ja, die Welt steht Kopf und ich mit.“ Ich versuche zu grinsen, doch es misslingt mir. Am liebsten hätten Nadja und ich uns umarmt, aber aus Angst vor Ansteckung lassen wir es lieber.
Heute Morgen hatte ich Ben, als ich Emma abgeholt habe, von meinem geändertem Arbeitsort erzählt. Irgendwie hatte ich die vage Hoffnung, dass wir uns die Carearbeit und die Einkäufe trotzdem noch teilen können, doch Ben hat mir mitgeteilt, dass er mit Emma erst mal ein paar Tage zu seinen Eltern zieht, um in Ruhe zu überlegen, wie er mit der veränderten Situation umgeht.
Die Enttäuschung hat sich angefühlt wie ein Schlag in die Magengrube. Das hat mir deutlich vor Augen geführt, dass ich Ben als Frau nichts bedeute, sondern nur als hilfreiche Nachbarschaft praktisch für ihn war. Zum Glück habe ich ihm nie meine Gefühle offenbart.
Der Tag ist traurig, ich packe wichtige Unterlagen ein, habe noch einen Termin mit der EDV-Abteilung zur Einrichtung eines Laptops für das Homeoffice, und dann verlasse ich die Agentur mit der Kaffeemaschine und den dazugehörigen Gesprächen mit Sanne. Zwar haben wir vereinbart, uns jeden Tag zu einem virtuellen Kaffeeplausch zu treffen. Dennoch weiß ich, dass das kein wirklicher Ersatz sein wird.

Noch trauriger ist es, als ich mich abends von Ben verabschiede. Er bringt Emil sofort vorbei, nachdem er ihn abgeholt hat. Da ich heute ja schon früher daheim bin, nimmt er ihn nicht mehr zu sich.
„Fährst du heute noch zu deinen Eltern?“, frage ich Ben, und der nickt.
„Ja, ich arbeite vorläufig nur reduziert, da es keine relevanten Sportveranstaltungen mehr gibt. Und die paar Artikel kann ich auch bei meinen Eltern schreiben. Und sie freuen sich, Emma zu sehen.“
Er schaut traurig, irgendwie hoffnungslos. Als wäre auch für ihn eine Welt zusammengebrochen. Wahrscheinlich ist es das auch, immerhin steht sein Job auf dem Spiel.
„Melde dich, wenn du wieder da bist“, sage ich noch. Obwohl ich viel lieber sagen würde, melde dich bitte später oder noch besser, fahre erst gar nicht. Bleib bei mir.
„Werde ich.“ Er drückt zum Abschied meinen Arm, dann ist er weg und Emil heult, weil er Emma vermisst. Und ich würde am liebsten heulen, weil ich Ben vermisse, doch als vorbildliche Erwachsende stelle ich meine eigenen Gefühle zurück und tröste Emil über seinen Verlust hinweg. Auch seine Welt ist aus den Fugen geraten. Plötzlich sind wir nur noch zu zweit und müssen die Tage irgendwie gemeinsam durchstehen.
Ich beschließe, ein faules Abendbrot zu machen, denn das liebt Emil. Und das geht so: Ich bereite kleine Häppchen mit Brot und Käse oder auch nur Obst zu, und das essen wir dann, während wir auf dem Sofa kuscheln und Fernseh schauen. Irgendwie tröstet diese Routine

uns beide und hat uns schon durch manchen schwierigen und traurigen Abend geholfen.
Auch diesmal verfehlt das faule Abendessen nicht seine Wirkung, denn Emil schläft noch während des Filmes ein, sodass ich ihn nur noch ins Bett tragen muss. Ich wiederum fühle mich so wach und aufgedreht, dass ich die Befürchtung habe, die ganze Nacht kein Auge zuzutun. Deshalb trinke ich neben meinem Schlaftee noch ein Glas Rotwein. Beides wirkt meist einschläfernd auf mich. Doch als mich die Bettschwere nach Mitternacht endlich so richtig erwischt, klingelt das Telefon, und ich bin plötzlich wieder hellwach. Denn entweder ist das ein Notfallanruf oder es ist Jens, da es in Australien schon morgens ist.
Es ist Jens, der mir mitteilen möchte, dass er doch noch länger in Australien bleiben wird, da die Flüge aufgrund der Flugeinschränkungen so teuer geworden sind, dass er es sich nicht leisten kann. Doch Lauren habe ihm angeboten, den Lockdown auf ihrer Schaffarm zu verbringen, sodass er sich über Kost und Logis keine Gedanken machen muss. Das alles knallt er mir in fünf Sätzen vor die Nase und wirkt dabei weder zerknirscht noch traurig, sondern eigentlich ganz zufrieden mit der Lösung.
Irrationalerweise fühle ich mich jetzt von der ganzen Welt verlassen. Dabei ist von Jens eigentlich nichts anderes zu erwarten gewesen, und vermutlich wäre er mir sowieso keine Hilfe, wenn er hier wäre. Ich muss ehrlich sein: Eigentlich ist Jens nur noch eine Erinnerung und wäre jetzt in meiner Corona-Einsamkeit nicht mehr als ein Notnagel gewesen. Besser als niemand. Aber das stimmt sowieso nicht, denn da könnte ich auch Lars

nehmen. Und ganz ehrlich, da ist niemand immer noch besser.
„Schade“, sage ich trotzdem und merke, dass Jens stutzt. Wahrscheinlich hat er mit Trauerbekundungen oder zumindest mit Vorwürfen gerechnet, aber nicht mit dieser freundlichen Gleichgültigkeit. Doch das ist genau das, was ich fühle. Auch ohne Ben. Ben hat mit meinen Gefühlen für Jens gar nichts zu tun. Das mit Jens ist sowieso vorbei. Es wird Zeit, dass ich mir das endlich eingestehe.
„Melde dich, wenn du kommen kannst.“ Unausgesprochen hängt in der Luft, dass ich ansonsten auf seine Anrufe keinen Wert lege. Das ist deutlich, ich merke das selber. Auch Jens merkt es, auch wenn ich nicht einschätzen kann, ob ihn das eher erleichtert oder traurig stimmt.
„Grüß Emil“, sagt er noch zum Abschied, und ich weiß, dass ich das nicht tun werde, da ich mittlerweile immer mehr den Eindruck habe, dass Jens in seiner Erinnerung verblasst. Warum soll ich das wieder zum Leben erwecken? Das würde Emil nur belasten.
Erst als ich aufgelegt habe, merke ich, dass es nur um ihn ging. Keine Frage wie wir den Lockdown überstehen und wie es uns geht. Doch diese Erkenntnis tut mir nicht mehr weh, denn diese Tatsache sagt wesentlich mehr über Jens aus als über mich. Das wird mir langsam klar.
Der Samstag ist warm und sonnig, und Emil und ich verbringen den größten Teil des Tages draußen. Wir haben sein Laufrad und ein Picknick dabei, das wir auf einer Decke im Park sitzend verspeisen. Warum schmeckt eine stinknormale Brotstulle an der frischen Luft nur so viel besser? Diese Frage habe ich mir schon

als Kind gestellt und bis heute keine befriedigende Antwort gefunden. Zuerst dachte ich, es läge an der frischen Luft, aber wenn ich auf dem Balkon esse, hat es trotzdem nicht den gleichen Effekt. Vielleicht liegt es an der Bewegung, aber bewegen tue ich mich sonst auch. Möglicherwiese ist es auch eine Kombination aus beidem. Na ja, ist ja eigentlich auch egal. Hauptsache es geht nicht nur mir so, sondern auch Emil, der so viele Gurkenscheiben isst, dass sein Vitaminhaushalt bestimmt für die nächsten zwei Tage aufgefüllt ist.
Nach einem schönen und ausgefüllten Tag steigen wir gerade die Treppe hinauf, als sich die Tür von Frau Marquart öffnet und der Hausdrache seinen Kopf aus der Tür streckt.
„Hallo", sage ich freundlich. „Haben Sie wieder einen Einkaufszettel für mich? Ich könnte heute Abend noch schnell in den Supermarkt springen."
„Nein, vielen Dank. Montag reicht." Frau Marquart macht eine Pause, und ich sehe sie fragend an. Sie will sich doch jetzt wohl nicht über irgendwelches Fußgetrappel über ihrem Kopf beschweren? Das traut sie sich bestimmt nicht, da ich jetzt für sie einkaufe. Oder doch?
„Ich habe Herrn Neumann heute Morgen getroffen." Wieder Schweigen. „Er meinte, er führe ein paar Tage zu seinen Eltern, und sie arbeiteten ab heute im Homeoffice, deshalb hätten sie auch keinen Anspruch auf einen Kindergartenplatz, und Emil sei den ganzen Tag zu Hause."
Oh, nein. Jetzt hat sie doch Sorge, dass wir ihre Tagesruhe stören. Und warum erzählt Ben ihr das denn alles? Damit fordert er das Gemeckere ja geradezu heraus.

Doch Frau Marquart überrascht mich.
„Ich dachte, also, wenn das in Ordnung ist, dass ich Sie entlasten könnte und Emil ein paar Stunden am Tag zu mir nehme“, sagt sie und schaut unsicher in meine Richtung.
Ich bin so perplex, dass es mir erst mal die Sprache verschlägt. Bitte noch mal, habe ich richtig gehört? Frau Marquart möchte mich unterstützen?
„Wird Ihnen das nicht zu viel?“, frage ich schließlich. „Emil kann manchmal ganz schön anstrengend sein.“
Frau Marquart tut völlig entrüstet. „Na, hören Sie mal, ich weiß doch, wie kleine Kinder sind. Ich habe selbst welche groß gezogen.“
Okay, war ja nur eine berechtigte Frage. Der Stock ist schließlich oft genug an der Zimmerdecke gelandet. Aber ich lächle und spreche das nicht aus. Bestimmt möchte sie sich gerade nicht für ihr eigenes Verhalten rechtfertigen. Womöglich ist sie nur einsam und deshalb öfter schlecht gelaunt.
„Vielen Dank, versuchen wir es. Was meinst du Emil? Hast du Lust, Montagvormittag zu Tante Marquart zu gehen?“
Emil legt die Stirn in Falten. „Emma ist nicht da?“, vergewissert er sich. Ich schüttle den Kopf. „Dann gern“, strahlt er.
Frau Marquart, die zuerst irritiert geschaut hat, weil ich Emil um seine Meinung gefragt habe, strahlt auch und sieht plötzlich richtig freundlich aus. Gar nicht mehr so verbiestert.
„Okay, also dann bis Montag“, verabschiede ich mich. „Und schreiben Sie Ihre Einkaufsliste.“

Hat Frau Marquart gerade wirklich den Daumen nach oben gestreckt? Ich bin mir nicht sicher. Vielleicht hatte ich auch eine Halluzination.
Am Sonntagnachmittag bin ich trotz Corona, Ansteckung und tödlicher Gefahr bei meinen Eltern zum Kaffee eingeladen und mir fällt keine vernünftige Ausrede ein, weshalb ich absagen könnte, deshalb gehe ich hin. Natürlich ist Lars auch da und natürlich hat er mit seiner ganzen Familie vorher einen Coronatest gemacht. „Seit überall die Testzentren aus dem Boden schießen, ist es auch gar nicht mehr schwer einen Testtermin zumindest für einen Schnelltest zu bekommen", klärt er mich auf und lässt dabei unerwähnt, dass Tests Geld kosten, das ich nicht habe. Und ganz ehrlich, uns geht es gut, also gehe ich davon aus, dass von uns keine Gefahr ausgeht.
Zudem, wenn ich gewusst hätte, dass ein nicht vorhandener Coronatest als Ausrede durchgegangen wäre, hätte ich diese Karte glatt gezogen. Doch ich wusste es nicht, und so sitze ich bei einer mächtigen Kirsch-Sahne-Torte am Sonntagnachmittag bei meinen Eltern und wäre an jedem anderen Ort auf dieser Welt lieber.
Emil auch, obwohl die Torte wirklich lecker ist und auch ganz kindgerecht ohne Alkohol. Leider verschmäht Emil sie trotzdem und greift lieber nach den Schokokeksen. Silke hält ihn deshalb für unhöflich und schlecht erzogen, und ich weiß beim besten Willen nicht, was sie meint. Schließlich hat man auch mit drei Jahren schon einen eigenen Geschmack. Außerdem erklärt sie ihren Kindern kurz darauf, dass sie nur ein Stück von der Torte nehmen dürfen, weil die anderen auch noch was

wollen, und somit wäre das unhöflich. Also war Emil doch ziemlich perfekt höflich, indem er gleich zu den Schokokeksen gegriffen hat. Allerdings fehlt mir die Muße, mit Silke darüber zu diskutieren.
„Wann kommt Jens denn jetzt?“, schneidet meine Mutter genau das Thema an, über das ich am wenigsten reden möchte.
„Vorläufig erst mal gar nicht“, antworte ich dennoch. „Alle Flüge aus Australien sind gestrichen oder so teuer, dass sich das kein normaler Mensch leisten kann.“
„Ich bin mir ziemlich sicher, Jens könnte sich den Flug leisten, wenn er euch nur wirklich wiedersehen wollen würde“, meint Lars und merkt noch nicht einmal wie verletzend seine Bemerkung ist.
Ich zucke nur die Achseln in der Hoffnung, dass Lars dann von dem Thema ablässt. Doch mein Bruder und seine Frau wären nicht so ein Dreamteam, wenn sie mich damit durchkommen lassen würden.
„Ich empfinde dich als extrem gleichgültig, Lara“, unterstellt mir Silke auch sofort. „Kein Wunder, dass Jens euch nicht sehen will. Du solltest deine Gefühle mehr zeigen. Das hilft in Beziehungen ungemein.“ Dabei lächelt sie meinen Bruder verschwörerisch an.
Ich fasse kurz zusammen: Je nach Tagesstimmung habe ich entweder ein schlechtes Händchen für Männer (siehe Jens) oder ich bin selber schuld, weil ich mich entweder zu gefühlvoll verhalte oder nicht genug Gefühle zeige. Heute kippt die Stimmung in die Richtung, dass ich zu wenig Gefühl zeige.
„Ich bin sicher, Jens tut sein Bestes“, versuche ich weiterhin aus der Nummer rauszukommen. Und immerhin brummt mein Vater seine Zustimmung.

„Was macht er jetzt?“, fragt meine Mutter unangenehm weiter. „Die Hotels sind doch alle geschlossen.“
„Er ist auf einer Schaffarm untergekommen.“ Mein Gott, klingt das nach Glücksgriff. So nach dem Motto: Wie gut, dass es Jens gutgeht und er ein Dach über dem Kopf hat, obwohl ich ja weiß, dass er nur dort ist, weil die Besitzerin gern mit ihm im Bett liegt. Meine Rache wäre, dass es ihm nicht so geht und er deswegen jetzt leidet, weil er weiß, dass er keine andere Wahl hat, als ihr zu Willen zu sein.
Ach ja, der Gedanke gefällt mir. Leider wird er nicht stimmen, dafür kenne ich Jens zu gut. Auch er wird es genießen. Arschloch. Aber eigentlich ist es mir sowieso egal. Wozu Energie verschwenden?
„Wahrscheinlich merkt er da gar nichts von dem Lockdown“, vermutet mein Vater. „Warte ab, er wird schon bald wieder da sein.“
Auch wenn dieser Gedanke mich nicht tröstet, sondern mir eher Angst einjagt, liebe ich meinen Vater für diese Worte. Er scheint der einzige zu sein, dem wirklich etwas an mir liegt.
„Ja, ich denke auch“, stimme ich zu.
„Emma ist auch noch da“, kräht Emil. „Und Ben. Das ist der Vater von Emma“, teilt er der Runde mit. „Und er hat die Mama ganz doll lieb.“
„Wer ist Ben?“, fragt Lars irritiert.
„Unser Nachbar“, lasse ich die Situation harmlos klingen. „Wir helfen uns gerade gegenseitig aus. Er hat eine Tochter in Emils Alter.“
„Und warum hast er dich lieb?“, fragt Silke und versucht nicht neugierig zu klingen.

„Keine Ahnung", antworte ich wahrheitsgemäß, da ich mich gerade selbst frage, wie Emil darauf kommt.
„Kinder", meint Lars weltwissend und zuckt weise mit den Achseln.
Zum Glück neigt sich das Kaffeetrinken seinem Ende entgegen, und ich bin die Erste, die ihre Sachen packt und Zeitnot vorschiebend aus dem Haus eilt.
„Wir haben doch gar nichts mehr vor", meint Emil als wir draußen auf der Straße stehen.
„Doch", widerspreche ich. „Wir gehen noch Laufrad fahren."
Und der restliche Tag wird so schön, dass ich den Nachmittag bei meinen Eltern fast vergessen könnte, wenn die Torte mir nicht so schwer im Magen liegen würde.
Am Abend, als ich Emil ins Bett bringe, versuche ich, schlechte Mutter, die ich bin, ihn noch auszufragen, wie er denn auf die Idee käme, dass Ben mich ganz doll liebhabe.
„Ihr redet so viel miteinander. Und immer seht ihr euch an. Aber er streicht dir nicht übers Haar. Deshalb bin ich mir doch nicht so sicher", überlegt Emil mit der völligen Wertfreiheit eines fast Vierjährigen. Und ich bin auch nicht schlauer als vorher, denn das alles ist mir schließlich nichts Neues. Wir reden und sehen uns dabei an. Das allein erscheint mir noch kein schlüssiges Argument zu sein.
Ich gebe ihm einen Kuss auf die Nasenspitze. „Das ist auch egal. Denn ich liebe sowieso nur dich", teile ich ihm mit und kitzle dabei seinen Bauch, dass er sich vor Lachen windet. Ich lege ihm Mister Petz in den Arm und schließe leise die Zimmertür. Kein Protest oder

sonstiges Gekrähe dringt an mein Ohr, und ich seufze erleichtert. Auch in bin müde und gehe deshalb sofort in mein Bett. Dort verbringe ich die Zeit bis ich einschlafe damit, mich zu bemühen, nicht an Ben zu denken.
Am nächsten Morgen bringe ich Emil gegen neun Uhr zu Frau Marquart. Nach einer kurzen Fremdelphase betritt er anstandslos ihre Wohnung und breitet die mitgebrachten Spielsachen auf dem Boden aus.
„Melden Sie sich, falls etwas sein sollte“, sage ich. „Ich bin ja nur ein Stockwerk höher.“
Frau Marquart nickt. „Wir zwei werden schon klarkommen, oder?“, wendet sie sich an Emil.
Dieser nickt mit wichtigem Blick und sortiert seine Bauklötze konzentriert nach Farben.
Wieder oben in meiner Wohnung stelle ich den Laptop auf den Küchentisch, fahre ihn hoch und richte das Internet so ein, wie die EDV mir das gezeigt hat. Meine Unterlagen liegen wild verstreut auf dem Küchentisch, und mir graust vor der Vorstellung, sie später wieder wegzuräumen, um zu essen und dann wieder hinzuräumen, um weiterzuarbeiten. Und das ab heute jeden Tag. Kurz entschlossen leere ich den Servierwagen, stelle den Inhalt wie Nudel- und Müslipackungen ordentlich auf die Küchentheke und sortiere meine Arbeitsunterlagen dann dort ein. Mit dieser organisatorischen Lösung bin ich so glücklich, dass ich Sanne wenig später bei unserem virtuellen Kaffeeplausch davon berichte.
„Wie geil“, ruft sie auch gleich. „Das ist eine so geniale Idee. Ich glaube, ich habe auch noch so ein Teil im Keller. Meine Akten machen mich nämlich gerade auch

ganz verrückt und das, obwohl das meiste mittlerweile digital läuft."
„Es bleibt trotzdem noch genug Papierkram übrig", sinniere ich und schaue auf meine Stapel im Servierwagen.
Wir sehen uns über unsere Bildschirme, beide mit Kopfhörern auf den Ohren an und müssen wider Willen über die absurde Situation lachen.
„Das wird schon", meint Sanne. „Es kann ja nicht ewig so gehen. Irgendwann wird dieses Virus wieder verschwunden sein. Wir leben doch in modernen Zeiten, da gibt es keine Seuchen mehr. Also ich meine, so was wie die Pest, oder so."
„Bestimmt hast du recht", antworte ich hoffnungsfroh. „Ich wünschte mir auch, dass das alles bald wieder anders wird."
„Denkst du an Jens? Der hängt doch in Australien fest, oder?"
„Ja, er findet keinen passenden Flug. Die sind alle so teuer geworden."
„Vielleicht sollten wir für den armen Kerl sammeln gehen."
Ich muss lachen. „Keine schlechte Idee."
„Und was macht dein umwerfender Nachbar?"
Schlagartig ist die Sehnsucht wieder da. „Der ist zu seinen Eltern gefahren."
„Oh, schade", meint Sanne. „Gerade jetzt, wo alle daheimsitzen müssen, wäre ein wenig Gesellschaft schön gewesen."
An diesen Satz von Sanne muss ich den ganzen restlichen Vormittag denken. Mir ist es nämlich egal, ob ich im Lockdown sitze oder eine wilde Partynacht habe.

Ich möchte mit Ben zusammen sein, egal wo. Einfach nur bei ihm sein. Das ist ein so seltsames und überwältigendes Gefühl, dass mir ganz schwach dabei wird. Dieses Gefühl, dass es schöner ist, mit jemandem zusammen zu sein als allein, kenne ich sonst nicht von mir. Auch wenn ich mit Jens gern zusammen war, brauchte ich doch immer wieder Abstand, um zu mir selbst zu finden. Das geht mir mit Ben nicht so. Von seiner Gegenwart brauche ich zwar manchmal auch Erholung, aber nur, weil ich sonst mit meinen intensiven Gefühlen nicht klarkäme und nicht, weil Ben selbst diese Abstandslust in mir hervorruft.
Mittags hole ich mir noch schnell den Einkaufszettel von Frau Marquart ab, erledige unsere Einkäufe und bekomme dann zu meinem grenzenlosen Erstaunen von Frau Marquart eine Einladung zum Mittagessen.
„Wann sollen Sie denn auch noch kochen?", ist sie vollkommen verständnisvoll für meine Situation. Ich nehme ihr Angebot nur zu gerne an, obwohl ich ehrlicherweise sagen muss, dass mir ihr Essen nicht besonders gut schmeckt. Es scheint mir zerkocht und zu fade gewürzt, aber Emil langt kräftig zu und das ist für mich die Hauptsache. Und natürlich auch die klitzekleine Tatsache, dass es mich tatsächlich enorm entlastet, nicht kochen zu müssen.
Im Laufe der Woche stellt sich in unserem Tagesablauf eine Routine ein. Ich bringe Emil morgens gegen neun Uhr zu Frau Marquart und bin gegen 13 Uhr wieder bei ihr, bekomme erst mal ein sattmachendes Mittagessen, und dann arbeite ich nochmal, während Emil seinen Mittagsschlaf macht. Danach gehen wir raus und Emil kann sich im Park austoben, während ich frische Luft

schnappe. Es ist eine langweilige Zeit ohne nennenswerte Höhen und Tiefen – bis auf den ständig schwelenden leichten Schmerz, dass ich Ben vermisse. Aber in Anbetracht der Gesamtsituation könnte es mir schlechter gehen. Und auf diese Weise vergehen zwei Wochen und dann ist Ben plötzlich wieder da, und meine Welt wird wieder bunter.

8. Kapitel

Plötzlich steht er mit Emma vor meiner Tür; er strahlt, sieht gut aus und ist einfach Ben. Am liebsten wäre ich ihm vor lauter Freude um den Hals gefallen, aber diesen Part überlasse ich Emil, der ein Freudengeheul ausstößt, als er Emma sieht. Ich für meinen Teil erwidere nur sein breites Grinsen und bitte ihn auf einen Kaffee herein.
„Wie war es bei deinen Eltern?“, frage ich.
„Anstrengend“, meint Ben. „Emma hat ständig gejammert, weil sie zu Emil wollte. Ich glaube, sie hat sich in ihn verliebt.“ Verschwörerisch zwinkert er mir zu. „Aber ich wollte auch nach Hause.“ Er schaut mich an, und ich hantiere hektisch mit der Kaffeemaschine, um ihn meine Nervosität nicht merken zu lassen und spüre dabei selbst, dass das keinen Sinn macht, da er mich mit Sicherheit sowieso durchschaut.
„Es ist schön, dass du wieder da bist“, schaffe ich es schließlich doch ganz in Erwachsenenmanier zu sagen.
„Geht mir genauso“, antwortet Ben und schaut mich an. Daraufhin verschütte ich den Kaffee und putze schnell die Oberfläche wieder sauber.
Ich bin so peinlich. Fieberhaft überlege ich, was ich Unverfängliches sagen könnte.
„Emil war die letzten zwei Wochen vormittags immer bei Frau Marquart.“
„Echt jetzt? Beim Hausdrachen?“, fragt Ben ungläubig.
„Mittags hat sie dann immer für uns gekocht.“
Ben lässt sich gespielt vom Stuhl fallen und meint: „Das haut mich um!“

„Es schmeckte aber nicht besonders gut“, kläre ich ihn dann noch auf. Und wir lachen beide, zum einen, weil uns die Absurdität der Marquart-Situation bewusst wird, und zum anderen, weil wir uns einfach wohlfühlen und glücklich sind, wieder miteinander reden zu können.
„Und wie sollen wir das jetzt in Zukunft gestalten?“
„Ich weiß nicht“, gebe ich ehrlich zu. „Vielleicht nimmt Frau Marquart beide Kinder und nachmittags können wir uns abwechseln. Ich glaube, Frau Marquart ist sehr einsam. Deshalb kann ich es ihr nicht antun, dass Emil gar nicht mehr kommt.“
Ben sieht mich nachdenklich an. Dann nimmt er mein Gesicht zwischen seine beiden Hände. Kurz denke ich, dass er mich küssen will, doch er sagt: „Du bist einfach wunderbar, Lara. Wer Frau Marquart in sein Herz schließen kann, kann auch die Welt retten.“ Seine Hände gleiten wieder von meinem Gesicht, und ich bin enttäuscht. Obwohl er so was Schönes zu mir gesagt hat – ich sollte dankbar sein und mich darüber freuen. Stattdessen könnte ich weinen vor Sehnsucht. Und ich schäme mich für meine eigene Bedürftigkeit.
„Dann fragen wir sie einfach, ob sie auch auf Emma aufpassen kann. Ihr Mittagessen nehme ich auch.“ Wieder zwinkert Ben mir zu, und ich liebe ihn für seine Fähigkeit, sich auf verändernde Situationen einzustellen, und für seine unkomplizierte Warmherzigkeit. Einfach dafür, dass er Ben ist.
„Du weißt nicht, worauf du dich essenstechnisch einlässt“, warne ich ihn scherzhaft.

„Du überlebst es ja auch schon seit zwei Wochen“, meint Ben und gibt sich zuversichtlich. „Am besten gehe ich gleich mal zu ihr und kläre das ab“, sagt er noch und macht sich auch sofort auf den Weg. Bestimmt lässt er jetzt seinen Charme bei Frau Marquart spielen. Ich kann es mir richtig vorstellen, und sie steht ja sowieso auf ihn. Eigentlich bin ich zuversichtlich, was den Erfolg seiner Mission angeht.
Dementsprechend steht er mit einem breiten Grinsen 20 Minuten später wieder vor mir. „Sie hat Ja gesagt“, teilt er mir mit, und es klingt, als hätte er seiner Freundin einen Heiratsantrag gemacht.
„Das ist super“, freue ich mich. „Damit haben wir die Vormittage auf jeden Fall zum Arbeiten gesichert. Du hast ihr aber nicht gedroht?“, vergewissere ich mich dann doch.
„Gedroht? Du meinst, dass Emil sonst auch nicht mehr kommt?“ Ich nicke. „Natürlich nicht. Was denkst du von mir?“
Das hätte ich auch nicht von ihm gedacht. Ich vertraue Ben, und ich denke, dass er mit seinen Mitmenschen respektvoll umgeht. Selig grinse ich ihn an und fühle mich dabei wie eine Idiotin.
„In Anbetracht der Gesamtsituation ist das die perfekte Lösung“, meint Ben. „Ein paar Artikel habe ich dann doch zu schreiben, aber dafür reicht mir der Vormittag. Am Nachmittag kann ich die Kinder nehmen, und du kannst noch ein bisschen weiterarbeiten. Abends können wir dann zusammen essen, wenn du magst.“
„Oh ja“, rufe ich. „Voll schön.“ Und dabei weiß ich selbst gerade nicht, woher die Worte und die dazugehörige Begeisterung kommen. Oder besser gesagt, der Mut

dies auch auszusprechen und zu zeigen. Aber ich fühle mich einfach so frei in Bens Gegenwart und so erfüllt, dass ich laut schreien könnte vor lauter Seligkeit. Zum Glück übernimmt das gerade Emil für mich, als er Emma umarmt und ihr damit zeigt, dass ihre Liebe nicht einseitig ist.
Außerdem ist eine kinderunterbringende Organisation nicht voll schön, sondern höchstens voll praktikabel, aber zum Glück scheint Ben mit dem „Voll schön“ sehr einverstanden zu sein, denn er strahlt mich über das ganze Gesicht an.
„Ja, ich finde, wir machen das wirklich gut“, schiebt er noch hinterher und streckt seine Hand aus. Fast automatisch ergreife ich sie. Sie fühlt sich warm und verheißungsvoll an. Ich möchte so gerne mehr von ihm spüren!
Und manchmal, aber nur manchmal, denke ich, dass es ihm mit mir genauso geht. Oder weshalb sieht er mich sonst so an? Aber vielleicht bilde ich mir das ja doch alles nur ein. Ich bin so schrecklich verwirrt.
„Dann ist das also ausgemacht?“, vergewissert sich Ben.
„Auf jeden Fall“, bekräftige ich und denke, dass ich mich erst mal zurückziehen muss, um die neue Situation emotional zu verkraften. Deshalb bin ich froh, dass Ben Emma schnappt und sich in seine eigene Wohnung zurückzieht.
Den Abend verbringe ich damit, mir vorzumachen, dass ich Fernsehen schaue und nicht an Ben denke. Aber meine Gedanken schweifen immer wieder ab, sodass ich am Ende nicht einmal mehr weiß, was für einen Film ich mir angesehen habe. Immer wieder erscheint sein

Bild vor meinem geistigen Auge. Seine Augen, die mich voller Zuneigung anschauen und sein Lächeln, das immer so herzlich ist, dass ich mich frage, wo die Frauen wohl alle sind, denen er reihenweise das Herz brechen muss.
Nun, zumindest eine hat er ja neulich in seinem Bett gehabt, erinnere ich mich ... und kann ihn plötzlich gar nicht mehr leiden. Ich bemühe mich, mir das einzureden. Trotzdem liege ich später schlaflos im Bett und versuche jeden Gedanken an Ben zu verdrängen, was es mir wiederrum auch schwer macht, nicht an ihn zu denken.
Am nächsten Morgen bringe ich Emil zu Frau Marquardt. Emma ist noch nicht da, und leider treffe ich Ben nicht. Dafür treffe ich wenig später Sanne. Zwar nicht an der Kaffeemaschine, aber immerhin in unserem virtuellen Kaffeeraum.
„Hey“, ruft sie spontan aus. „Du siehst gut aus.“
„Wirklich?“, frage ich erstaunt zurück und zweifle, wie ich nach der schlaflosen Nacht, die ich hinter mir habe, eigentlich noch gut aussehen kann.
„Ja, du hast dieses Leuchten in den Augen. Ist Ben zurück?“
Mein Bedürfnis den Laptop einfach zuzuklappen, ist riesengroß. Trotzdem lächle ich Sanne an und sage so unbeschwert wie möglich: „Ja, stell dir vor, er ist wieder da. Und Emma geht jetzt auch zu Frau Marquart.“
„Ihr werdet noch eine richtig tolle Corona-Hausgemeinschaft“, scherzt Sanne und die schwierige Situation ist umschifft. In unserem restlichen Gespräch geht es um geschäftliche Belange, Umorganisationen im Homeoffice und Lästereien über Meike, von der wir

überzeugt sind, dass sie im Homeoffice um einiges weniger arbeiten wird, da sie sich nicht mehr profilieren kann.
Nachdem ich meinen Kaffeeklatsch mit Sanne beendet habe, arbeite ich noch und bin erstaunlicherweise produktiver, als ich zunächst dachte, sodass ich mit dem guten Gefühl, meine Arbeit gemacht zu haben zum Mittagessen zu Frau Marquart gehe und dort auf Ben treffe, der ihr gerade dabei hilft, den Tisch zu decken. Als er mich sieht, lächelt er freudig und erleichtert, dass er dem Hausdrachen, der gar kein richtiger Hausdrache mehr ist, nicht länger allein ausgeliefert ist.
Emma und Emil spielen zufrieden in dem kleinen Spielbereich, den Frau Marquart in einer Wohnzimmerecke eingerichtet hat. Ich bin unsicher, da ich nicht weiß, wie ich mich verhalten soll. Mein Herz flattert aufgeregt, meine Hände zittern leicht und ich würde so gern auf Ben zugehen und ihn berühren. Doch in mir ist eine Hürde, eine Grenze, die ich nicht überschreiten kann. Natürlich ist da Jens, aber da sind auch meine eigenen Gefühle, die so überwältigend sind, dass ich nicht mit ihnen umgehen kann. Aber vielleicht liegt es auch daran, dass ich keine emotionale Kraft und keine innere Stabilität besitze oder insgesamt einfach unfähig bin.
Doch Ben ignoriert meine innere Zerrissenheit wie üblich, indem er sich mir einfach zuwendet, mich zwingt ihn anzusehen und mir in die Augen schaut. Plötzlich wird alles um mich herum ruhiger, ich verliere mich, finde mich und fühle mich angekommen. Und das alles gleichzeitig, sodass es mich ganz verwirrt zurücklässt. Doch es ist eine Verwirrung, für die Ben mir gar keine

Zeit lässt, denn er drückt mir einen Stapel Teller in die Hand und fordert mich auf, diese auf den Tisch zu stellen, während er in die Küche eilt, um die Töpfe mit dem Essen zu holen.
Wenig später sitzen wir alle am Tisch – wie eine große Familie. Friedlich, harmonisch, zusammengehörend. Halt, stopp, so stimmt das nicht, die Kinder kreischen und wollen sich mit den Erbsen bewerfen, Frau Marquart schüttelt entrüstet den Kopf und Ben amüsiert sich heimlich, versucht aber nach außen einen strengen Eindruck zu machen und weist Emma dementsprechend liebevoll zurecht. Ich versuche bei Emil das gleiche, scheitere jedoch daran, dass ich das Vergehen nicht verstehe. Ich hätte als Kind auch gerne mit Erbsen um mich geworfen und kann das Bedürfnis der beiden Kinder deshalb nur zu gut verstehen.
Ich sehe Ben an, dass er es auch versteht, aber Frau Marquart hat ihre Probleme mit dem Drang der Kinder, sich auf diese Weise ihrer gegenseitigen Zuneigung zu versichern. Doch auch diese irritierenden Momente gehen vorüber, und bald haben die Kinder genug von ihren ungewöhnlichen Zuneigungsbekundungen, essen ihren Teller stattdessen brav leer und ziehen sich in ihre Spieleecke zurück.
Wir anderen bleiben am Tisch sitzen. Ich hätte Ben so gern alleine gesprochen, aber Frau Marquarts Bedürfnis mit jemandem zu reden ist so deutlich, dass ich einfach nicht das Herz habe, zu gehen, um mit Ben alleine zu sein. Und ich liebe ihn dafür, dass es ihm genauso zu gehen scheint, denn er beugt sich über den Tisch und hört Frau Marquart aufmerksam zu, während sie von ihren – mittlerweile erwachsenen Kindern – erzählt.

„Wie Emma wohl wird, wenn sie erwachsen ist", fragt Ben sich irgendwann nachdenklich. Ich schaue Emma an, die gerade Emil streng zurechtweist – wegen welcher Verfehlung auch immer.
„Auf jeden Fall durchsetzungsstark", lache ich und gehe zu Emil, um ihn darüber hinwegzutrösten, dass seine große Liebe mit ihm böse ist und schimpft. Ich nehme ihn in den Arm und biete ihm ein Bonbon an, das ich noch in meiner Hosentasche finde. Dankbar nimmt Emil es und wischt sich die Tränen trotzig vom Gesicht. Ich wünschte, es wäre immer so einfach, über seelische Verletzungen hinwegzukommen.
Ben beobachtet mich, während ich Emil all die Liebe gebe, die Emma ihm gerade versagt, weil er die Frechheit besessen hat, auch mit dem roten Stift malen zu wollen. Sein Blick ist unergründlich und ich frage mich auf wessen Seite er eigentlich steht. Findet er nicht auch, dass Emmas Reaktion total übertrieben ist? Schließlich erwidere ich seinen Blick. Zuerst herausfordernd, doch dann werde ich immer weicher und mein Blick passt sich meiner Gefühlslage an. Und es geht gar nicht mehr um die Situation zwischen Emil und Emma, sondern es ist eine Verbindung unserer Augen und unserer Herzen. Mit weichem Blick und offenem Herzen schaue ich ihn an, und zu meinem grenzenlosen Erstaunen und einer leichten emotionalen Überforderung merke ich, dass er den Blick auf dieselbe Weise erwidert. Das verunsichert mich so, dass ich Emil zu fest drücke, der sich auch gleich lautstark wehrt. Ben lacht und die Magie des Augenblicks verfliegt.
Ich setze mich wieder an den Esstisch, trinke noch einen Kaffee und stehe schließlich auf, um wieder zu arbeiten.

Ben bleibt sitzen und meint, dass er noch Frau Marquart ein wenig Gesellschaft leistet, die erfreut lächelt und gleich noch einen Kaffee aufsetzt.
Ich hingegen fühle mich zurückgewiesen, da ich davon ausgehen muss, dass Ben Zweisamkeit mit mir doch nicht so wichtig ist. Oder noch schlimmer, dass er ihr sogar aus dem Weg geht. Meine Frustration ist entsprechend groß und meine Konzentration auf die Arbeit wenig später entsprechend klein.
Emil ist auch noch bei Frau Marquart geblieben, und Ben hat versprochen, ihn später vorbei zu bringen. Knapp zwei Stunden später steht er mit Emil vor meiner Tür. Sein Grinsen ist breit und er scheint einen angenehmen Nachmittag gehabt zu haben. Ich fühle mich schon wieder verunsichert und gebe mir Mühe, ihn das nicht merken zu lassen. Doch Ben ist selbstsicher wie immer und bleibt demonstrativ in meinem Türrahmen stehen, damit ich ihn hereinbitten muss, was ich zuerst gar nicht will, da ich mich viel zu sehr neben mir stehend fühle und ich mir nichts mehr wünsche, als wieder in mir selbst zu sein, und das kann ich am besten, wenn ich alleine bin.
Doch Ben scheint das nicht zu merken und betritt einfach meinen Flur, nachdem ich ihn eine Weile nur stumm in der Hoffnung angesehen habe, dass er wie eine Fata Morgana wieder verschwindet. Er nimmt mich einfach sanft an meinen Schultern und stellt mich auf die andere Seite, sodass er an mir vorbeikommt. Kurz hinter ihm stürmt Emma in die Wohnung. Damit ist die Richtung klar. Ich gebe nach und folge allen in mein Wohnzimmer, das sie so ausschließlich besetzt haben, dass ich mir wie ein Eindringling vorkomme.

„Hast du was zu trinken?“, fragt Ben.
„Etwa noch einen Kaffee?“, frage ich zurück und kann mir ein leises Lächeln dann doch nicht verkneifen.
„Lieber ein Bier“, grinst Ben. „Wenn du eins dahast.“
„Klar“, gebe ich mich mal wieder locker und bin froh, dass Jens noch ein Bier übriggelassen hat, denn ich habe noch kein neues gekauft, weil ich bin keine Biertrinkerin bin. „Aber es ist wahrscheinlich warm.“
„Ach, kühles Bier wird überbewertet“, gibt Ben ebenso locker zurück und grinst mich an.
Also ein warmes Bier will er trinken. Hat er zu Hause keins? Oder warum will er bei mir ein warmes Bier trinken? Das macht irgendwie keinen Sinn.
Doch für Ben scheint es durchaus Sinn zu machen, denn er setzt sich mit der warmen Bierflasche in meinen Sessel und streckt die langen Beine weit von sich. Dann trinkt er einen Schluck und sagt: „Ah, das tut gut. Frau Marquart hat mich nämlich ziemlich gestresst. Ich muss mich erst mal von ihr erholen.“
„Warum hat sie dich gestresst?“, frage ich und setze mich im Schneidersitz vor ihn auf den Boden.
„Sie hat viel erzählt – von ihrem verstorbenem Mann, ihren noch lebenden Kindern und ihren baldigen Enkelkindern.“
„Hat sie noch keine Enkel?“
„Nein, noch nicht. Aber ihre Kinder arbeiten daran.“ Dabei grinst Ben schon wieder und ich finde sein Grinsen so unangebracht wie schön und denke, dass ich am Anfang unserer Bekanntschaft sein Grinsen einfach nur dämlich fand.
„Möchtest du zum Essen bleiben?“, frage ich.
„Gern. So war der Plan.“

Ich richte also für uns alle ein paar Schnitten her, schneide noch Tomate und Gurke auf und koche eine große Kanne Tee. Das Abendessen gestaltet sich lustig. Emil macht Faxen und legt sich einen Brotkrumenbart zu, Emma steckt sich Gurkenstücke in die Nase und Ben versucht zumindest ein gutes Beispiel zu geben. Leider misslingt ihm das etwas, weil er zum kreischenden Lachen der Kinder versucht, eine Cherrytomate auf seiner Nase zu balancieren. Ich sitze nur da, schaue lächelnd den Akteuren zu und fühle zum ersten Mal, was Familie auch bedeuten kann. Nämlich Lachen, lebendige Leichtigkeit und gegenseitiges Wohlbefinden – statt für jede unbedachte Äußerung oder Geste mit Kritik rechnen zu müssen, wie ich es in meiner Familie gewohnt war. .
Schließlich beenden wir trotz aller Albereien unser Abendessen. Die Kinder stürmen noch mal ins Wohnzimmer, und ich räume den Tisch ab, während Ben die leere Bierflasche nachdenklich in seiner Hand dreht.
„Hast du was von Jens gehört?“, fragt er schließlich.
„Nein“, antworte ich wahrheitsgemäß. „Er ist wohl wieder auf diese Schaffarm zurückgekehrt.“
„Liebst du ihn noch?“, fragt Ben und sieht mich abwartend an. Mich überfordert diese Frage etwas, da ich nicht weiß, was ich antworten soll.
„Weiß nicht“, ist schließlich meine wahre und ungeschönte Antwort. „Wahrscheinlich nicht“, füge ich dann noch an. „Ich glaube, er betrügt mich.“
Ben zieht fragend eine Augenbraue nach oben. „Und das nimmst du hin?“
„Ich kann es ihm ja nicht beweisen“, verteidige ich mich.

„Schon allein die Vermutung, die von ihm nicht ausgeräumt wird, ist ein Grund eure Beziehung zu hinterfragen."
Er ist ärgerlich. Das spüre ich, aber was soll ich sagen? Ich hinterfrage die Beziehung ja schon lange. Nur weiß Jens das noch nicht, weil er mir am Telefon ja nie richtig zuhört.
Außerdem hätte ich allen Grund ärgerlich zu sein, schließlich hat Ben auch nicht unbedingt auf mich gewartet, ich erinnere mich zu genau an seine Bettgenossin. Doch das sage ich nicht, es erscheint mir zu bedürftig, zu sehr nach Liebe Ausschau haltend, wenn ich zugebe, es bemerkt zu haben und dass es mich zu allem Überfluss auch noch stört.
„Ich möchte mit der Klärung warten, bis wir uns wiedersehen. Ich finde, am Telefon Beziehungsprobleme zu diskutieren, ist irgendwie schäbig. Es ist unpersönlich."
Ben schaut mich nachdenklich an. „Oder fehlt dir einfach nur der Mut?"
Ich erwidere seinen Blick hilflos. „Mut wofür?", flüstere ich schließlich, und plötzlich scheint es nicht mehr um Jens und mich zu gehen.
„Für deine wirklichen Gefühle vielleicht?", hilft Ben nach. „Kennst du sie überhaupt?"
Was für eine Frage! Natürlich kenne ich meine Gefühle! Schließlich bin ich total verliebt in meinen Nachbarn! Gut, okay, das bedeutet aber eigentlich auch, dass ich für Jens keine Gefühle mehr habe. So ehrlich sollte ich mir gegenüber schon sein. Aber das fällt mir schwer. Immerhin ist er Emils Vater, und ich fühle eine tiefe Loyalität ihm gegenüber. Aber verliebt bin ich trotzdem

nicht mehr in ihn. Und diese Erkenntnis überfordert mich dann doch komplett.
Ben beobachtet mein Mienenspiel, fast scheint es, als könnte er meine widersprüchlichen Gedanken und Gefühle lesen, und ich habe Angst von ihm für meine Unentschlossenheit verurteilt zu werden. Doch sein Blick ist verständnisvoll, und er lächelt mich aufmunternd an.
„Sprich mit ihm, Lara. Er hat deine Ehrlichkeit verdient."
Das ist so authentisch wie aufrichtig, egal, er müsste sich um Jens gar keine Gedanken machen. Erwähnte ich schon mal, dass ich diesen Mann großartig finde? Leider finde ich mich selbst nicht ganz so großartig und sehe mich nicht als jemand, der neben einem solchen Mann bestehen kann. Irgendwann wird er mein wahres Ich erkennen und mich abstoßend finden.
„Lara?", holt Ben mich aus meiner dystopischen Gedankenwelt.
„Du hast recht", sage ich nur. „Ich werde mit Jens reden und ihn fragen, wie er sich unsere Beziehung jetzt eigentlich vorstellt."
Kaum habe ich den Satz ausgesprochen, weiß ich wie jemand aussieht, dem sprichwörtlich die Kinnlade runterfällt.
„Du solltest dir vorher überlegen, wie DU dir die Beziehung vorstellst", meint er schließlich fast hilflos. „Es geht um dich und dein Leben. Du kannst es doch nicht davon abhängig machen, wie andere bestimmte Dinge sehen. Wie Jens eure Beziehung sieht, darf keinen Einfluss auf deine Sichtweise haben."

Jetzt bin ich es, der die Kinnlade runterfällt. Da sind so viele Gedanken, die plötzlich an die Oberfläche drängen und die ich nicht mehr aufhalten kann, ja, die mich geradezu dazu zwingen hinzusehen. Hinzusehen, dass ich zu abhängig bin von der Meinung anderer Menschen. Dass ich meine Entscheidungen an die Entscheidungen anderer Menschen anpasse, statt zu mir und meinen Gefühlen zu stehen. Das überwältigt mich so sehr, dass ich erst mal schlucken muss und dann sage: „Ich muss nachdenken, Ben. Das ist alles gerade sehr viel für mich."
Und ohne es wirklich zu merken, bin ich für mich eingestanden, habe meine Grenze gezogen und ohne laut zu schreien gesagt: Ich brauche Zeit für mich. Ben versteht es, berührt sanft mein Haar, drückt meine Schulter und ruft Emma.
„Zeit fürs Bett, kleine Maus." Emma mault zwar, kommt aber dennoch anstandslos mit, weil sie doch sehr müde ist. Ich bleibe mit Emil zurück und versuche auf Autopilot, erst das Wohnzimmer aufzuräumen, dann die Spülmaschine einzuräumen und schließlich Emil ins Bett zu räumen. Irgendwie in dieser Reihenfolge. Vielleicht ist es auch eine andere. Spielt keine Rolle, denn irgendwann ist es geschafft, und ich setze mich auf mein Sofa und wünsche mir eine halbe Flasche Schnaps herbei, um mein Gedankenkarussell zu bändigen und meine überbordenden Emotionen zu besänftigen.
Haben Ben und ich wirklich gerade dieses Gespräch geführt? Und was sollte das alles bedeuten? Dass er für mich auch was empfindet? Oder dass er mir einfach nur

ein paar Tipps als guter Freund und Nachbar geben möchte?
Und was soll ich mit Jens jetzt nur machen? Soll ich am Telefon mit ihm reden? Es steht in den Sternen, wann ich ihn wiedersehen werde. Soll ich ewig in der Warteschleife hängen? Und Ben hat außerdem recht: Ich sollte wissen, was ich eigentlich will und fühle. Doch genau genommen, weiß ich das schon, denn meine Gefühle für Ben kann ich einfach nicht mehr leugnen. Ich möchte nicht mehr mit Jens zusammen sein, ich möchte mit Ben zusammen sein. So jetzt ist es raus! Zumindest vor mir selbst. Nur wie es jetzt weitergehen soll, weiß ich immer noch nicht.
Das klingelnde Telefon reißt mich aus meinen Gedanken. Es ist fast zehn. Wer kann das noch sein? Kurz denke ich, dass es Jens sein könnte, weil er meine Gedanken gelesen hat, doch es ist Katja.
„Hi, meine Schöne“, haucht sie ins Telefon und klingt so sehr nach Sex, dass ich wider Willen eine Gänsehaut bekomme.
„Hallo“, antworte ich. „Was macht dein Blondschopf?“
Katja lacht. Natürlich, denke ich. Mitten ins Schwarze getroffen. „Wir genießen gemeinsam den Lockdown.“
„Oh, wow. Das ging ja schnell.“ Klinge ich neidisch? Das möchte ich nicht, aber ich komme nicht dagegen an.
„Ja, irgendwie schon.“ Katjas Stimme klingt immer noch rau, aber schon wesentlich normaler. „Aber es sind halt auch ungewöhnliche Zeiten. Und ich bin einfach total verliebt.“

„Er auch?“, frage ich und könnte mich dann gleich ohrfeigen. Was für eine neidische Kuh muss ich nur sein, dass ich eine solche Frage stelle? Auch Katja stutzt.
„Alles in Ordnung, Lara? Was macht dein Nachbar? Bist du wegen ihm frustriert?“
Bin ich das, die daraufhin laut aufjault? Oh Mann, es muss schlimm um mich stehen.
„Ich liebe Jens nicht mehr“, heule ich. „Dafür stehe ich total auf Ben.“
Katja schweigt betroffen, jedenfalls denke ich das. In Wirklichkeit lackiert sie wahrscheinlich konzentriert ihre Nägel.
„Das war doch klar.“
„Was?“, frage ich dumm zurück.
„Dass du auf Ben stehst. Ich wusste nicht, dass das noch ein Thema zum Nachdenken ist.“
„Aber es gibt doch Jens“, stottere ich.
„Oh, Lara. Wo ist der Vollpfosten denn, wenn du ihn brauchst. Ben ist da. Und scheint auch noch super süß zu sein.“
„Ist deiner auch super süß?“, versuche ich meinen Neid wiedergutzumachen. „Wie heißt er eigentlich?“
„Nils“, sagt Katja mit warmer Stimme, an der ich erkenne, dass sie nicht nur großartigen Sex hatte.
„Schöner Name“, gebe ich mich zugewandt, und Katja lacht herzlich.
„Du bist eine schlechte Schauspielerin.“
„Wieso glaubst du mir nicht, dass mir der Name gefällt?“
„Das tue ich. Aber ich glaube, dass du sonst mit deinen Gedanken eher in der Nachbarwohnung als bei mir bist.“ Katja klingt zum Glück nicht so als ob sie des-

wegen böse wäre. „Kläre die Situation, Lara. So macht dich das fertig. Klarheit ist immer besser. Auch wenn es wehtut."
„Du glaubst auch, dass er mir wehtun wird."
„Nein, Lara", sagt Katja fest. „Das denke ich nicht. Ich denke, dass deine Entscheidung Jens endgültig zu verlassen dir trotz allem weh tun wird. Und inwieweit sich das mit Ben gut entwickelt, wirst du sehen."
Ich schweige daraufhin, Katja wartet auf eine Antwort, und ich schweige noch ein bisschen weiter.
„Ich weiß nicht, was ich machen soll", flüstere ich schließlich und komme mir schäbig vor, weil Katja doch eigentlich glücklich ist, sich jetzt aber mein Leid anhören muss.
„Doch du weißt es. Es ist nur noch deine verdammte Loyalität Jens gegenüber, die dich hindert. Aber willst du meine ehrliche Meinung? Verschwendete Energie und Lebenszeit. Jens war es nie wert. Auch nicht bevor er nach Australien ging. Okay, jetzt ist es raus", fügt sie noch hinzu. „Du darfst mich jetzt hassen."
„Warum?", frage ich. „Ich wusste doch schon immer, dass du Jens nicht magst."
„Das stimmt nicht", korrigiert Katja mich. „Ich mag ihn, irgendwie. Aber er tut dir nicht gut. Du brauchst jemanden der nicht langweilig, aber dennoch verlässlich ist. Dein Ben klingt danach."
„Es ist nicht mein Ben", wiegele ich ab.
„Wie auch immer", lacht Katja. „Was nicht ist, kann ja noch werden."
Ich schweige mal wieder minutenlang ins Telefon, weil ich nicht weiß, was ich antworten soll. Doch Katja kennt

mich lange genug, um sich davon nicht irritieren zu lassen.
„Lass es auf dich zukommen, Lara. Etwas anderes kannst du sowieso nicht machen“, fügt sie dann noch weise an.
„Nein, wahrscheinlich nicht. Ich werde nachdenken, in mich gehen und dann bestimmt das Richtige tun.“
„Das wirst du ganz bestimmt. Ich glaube an dich.“
Wenigstens eine, denke ich und liebe Katja für ihre warmherzige Art; im Moment bin ich einfach nur wahnsinnig froh, dass sie meine Freundin ist.
„Das nächste Mal reden wir über Nils“, verspreche ich ihr noch, um ihr deutlich zu machen, dass sie meine gute Freundin ist und ich ihr zurückgeben möchte, was sie mir gibt.
„Es ist in Ordnung. Wirklich!“, fügt Katja noch an, weil ich weiterhin nichts sage. „Nils ist wunderschöne Gegenwart, bei dir ist Jens Vergangenheit und Ben Zukunft. Irgendwie kommt es mir so vor, als gäbe es hier und jetzt mehr, womit du dich auseinandersetzen musst.“
Katja ist ein toller Mensch und würde sofort meine Freundin werden, wenn sie es nicht schon wäre.
Nach unserem Telefonat sitze ich noch eine ganze Weile gedankenversunken auf dem Sofa, bevor ich es endlich schaffe ins Bett zu gehen und wunderbarerweise sehr bald in einen tiefen und traumlosen Schlaf falle.

9. Kapitel

Nach und nach spielen sich unsere Lockdown- und Home-Office-Tage ein. Morgens bringe ich Emil zu Frau Marquart, mittags essen wir dort gemeinsam mit Emma und Ben. Nachmittags sind die Kinder dann entweder bei Ben oder bei mir, und abends essen wir bei demjenigen gemeinsam, bei dem die Kinder nachmittags waren. Wir sind so schnell aufeinander eingespielt, dass es mich komplett verwundert, wie einfach das Leben und seine Organisation sein kann, wenn man nur den richtigen Menschen an seiner Seite hat. Es fühlt sich alles so vertraut an, nach Familie, dass es mich einerseits total glücklich macht und andererseits verschreckt, weil es so ungewohnt für mich ist.
Obwohl ich sonst kaum persönliche Kontakte mit anderen Menschen habe und Videocalls und Treffen an der virtuellen Kaffeemaschine auch kein echter Ersatz sind, fühle ich mich so wohl wie eigentlich noch nie in meinem Leben. Ben und unser kleines Familienleben mitten im Lockdown füllen mich völlig aus. Ich ertappe mich manchmal dabei, dass ich mir fast wünsche, Corona würde nie enden.
Der April ist warm und sonnig. Fast scheint es so, als würde uns wenigstens das Wetter für die Unannehmlichkeiten in dieser Coronazeit entschädigen wollen. An meinen Nachmittagen bin ich fast immer mit den Kindern im Park. Die Spielplätze sind zwar immer noch geschlossen, aber wir nehmen den Ball mit und nutzen die Zeit, um verschiedene Ballwurftechniken zu üben und einfach eine Menge Spaß zu haben.

Manchmal verbringen wir den Nachmittag auch zu viert. Diese Tage liebe ich besonders. Die Tage, wenn Ben dabei ist und ich seine Blicke spüre. Es fühlt sich jedes Mal so an, als würde ich einen kleinen Stromschlag bekommen und genieße das. Nur manchmal wünschte ich mir, es würde mehr passieren als Blicke, Lächeln und unausgesprochene Gefühle. Doch nur manchmal, denn mein inneres Gefühlschaos überfordert mich auch. Ich habe solch überbordende Emotionen bisher nicht kennengelernt. Es ist ein seltsames, unbekanntes Gefühl, als ob mein Herz ihm entgegen geht. Blöd nur, dass ich den Weg nicht kenne. Hin und wieder gehen wir auch Richtung Innenstadt, die verwaist vor uns liegt und dadurch auf seltsame Weise eine besondere Faszination ausübt. Dann bummeln wir an den Schaufenstern entlang und überlegen uns, was wir alles kaufen würden, wenn wir nur genügend Geld hätten und die Läden offen wären. So ist es auch, als wir vor einer deko-fit!-Filiale stehen. Wir schauen uns die Deko-Artikel in der Schaufensterauslage an, und Ben überlegt laut, was er in seiner Wohnung noch gebrauchen könnte. Wobei die Betonung auf „könnte" liegt.
„Kennst du die neue Kampagne von deko-fit!?", frage ich in seine Einrichtungsüberlegungen hinein.
„Du meinst die mit dem Slogan ‚Warum Outdoor, wenn es deko-fit gibt?'"
Ich nicke. „Die zielt direkt auf den Lockdown ab. So nach dem Motto: Mach es dir mit deko-fit! gemütlich. Jetzt, wo du sowieso zu Hause bleiben musst."
„Nun ja, das stimmt ja auch. Plötzlich bekommt das eigene Heim eine ganz andere Bedeutung."

Ich sträube mich ein wenig gegen diese Aussage. „Du musst auch daheimbleiben, wenn du einen Säugling hast, der zudem auch noch alles vollkotzt. Aber dafür hat deko-fit! keine angemessene Lösung."
Ich weiß, dass ich ungerecht bin und zudem mürrisch klinge, obwohl das eigentlich gar nicht meine Intention war. Ben schaut mich auch dementsprechend irritiert an.
„Das eine hat mit dem anderen doch gar nichts zu tun", wendet er schließlich ein, und zum ersten Mal scheint seine Stimme mir gegenüber leicht genervt zu sein. Früher oder später schaffe ich es bei jedem, denke ich auch gleich befriedigt in meinen alten und ausgetretenen Gedankenpfaden. Doch dann wird mir bewusst, dass ich es mit Ben zu tun habe und dass hier vieles nicht mehr passt, was mich vorher zwar auch nicht erfüllt hat, aber sich dennoch so bequem angefühlt hat wie ein alter, ausgelatschter Schuh.
„Tut mir leid", sage ich und zum ersten Mal seit langer Zeit ist es keine Entschuldigung, die ich ausspreche, um den anderen zu besänftigen, sondern tatsächlich das Eingeständnis meinerseits falsch gehandelt zu haben.
„Schon gut", lächelt Ben auch sofort. „Wie heißt die Laus, die dir gerade über die Leber läuft?"
„Laras Leben", erwidere ich und verrate ihm damit eigentlich mehr als ich möchte.
„Was ist so schlimm an Laras Leben?", fragt Ben und hält sein Gesicht in die strahlende Frühjahrssonne.
„Nun, ich habe eine beschissene Familie mit einem bescheuerten Bruder und einen schwachköpfigen, abwesenden Freund. Reicht das?"

Ben schaut weiter in die Sonne. Emma und Emil hüpfen auf den sonnengewärmten Steinen des Gehwegs, und ich habe das Gefühl, dass ich die Einzige in der Runde bin, die sich von diesem aufkeimenden Sommerfeeling gerade nicht angesprochen fühlt. Irgendwie fühle ich mich dadurch wie eine Außenseiterin.
„Und was hast du noch?“, fragt Ben.
„Wie? Was habe ich noch?“, entgegne ich irritiert und schaue den Kindern beim Hüpfen zu.
„Nun, du hast zum Beispiel einen tollen, gesunden Sohn und einen sehr netten, hilfsbereiten Nachbarn.“ Hier grinst er kurz sein früher blödes, jetzt ausgesprochen liebenswertes Grinsen und fährt dann fort: „Eine nette, kaffeetrinkende Kollegin und eine gute Freundin, die dir immer zuhört, wenn ich das richtig verstanden habe.“ Er sieht mich an. „Nicht zu vergessen, einen ehemaligen Hausdrachen, der kein Feuer mehr speit. Ich finde, das ist eine ganze Menge“, fügt er dann noch an und zwingt mich mal wieder, ihm direkt in die Augen zu schauen. Während ich versuche, nicht in seinem Blick zu ertrinken, lasse ich seine Worte auf mich wirken. Er hat natürlich Recht. Ich sollte das Positive sehen und mich daran freuen. Das Problem ist nur, dass der nette, hilfsbereite Nachbar eben genau das bleiben wird: nett und hilfsbereit. Und ich mir eigentlich mittlerweile so viel mehr wünsche. Das allein würde schon genügen, frustriert zu sein.
„Schaue nicht auf den Mangel“, insistiert Ben schließlich, den Blick weiterhin fest auf mich gerichtet. „Schaue auf das, was du hast. Alles andere macht dich nur unglücklich.“

Ich nicke. Wie einfach das alles doch wäre, wenn ich ihn an meiner Seite hätte. Doch trotz aller Enttäuschung darüber bin ich mir bewusst, dass ich es auch ohne ihn schaffen kann, schaffen muss. Schließlich ist es mein Leben und meine Verantwortung, daraus etwas Gutes zu gestalten. Wenn nur meine Sehnsucht nach ihm endlich aufhören würde, wenn mein Herz endlich Ruhe geben würde, statt hektisch zu klopfen, sobald ich auch nur denke, dass ich ihn sehen könnte.
Liebe ist eine Entscheidung! Wer hat nur diesen schwachsinnigen Spruch erfunden? Ich habe mich bestimmt nicht für dieses Gefühlschaos entschieden.
„Tust du das für mich, Lara?“, fragt Ben in meine Gedanken hinein. „Ich möchte so sehr, dass es dir gut geht und dass du glücklich bist.“
„Kann man so etwas einfach so versprechen?“, frage ich und lächle ihn schief an.
„Nein, du hast recht“, antwortet Ben. „Darüber habe ich gar nicht nachgedacht.“ Er schweigt kurz. „Aber ich möchte trotzdem, dass du glücklich bist.“ Bei diesen Worten grinst er mich an, und ich schwanke mal wieder zwischen den beiden Polen, ihn ernst zu nehmen oder eben nicht. Doch ich entscheide mich für Ersteres, sehe ihm einmal von mir ausgehend fest in die Augen und lasse ihn dabei in meine Seele blicken. Fast glaube ich zu spüren, wie sein Mund trocken wird.
Und dann kommt plötzlich eine Frage aus irgendeinem hinteren Winkel meines Hirns und bevor ich mich stoppen kann, platze ich raus: „Wer war eigentlich die Frau neulich morgens in deinem Bett?“
Ben wird schlagartig blass und weicht meinem Blick so plötzlich aus, dass ich sein schlechtes Gewissen beinahe

greifen kann. „Niemand“, antwortet er dann und ich ziehe mich innerlich sofort zurück, denn diese Antwort ist einfach so typisch männlich. „Hey, Babe, frage nicht. Andere Frauen können neben dir doch gar nicht bestehen. Nur du bist mir wichtig. Und jetzt zieh dich aus und lass es uns tun. Und morgen erzähle ich einer anderen Frau genau das gleiche.“
Doch dann legt er die männliche Attitüde ab und fügt doch noch erklärend hinzu: „Eine alte Bekannte, die ich ein paar Tage vorher zufällig getroffen habe. Ich wusste schnell, dass es ein Fehler ist mit ihr intim zu werden. Doch als du plötzlich vor der Tür standest, war es eine Katastrophe.“
Am Anfang sieht er noch seine Schuhspitzen an, doch dann hebt er endlich den Blick und schaut mir wieder direkt in die Augen. Ich sehe, dass es ihm wichtig ist, dass ich weiß, dass es für ihn nicht wichtig war. Und genau genommen geht es mich auch gar nichts an. Faktisch bin ich nur die Nachbarin. Nur mein Herz sagt mir etwas völlig anderes.
„Es ist okay, Ben“, sage ich. „Es tut mir leid, dass ich es überhaupt angesprochen habe. Es hat mich irgendwie einfach“ – ich zögere kurz weiterzusprechen und gebe mir dann einen Ruck – „negativ berührt“, beende ich den Satz dann etwas lahm.
Ben nimmt mein Gesicht zwischen seine Hände und sagt warm: „Ich möchte, dass wir glücklich werden.“
Jetzt wird mein Mund trocken und ich bin nur noch Gefühl, spüre seine Hände, höre seine Stimme, und noch nie ist mir aufgefallen, wie schön sie doch ist. Und ich denke nur, dass es völlig egal ist, was vor ein paar Wochen war. Nur das Jetzt ist wichtig. Es ist ein

Augenblick für die Ewigkeit, einer der verweilen könnte – und doch jäh zerstört wird, als Emma hinfällt, sich das Knie blutig schlägt und anfängt zu weinen.
Sofort ist Ben bei ihr, nimmt sie in die Arme und tröstet sie. Dann sieht er sich das Knie an. Durch den harten Aufprall auf dem Asphalt, ist ihre Leggins zerrissen, und das Knie darunter ist verschrammt, blutig und schmutzig.
„Ich sollte das säubern, damit es sich nicht entzündet." Bens Stimme klingt neutral, doch sein Blick ist es nicht.
Ich nicke. „Das ist mit Sicherheit das Beste." Auch meine Stimme klingt neutral, doch ich merke, dass wir beide uns wünschen, Emma wäre zu einem günstigeren Zeitpunkt hingefallen.
Ben trägt Emma auf seinen Armen, während wir den kurzen Heimweg antreten. Emil schnieft leise vor sich hin, völlig aufgelöst durch die Tatsache, dass sich seine geliebte Emma wehgetan hat.
An unseren Wohnungen angekommen, geht jeder in die jeweils eigene, ohne dass wir uns richtig verabschieden. Ben möchte Emma so schnell wie möglich versorgen, und ich versuche Emil daran zu hindern, den beiden hinterherzulaufen, indem ich ihn mit einem Kakao und Gummibärchen bestechend in unsere Wohnung lotse. Wirkliche Sorgen um Emma mache ich mir nicht, da ein aufgeschlagenes Knie zu einer richtigen Kindheit dazugehört und bisher von allen Kindern, die ich kenne, überlebt wurde. Doch ich würde zu gern das abrupt beendete Gespräch mit Ben weiterführen. Auch wenn ich mir nicht sicher bin, wohin das führen sollte. Schließlich habe ich Jens und sollte daher von allen eventuell aufkommenden Gefühlen für Ben Abstand nehmen.

Doch das wird immer schwieriger, die Gefühle für Ben werden immer deutlicher und die für Jens immer verschwommener.
Und ich bin mittendrin, nicht wissend, wer ich bin, wohin ich will und was überhaupt für alle das Beste ist. Von einem Sinn ganz zu schweigen.
Ich schenke mir ein Glas Wein ein und rufe Katja an, um ein wenig über die Sinnlosigkeit meines Liebeslebens zu jammern. Doch Katja erweist sich diesmal nicht als besonders geduldige Zuhörerin.
„Mein Gott, Lara. Ich habe dir doch schon gesagt, dass du das mit Ben klären sollst. Stattdessen spielst du vollkommen unnötigerweise die Liebeskranke."
„Ben findet mich nett, aber mehr auch nicht", gebe ich meiner Negativität Ausdruck.
„Vielleicht hast du recht", gibt Katja zu. „Aber du wirst es definitiv nicht wissen, wenn du eure Gefühlslage nicht klärst."
„Er könnte es auch klären", bin ich weiterhin die Sturheit in Person.
„Ach ja?", fragt Katja auch gleich sarkastisch. „Er weiß, dass es Jens gibt. *It's your turn, darling.* Eindeutig."
Daraufhin sage ich nichts mehr, denn ich weiß, dass Katja recht hat. Ich müsste die Akte Jens endlich schließen und dann den Mut aufbringen, Ben meine Gefühle zu gestehen. Manchmal denke ich ja sogar, dass er sie erwidert. Doch dann bin ich mir doch wieder sicher, dass ich nur eine praktische Alltagshilfe für ihn bin.
„Nicht nachdenken, handeln", singt Katja ins Telefon und ich verfluche sie dafür, dass sie mich so gut kennt. Katja weiß genau, dass das mit dem Handeln nicht so

ganz meine Stärke ist. Lars wirft mir das ja auch gerne vor, wenn auch in einem völlig anderen Zusammenhang.
„Du bekommst das schon hin", gibt sich Katja zum Schluss noch motivierend. Und ich weiß nicht, ob ich ihr dankbar sein oder mich ärgern soll. Aber Katja ist eben einfach Katja. Kein Grund sich über sie aufzuregen. Und am Ende des Tages rege ich mich sowieso eher über mich und meine Unfähigkeit, meine Gefühle auszudrücken, auf. Ich beende das Telefonat mit ihr, trinke mein Glas leer, und im weicheren Licht eines Rotweinrausches wirkt die Welt plötzlich sanfter – so, als ob die Liebe eine Chance hätte. Ich würde so gern daran glauben.
Am nächsten Morgen wache ich mit einem dicken Kopf auf. Selbst schuld, denke ich. Warum ertränkst du deine ungelebten Gefühle auch in ein paar Gläsern Rotwein? Emil ist an diesem Morgen zum Glück ausgesprochen pflegeleicht; das macht es leichter. Mister Petz fest in seinem Arm, lässt er unsere gesamte Morgenroutine so ergeben über sich ergehen, dass ich dann doch anfange mir Sorgen zu machen. Das ist nicht mein Emil, wie ich ihn kenne. Sicherheitshalber fasse ich an seine Stirn und merke sofort, dass er glüht. Also hole ich das Fieberthermometer raus und messe seine Temperatur. Die Anzeige zeigt 39° – eindeutig Fieber. Im nächsten Augenblick überkommt mich auch schon die Angst, dass es Corona sein könnte. Doch wo sollte sich Emil angesteckt haben? Wir waren doch nur unter uns.

Ich überrede ihn, sich wieder ins Bett zu legen und gehe über den Flur zu Ben. Dieser öffnet mir noch völlig verschlafen die Tür.
„Emil ist krank“, platze ich auch gleich raus, ohne vorher einen guten Morgen zu wünschen. „Er hat Fieber und ich habe solche Angst, dass es Corona ist.“
Ben schaut kurz betroffen, sieht dann aber meine Aufregung, fasst mich fest an den Schultern und sieht mir in die Augen: „Bleib‘ ruhig, Lara. Emil war nirgends, er kann sich praktisch gar nicht angesteckt haben. Wir überlegen jetzt erstmal, was zu tun ist.“ Er zieht sein Handy aus der Tasche und recherchiert im Internet. „Zum Arzt kannst du nicht gehen wegen der Infektionsgefahr“, liest er. „Am besten erstmal in ein Testzentrum, um den Coronaverdacht aus dem Weg zu räumen. Ohne Termin mehrere Stunden Wartezeit“, verkündet er nach weiterer Internetrecherche.
Währenddessen kaue ich nervös an meinen Nägeln und lausche immer wieder mit halbem Ohr in meine Wohnung, ob Emil nach mir ruft oder weint.
„Wie soll das funktionieren?“, frage ich. „Ich kann mich nicht mit einem hochfiebernden Kind mehrere Stunden in eine Schlange stellen.“
Ben nickt. „Nein, das geht nicht. Pass auf.“ Er legt nachdenklich seine Stirn in Falten. „Emma und Emil sollten erst mal nicht mehr zusammenkommen. Aber ich kann Frau Marquart fragen, ob sie Emma trotzdem nimmt und dann stelle ich mich in die Schlange und wenn absehbar ist, dass es nicht mehr lange dauert, kommst du mit Emil nach.“

Ich bin völlig überwältigt von seiner Hilfsbereitschaft, die er mir ohne zu zögern anbietet.
„Musst du nicht arbeiten?“
Ben sieht mich verwirrt an. „Nun, es sind ungewöhnliche Zeiten. Da macht man schon auch mal ungewöhnliche Dinge.“ Er grinst breit. „Arbeiten kann ich auch später“, fügt er dann noch hinzu.
Wenig später ist alles geklärt, und Emma spielt zufrieden in Frau Marquarts Wohnzimmer, die wegen der Coronagefahr auch nur abgewunken und sich einfach nur eine Maske aufgesetzt hat. Ich frage mich und Ben, ob ich nicht überreagiere.
„Nein“, meint Ben. „Wir sind alle unruhig. Besser man nimmt es ernst, aber nicht so ernst, dass unsere Menschlichkeit darunter leidet. Frau Marquart ist eine Nachbarin, wie man sie nicht genug schätzen kann.“
Dann macht er sich auf den Weg zur Warteschlange, und ich bleibe mit Emil allein zurück. Ein seltsames Gefühl durchströmt mich, das ich zuerst nicht genau einordnen kann, bis ich merke, dass es Geborgenheit mit einer Mischung von Dankbarkeit ist.
Es ist ein fremdes Gefühl, da ich mich in meinem Leben bisher selten geborgen gefühlt habe. Eher immer wie eine Person, bei der ständig alles schiefläuft, die Probleme kreiert, wo keine sind und bei der man nur die Augen verdreht, wenn sie um Hilfe bittet. Das ist zumindest das Gefühl, welches mir meine Familie zeitlebens vermittelt hat.
Den Ausspruch „Oh Lara!“ mit einem Augenaufschlag gen Himmel, als ob man von dort endlich eine Eingebung für mich erwartet, habe ich zumindest wesentlich öfter gehört als ein „Das bekommen wir hin, Lara!“.

Genaugenommen habe ich zweiteres nie gehört. Jedenfalls erinnere ich mich nicht. Und damit lebte ich ständig in einem Gefühl des Ungenügend-Seins und des Mangels an positiver Bestärkung.
Ich war einfach nicht gut genug, mein Leben nicht perfekt genug. Am besten gewöhnte ich mich daran, denn aus dieser Schleife gibt es kein Entrinnen. Mein Leben lieferte mir ja auch ständig den Beweis. Statt Karriere zu machen, wurde ich mit 23 ungeplant schwanger und blieb mehr oder weniger auf der Karriereleiter hängen. Ich hatte eben einfach nur einen Job, der mich mehr oder minder nicht erfüllte. Dann begab sich auch noch der Vater des Kindes auf Sinnsuche nach Australien, anstatt mich zu heiraten und eine Familie mit mir zu gründen, wie sich das für ein perfektes Leben gehörte. Meine beste Freundin ist eine impulsive Persönlichkeit mit einem hohen Männerverbrauch, sodass auch von hier kein mäßigender Einfluss zu erwarten ist. Für meine Familie habe ich dementsprechend auf ganzer Linie und in jedem relevanten Bereich versagt.
Und dann ist da auf einmal dieser Mann, der mich anscheinend genauso wie ich bin gut findet. Für den es keine Rolle spielt, woher ich komme und was ich darstelle, sondern der mich so nimmt, wie ich bin und gemeinsam mit mir wachsen möchte. Dieser Mann, der Wert auf meine Lebenseinstellung und meine Haltung legt und nicht auf eine perfekte Außendarstellung. Der mit mir lachen und Spaß haben möchte und nicht erwartet, dass ich für ihn funktioniere. Und was mache ich? Ich fühle mich so überfordert von der Tatsache, dass jemand in mein Herz schauen möchte und mich

erwartungsfrei nimmt, wie ich bin, dass ich gar nichts tue. Wie ein Reh in der Nacht, bleibe ich mitten auf der Straße stehen und schaue verschreckt ins Scheinwerferlicht. Immerhin laufe ich nicht weg, das ist schon mal ein Fortschritt, denn vor positiven Gefühlen bin ich in der Vergangenheit auch gern davongerannt. Das Reh allerdings sollte besser weglaufen. Aber das nur so nebenbei.
Oder bilde ich mir die Gefühle von Ben doch nur ein? Nein, denke ich. Es ist eigentlich offensichtlich. Du stehst dir selber im Weg. Und so beschließe ich, während ich an Emils Bett sitze und ihm zärtlich über die heiße Stirn streiche, dass ich mich Ben endlich richtig öffnen sollte. So wie Katja mir das auch geraten hat. Das mit Jens kann ich ein anderes Mal klären.
Ein paar Stunden später kommt der Anruf von Ben, dass ich mich mit Emil auf den Weg machen könnte. Ich ziehe Emil also an, zum Glück ist es weiterhin mild, und fahre mit dem Auto zum Testzentrum. Ben hat die Teststation schon fast erreicht, als ich mit Emil komme und ihn ablöse.
„Wie geht es ihm?", fragt er.
Ich schaue auf Emils hochrote Wangen und in seine glasigen Augen.
„Er hat Fieber. Aber sonst nichts. Kein Schnupfen, kein Husten."
Ben nickt. „Das wird schon. Nicht wahr, kleiner Mann?"
Emil nickt matt und kuschelt sich noch tiefer in meinen Arm, der mir von seinem Gewicht schon weh tut. Ben küsst mich kurz aufs Haar, murmelt etwas, was sich so anhört wie „Wir sehen uns später" und ist dann verschwunden. Ich wiederrum stehe schon wieder wie

gelähmt da und versuche meinen inneren Gefühlssturm in den Griff zu bekommen.
Schließlich sind wir an der Reihe, und Emil ist zum Glück zu geschwächt, um sich gegen den Wattestab, der durch seine Nase bis in die Stirn eingeführt wird, zu wehren. Er weint danach nur leise vor sich hin und lässt sich auch durch die kleine Gummibärchentüte, die die nette Schwester ihm gibt, nicht trösten.
„Das Ergebnis bekommen sie in drei Tagen", sagt sie dann noch und schaut mich mitfühlend an, als sie meinen entsetzten Blick sieht.
„So lange?", frage ich.
„Leider ja. Bleiben auch Sie als Kontaktperson zu Hause und treffen Sie niemanden bis das Ergebnis vorliegt. Sie sind jetzt in Quarantäne."
Mit weichen Beinen laufe ich mit dem weinenden Emil auf dem Arm wieder nach draußen. Quarantäne. Das klingt nach der mittelalterlichen Pest. Oder einem Choleraausbruch.
Noch im Auto rufe ich den Kinderarzt an, schildere ihm die Situation und hole dann noch die von ihm empfohlenen Medikamente aus der Apotheke. Dann sind wir wieder zu Hause. Ich flöße Emil etwas Fiebersaft ein und packe ihn wieder ins Bett. Dann rufe ich Ben an. „Das Ergebnis kommt erst in drei Tagen, und bis dahin darf ich die Wohnung nicht verlassen."
„So lange dauert das?", fragt Ben ebenso entgeistert wie ich. „Hast du denn genug zu essen?"
„Ja, ja, danke. Ich war erst einkaufen", antworte ich und bin ein weiteres Mal gerührt von seiner Fürsorge und überfordert von den Gefühlen, die diese bei mir auslöst.

„Emma wird Emil vermissen“, ist sich Ben sicher, und seine Stimme klingt seltsam belegt. „Hoffentlich geht es ihm bald besser.“
„Ja, das hoffe ich auch.“ Meine Stimme klingt auch seltsam belegt. Und ich weiß, dass wir beide eigentlich was ganz anderes sagen wollen. „Ich melde mich wieder und gebe ein Update aus der Krankenstation“, gebe ich mich schließlich scherzhaft.
„Darauf freue ich mich.“ Ben geht auf meinen scherzhaften Ton nicht ein, und mir wird wieder mal sehr deutlich bewusst, dass es so mit uns wirklich nicht weitergehen kann. Doch ich probiere es immer wieder, unsere Kommunikation auf einer lockeren Ebene zu halten. Eine lockere Ebene, die definitiv nicht mehr vorhanden ist. Und wahrscheinlich nie war.
Um mich nach unserem Telefonat abzulenken und mich gefühlsmäßig wieder auf ein normales Level zu bringen, rufe ich meine Eltern an, um sie über unsere Quarantäne zu informieren. Erfahrungsgemäß ist ein Gespräch mit ihnen der beste Weg, um mich wieder zu erden. Anders ausgedrückt werde ich so runtergezogen, dass ich zwangsläufig wieder auf dem Boden der Tatsachen lande.
Meine Mutter hebt den Hörer ab. Ihre erwartungsvolle Stimme wird deutlich neutraler als sie hört, dass ich dran bin. Okay, zu ihrer Ehrenrettung muss ich zugeben, dass sie versucht, es zu verbergen und ich wahrscheinlich einfach nur mal wieder zu sensibel bin, sodass ich ihre Ablehnung spüre.
„Wie schön, dass du anrufst“, flötet meine Mutter also nach der neutralen Begrüßung entsprechend falsch ins Telefon, um ihren Stimmungsabfall zu kaschieren.

„Der Anlass ist leider ein weniger schöner“, teile ich ihr mit und bemühe mich um einen neutralen Tonfall. „Emil ist krank, und wir haben Angst, dass es Corona sein könnte.“
„Wer ist wir?“, fragt meine Mutter. „Ist Jens wieder da?“
„Nein“, antworte ich schnell. „Mein Nachbar und ich. Der mit der kleinen Tochter. Wir helfen uns doch manchmal gegenseitig aus.“
„Ach ja, der alleinerziehende Vater.“ Die Stimme meiner Mutter klingt abwertend. Dabei kennt sie Ben noch nicht einmal. Aber sie liebt Jens, und das, obwohl er mich mit einem kleinen Kind verlassen hat, um in Australien den Sinn des Lebens zu suchen. Oder gerade deshalb. Weil sie findet, dass ich nichts Besseres verdient habe. Und deswegen hat sie auch eine Aversion gegen Ben. So ganz nach dem Motto: Wer mich mit Anstand und Respekt behandelt, kann nicht normal sein. Aber das würde sie natürlich niemals zugeben.
„Habt ihr schon einen Test gemacht?“, erkundigt sie sich dann.
„Ja, heute. Das Ergebnis kommt in drei Tagen.“
„So lange müsst ihr warten?“, ist meine Mutter genauso entsetzt wie jeder, der von einer so langen Wartezeit hört.
„Ja, der Test dauert und die Labore sind überlastet“, versuche ich zu erklären und rechtfertige damit fremde Menschen und Institutionen, die mich eigentlich gar nichts angehen.
„Hm, hoffentlich wird das bald besser. Schließlich kann irgendwann jeder einen solchen Test benötigen.“

Diesen Tag streiche ich mir rot im Kalender an. Meine Mutter räumt ein, dass alle von schwierigen Situationen betroffen sein können und nicht nur ich mal wieder schuldhaft alles Negative anziehe. Was eine Pandemie alles auslösen kann! Ich bin beeindruckt.
„Und Jens?“, zieht meine Mutter das Gespräch mal wieder zielsicher auf ein noch unangenehmeres Thema.
„Ist noch in Australien und wartet dort, dass die Flugpreise sinken.“ Mein Ton ist flapsig.
„Du siehst das zu locker, Lara“, rügt sie mich auch sofort. „Du solltest Jens ernster nehmen, dann würde es auch besser mit euch klappen.“
Würde es das? Vermutlich schon. Meine Mutter hat recht und übersieht dabei dann doch die klitzekleine Tatsache, dass es für mich eine Art Selbstaufgabe bedeuten würde, mich Jens auf diese Weise unterzuordnen. Aber was bedeutet das schon, wenn man dafür einen Mann wie Jens für sich gewinnen kann?
Zu meinem eigenen grenzenlosen Erstaunen bleibe ich innerlich trotzdem gelassen. Ihre giftigen Abwertungen berühren mich nicht mehr. Sie scheinen die Macht über mich verloren zu haben. Ich möchte einfach nur noch Bens Positivität spüren. Sie gibt mir ein gutes Gefühl, und das möchte ich haben und mir keine Gedanken mehr über Menschen machen, die mich mit ihrer schlechten Meinung über mich belasten – selbst wenn einer dieser Menschen meine eigene Mutter ist. Ich muss einfach akzeptieren, dass ich ihr niemals genügen werde. Aber nicht, weil ich wertlos bin, sondern weil sie meinen Wert nicht erkennen kann. Das ist ein gewaltiger Unterschied. Und als mir das bewusst wird, überkommt mich eine unendliche Dankbarkeit gegen-

über Ben, der mir diesen Unterschied durch sein Verhalten erst bewusst gemacht hat. Und egal, wie es mit uns weitergeht, für diese Erkenntnis werde ich ihn immer lieben.

„Jens sollte sich lieber mal klarmachen, was er an mir hat“, höre ich mich dann zu meinem eigenen Erstaunen selbstbewusst sagen. „Immerhin bin ich für seinen Sohn da, während er sich auf der anderen Seite der Erdkugel ein schönes Leben macht.“

„Emil ist doch dein Sohn“, höre ich meine Mutter irritiert sagen. „Da ist es deine Pflicht, für ihn da zu sein.“

„Und für Jens nicht?“, frage ich dann doch wieder schriller.

„Wieso? Er ist doch nur der Vater.“

An dieser Aussage meiner Mutter kaue ich erstmal eine Weile. Soll das emanzipiert sein, weil der Mann kleingeredet wird, oder ist das ein Eingeständnis ihrer untergeordneten, weiblichen Rolle? Da ich meine Mutter kenne, tippe ich eher auf ersteres. Und mir wird auf einmal vieles, was in meiner Familie geschehen ist, klar. Denn eigentlich hat mein Vater nichts zu melden, solange er das Geld ranschafft. Die wichtige Person ist meine Mutter, die ihre hoheitlichen Aufgaben an ihren Sohn übertragen hat, der wiederrum von seiner Frau kleingehalten wird, die über alle wichtigen Familienentscheidungen bestimmt. Deshalb muss er seine kleine Schwester unterdrücken, um sich groß zu fühlen. Warum nur ist mir diese Dynamik nicht früher bewusst geworden? Ich hätte mir viel Leid ersparen können.

„Na ja“, meine ich schließlich in unsere Gesprächspause hinein. „Irgendwie kann man auch von den Vätern mehr erwarten.“
Da muss meine Mutter lachen, und es ist das erste echte Lachen, das ich von ihr nach langer Zeit höre. „Da erwartest du ein bisschen zu viel.“
Irgendwie macht mich diese Aussage traurig, sagt sie doch viel über meinen Vater aus. Schade, dass meine Mutter und ich uns diesbezüglich nie verbinden konnten. Mein Leben wäre anders verlaufen, hätte sie mich mehr akzeptiert und mir das auch gezeigt. Doch merkwürdigerweise kann ich es plötzlich annehmen, dass es nicht so ist. Es kümmert mich nicht mehr. Ein Gefühl von Freiheit durchflutet mich.
„Wie auch immer“, beende ich das Gespräch. „Ich komme schon klar und wollte euch nur Bescheid geben.“
„Ja, das ist nett von dir. Hoffentlich wird Emil schnell wieder gesund.“
„Danke dir und bis bald.“ Nach diesen Worten lege ich mit einem guten Gefühl auf. Und mich durchströmt auf einmal die Erwartung einer großen Lebenswende. Ich muss sie nur zulassen.

10. Kapitel

Die drei Tage, die ich auf das Ergebnis des Coronatestes warte, vergehen nur langsam. Ich habe mich für Emils Pflege krankgemeldet, sodass ich wirklich genügend Zeit für ihn habe. Alle schienen besorgt um seine Gesundheit – sogar Meike, die am ersten Tag extra anrief, um sich nach Emil zu erkundigen. Zwar geht es Emil am zweiten Tag schon wesentlich besser, aber er fordert dennoch weiterhin meine gesamte Aufmerksamkeit, die ich ihm auch gern gebe. Ich pflege ihn, messe Fieber, koche Tee, lese ihm vor und halte ihn im Arm. Wenn es ihm gut genug geht, spiele ich mit ihm. Die Tage sind ruhig und eigentlich auch irgendwie gemütlich.

Wenn da nur nicht meine Sehnsucht nach Ben wäre. Es ist nur ein kurzer Weg über den Flur zu seiner Wohnung und dennoch zurzeit unüberwindbar. Erschwerend kommt natürlich hinzu, dass ich beschlossen habe, ihm meine Gefühle zu zeigen, um diesen Schwebezustand endlich zu beenden. Vor Ungeduld fiebere ich ähnlich hoch wie Emil. Wenigstens höre ich zweimal am Tag seine Stimme durchs Telefon, wenn er anruft, um zu fragen, wie es uns geht.

Am dritten Tag geht es Emil schon fast wieder prächtig und ich warte immer noch auf das Ergebnis. Und dann ist das Testergebnis plötzlich da – und es ist negativ. Meine Gefühle nach dem erlösenden Anruf sind ambivalent. Einerseits bin ich total erleichtert, dass nichts mehr kommen kann und Emil sich wirklich auf dem Weg der Besserung befindet, andererseits ärgert es mich, dass ich mich drei Tage völlig sinnlos isoliert habe. Be-

sonders in Anbetracht der speziellen Situation, in der Ben und ich gerade sind und die so dringend nach Klärung schreit.
Kurz entschlossen öffne ich die Tür, Emil notgedrungen im Schlepptau, um zu Ben zu laufen, ihm die freudige Nachricht des negativen Testergebnisses zu überbringen und mich bestenfalls in seine Arme zu stürzen, um endlich dort zu sein, wo ich sein will. Doch statt in Bens Armen lande ich in zwei ganz anderen Armen – nämlich in denen von Jens, in die ich geradezu schwungvoll fliege, als ich voller Erwartung und atemlos gerade aus der Wohnung renne.
„Aber hallo, das ist ja eine stürmische Begrüßung", ruft er, hält mich auch sofort fest und versucht mich zu küssen. Das alles passiert so schnell und überraschend, dass ich seinem Kuss kaum ausweichen kann.
„Jens", sage ich schließlich trotz aller Aufregung eher matt und schaue nur traurig auf Bens geschlossene Wohnungstür. Der breitet freudig beide Arme aus und bestätigt: „Hier bin ich wieder!" Das klingt so selbstsicher als würde ihn nicht die kleinste Unsicherheit berühren, ob ich ihn auch wirklich noch will. Nein, daran hegt er keinen Zweifel. Er ist einfach wieder da und möchte weitermachen, wo wir aufgehört haben. Punkt.
Ich sehe auf seine Tasche, die neben ihm auf dem Boden steht, überlege, ob ich ihm den Eintritt verwehren kann und entscheide, dass ich ihn wohl einlassen muss.
„Komm rein", fordere ich ihn auf und öffne widerwillig die Tür. Jens betritt die Wohnung und scheint sie sofort wieder auszufüllen – raumfüllend und besitzergreifend. Hier bin ich – aus dem Weg. Merkwürdig, dass mir das

früher nie aufgefallen ist. Emil, der immer noch hinter mir steht, schaut Jens mit großen Kinderaugen an und fragt sich wohl, wer dieser fremde Mann ist.
Ich frage mich das auch. Ich muss ja zugeben, dass er gut aussieht. Er trägt einen Drei-Tage-Bart, der ihn männlicher wirken lässt und der vermutlich dem langen Flug geschuldet ist. Aber in mir ist dennoch keine andere Emotion, als die Enttäuschung darüber, jetzt nicht bei Ben zu sein.
„Und das ist mein Emil?", fragt Jens und beugt sich zu dem kleinen Menschen runter, den er immerhin gezeugt hat. Ich finde schon allein seine Frage lächerlich. Ich kann Emil verstehen, dass er seinen Vater nach einem halben Jahr nicht mehr erkennt, aber Jens ist ein erwachsener Mann, er sollte wohl in der Lage sein, seinen Sohn zu erkennen. Und überhaupt, wer soll es sonst sein?
Trotzdem bestätige ich ohne mit der Wimper zu zucken: „Ja, das ist Emil."
„Hallo Emil", sagt Jens und versucht ihn zu umarmen, doch Emil duckt sich weg und versteckt sich hinter meinen Beinen.
„Was hat er denn?", fragt Jens.
„Ich glaube, er weiß einfach nicht, wie er dich einordnen soll. Lass ihm ein bisschen Zeit." Beschwörend schaue ich Jens an. Doch der zuckt nur die Achseln und sagt: „Okay, ich brauche jetzt erst mal eine Dusche. Machst du mir in der Zeit was zu essen?" Er schaut mich mit einem Blick an, den er wohl für verführerisch hält und verschwindet Richtung Badezimmer. Jedoch nicht, bevor er nicht seine Tasche mitten in den Flur stellt, damit auch wirklich jeder darüber stolpert.

Ich bin aufgebracht und verärgert. Da kommt er einfach so unangekündigt wieder in mein Leben, verdirbt mir ein Wiedersehen mit Ben und fordert mich dann auch noch auf, für ihn zu kochen. Meine Laune sinkt gegen den Nullpunkt oder noch tiefer. Trotzdem gehe ich in die Küche und überlege lustlos, was ich auf die Schnelle so zusammenwerfen kann, während Jens im Badezimmer munter vor sich hinsingt. Ich entscheide mich für das klassischste aller Gerichte: Nudeln mit Tomatensoße. Hauptsächlich deshalb, weil ich immer passierte Tomaten im Haus habe, da Emil dieses Gericht über alles liebt.
Anscheinend hat er da etwas mit seinem Vater gemeinsam, denn Jens schlingt wenig später die Nudeln runter, ohne auch nur einmal die Gabel abzusetzen, um der Köchin zu danken. Oder was ähnlich Abwegiges.
Schließlich schiebt er den Teller von sich, lehnt sich in seinem Stuhl zurück und schaut mich unter seinem nassen Pony hinweg an.
Ich muss unwillkürlich an früher denken als mich solche Blicke emotional berührt haben. Jetzt lösen sie gar nichts mehr in mir aus außer einer leichten Gereiztheit in Verbindung mit der Frage, warum mir nie aufgefallen ist, dass sich ein intensiver Augenkontakt zwischen zwei Menschen, die sich mögen, anders anfühlt. Jens versucht einfach nur, Aufmerksamkeit zu erheischen. Das ist etwas völlig anderes als die Blicke, die Ben und ich manchmal getauscht haben.
„Wo wirst du schlafen?“, frage ich schließlich.
„Na, hier“, antwortet Jens und versteht nicht, warum ich diese Frage überhaupt stelle.
„Aber nicht im Schlafzimmer“, setze ich meine Grenzen.

„Nein? Warum nicht?“, fragt Jens völlig erstaunt und auch leicht verärgert. „Das ist auch mein Bett.“
Da hat er mich Sicherheit recht, und dennoch möchte ich ihn aus verständlichen Gründen nicht darin haben.
„Es ist zu früh, Jens“, probiere ich mich an einem Erklärungsversuch. „Du bist einfach unangemeldet aufgetaucht. Ich brauche Zeit, um mich wieder an deine Anwesenheit zu gewöhnen.“
Ich finde, das klingt wunderbar plausibel und ist ja irgendwie auch wahr. Trotzdem verzieht Jens auf unangenehme Weise das Gesicht.
„Na gut, ich nehme das Sofa im Wohnzimmer“, erklärt er sich aber dennoch bereit. „Ich bin müde und möchte sowieso nur schlafen“, fügt er dann noch mit bedeutungsvollem Blick hinzu.
„Gut“, sage ich neutral und bin einfach nur froh, dass es so einfach ist. Ich bringe Emil ins Bett, der nun doch ganz aufgeregt ist, weil ihm bewusst wird, wer Jens eigentlich ist. Doch als ich ihm versichere, dass Jens auch am nächsten Tag noch da sein würde, wird er ruhiger und schläft schließlich ein. Danach richte ich das Sofa im Wohnzimmer für Jens, der nebenbei eingegangene Nachrichten auf seinem Handy checkt. Ob eine von Lauren dabei ist? Gleichzeitig merke ich, dass es mich eigentlich nicht mehr wirklich interessiert.
Ich bin nur erleichtert, als ich endlich in meinem Bett liege, auch wenn ich lange brauche, um zur Ruhe zu kommen. Doch schließlich schlafe ich ein. Allerdings nur, um mehrmals in der Nacht aufzuwachen und Richtung Wohnzimmer zu lauschen, denn mich quält die Frage, wie es nun weitergehen soll.

Doch ich hätte mir gar keine Gedanken machen müssen, zumindest wenn es nach Jens ginge, denn er hat bereits einen ausgereiften Plan für die Zukunft: Er möchte nämlich wieder bei mir wohnen, Emil ein guter Vater sein und mir ein guter Partner. Einer auf den man zählen kann. Das versucht er mir zumindest am nächsten Morgen beim Frühstück schmackhaft zu machen. Doch ich höre nicht richtig zu, da ich mit meinen Gedanken bei Ben bin und mir überlege, ob er wohl Emma schon zu Frau Marquart gebracht hat.
Am besten, überlege ich in Jens' weitschweifige Erklärungen hinein, bringe ich Emil auch gleich zu Frau Marquart. Vielleicht treffe ich Ben dort.
„Ich muss los", unterbreche ich ihn. „Emil wird von der Nachbarin betreut, solange der Kindergarten nur Notbetreuung hat und ich muss arbeiten."
Jens schaut fast ungläubig, dass ich ihm nicht weiter zuhöre. Dass es mich offensichtlich gar nicht zu interessieren scheint, dass er wieder mit mir leben möchte. Aber das wird er nicht glauben wollen.
Emil beeilt sich an dem Morgen sehr und macht gar kein Theater beim Anziehen, weil er so schnell wie möglich Emma wiedersehen möchte. Auch ich bin flattrig und unangemessen aufgeregt. Mit zittrigen Händen bürste ich mir das Haar und lege ein bisschen Lipgloss auf. Falls Jens den Aufwand, den ich betreibe, obwohl ich Emil nur zur Nachbarin bringe, für übertrieben hält, zeigt er es zumindest nicht.
Und dann klingle ich bei Frau Marquart und Ben öffnet die Tür und wir stehen nur da und schauen uns an. Und die Welt ist für einige Augenblicke aus den Angeln gehoben. Ich sehe seine Augen, nehme sein leichtes

Lächeln wahr, seine Freude mich zu sehen, spüre sein klopfendes Herz und fühle mich glücklich und eins mit mir selbst. Ein unbekanntes Gefühl. Eins mit mir selbst zu sein. Und das nur, weil mich jemand ansieht.
Der Moment wird jäh durch das laute Geheul unserer Kinder gestört, die jubelnd aufeinander stürzen. Als Frau Marquart dann auch noch in den Flur kommt, ist auch der letzte Rest Intimität zwischen Ben und mir zerstört.
„Seid ihr wieder gesund?“, fragt Frau Marquart, und ich fasse das als Besorgnis um uns und nicht um sich selbst auf.
„Ja, Emil ist negativ und ich war gar nicht krank.“ Ich lächle Frau Marquart freundlich an, spüre dabei Bens Blicke auf mir und wünschte mir, diese Wohnung mitten im Heidelberger Westen wäre eine einsame Insel, auf der nur Ben und ich wären. Nun ja, auch schöne Träume werden nicht immer wahr.
„Das ist gut“, sagt unser ehemaliger Hausdrache warm und drückt meine Hand. Auch Ben sieht mich voller Erleichterung an. Dann scheucht Frau Marquart die Kinder ins Wohnzimmer in die Spieleecke und lächelt uns verschwörerisch zu, als sie uns alleine im Flur zurücklässt.
Bevor überhaupt wieder eine romantische Stimmung aufkommen kann, sage ich: „Jens ist wieder da.“
Ben zieht fragend seine Augenbrauen nach oben. „Und was bedeutet das jetzt?“
„Ich liebe ihn nicht mehr“, beantworte ich seine Frage auf die Art und Weise, die für mich am meisten Bedeutung hat und bin dann selbst über die Klarheit erstaunt, die ich auf einmal fühle.

„Weiß er das?“
„Noch nicht“, sage ich beklommen. „Aber ich rede bald mit ihm.“ Das klingt so sehr nach Ausweichmanöver und falschen Versprechungen, dass ich selber ein ganz flaues Gefühl im Magen bekomme. Und genauso sieht Ben mich auch an. So als würde er sich fragen, was ich für ein Spiel treibe. Gar kein Spiel, denke ich. Nur viele unsortierte Gefühle, die ich dringend bearbeiten und sortieren sollte.
Ich lege meine Hand auf seinen Arm, spüre mein Zittern und sein Zittern und zwinge mich, in seine Augen zu schauen und zu sagen: „Ich komme heute Nachmittag mal bei dir vorbei. Ist das okay?“
„Sicher“, sagt Ben. „Die Kinder können auch gern nach Frau Marquart noch bei mir spielen.“
„Gut“, antworte ich und ziehe meine Hand aufgrund mangelnder, körperlicher Antwort von ihm wieder zurück. „Vielleicht können wir dann bei einer Tasse Kaffee reden.“
Ben zuckt betont gleichgültig mit den Achseln. „Ja, klar. Worüber?“
Sofort fühle ich mich wieder verunsichert, denn irgendwie dachte ich, das sei klar gewesen. Hilflos schaue ich ihn an und ringe nach Worten. Ben schaut währenddessen an mir vorbei und fixiert einen imaginären Punkt an der Wand gegenüber. Schweigend stehen wir da, und ich fange an, nervös meine Hände zu kneten und mich weit weg zu wünschen. Ben bemerkt das, entschließt sich dann doch wieder für eine offenere Haltung, nimmt meine Hände und hält sie fest, damit ich sie nicht mehr gegenseitig malträtieren kann. Ich spüre die Wärme seiner Hände, ihre Sicherheit und

sehe auf, nur um direkt in seine Augen zu schauen. Auch die sind warm. Und verdammt, er kann seine Gefühle für mich einfach nicht leugnen. Und ich meine auch nicht mehr. Doch ich spüre auch seine Verletztheit und würde so gerne etwas dagegen tun.
„Ich werde mit Jens reden“, sage ich schließlich in die Stille hinein.
„Ich dachte, du wolltest mit mir reden“, neckt Ben mich daraufhin.
Ich antworte ihm mit einem ernsten Ton in der Stimme, um ihm klar zu machen, dass es auch für mich kein Spiel ist: „Mit dir rede ich tatsächlich lieber.“
Wir sehen uns an und wissen alles voneinander, von unseren Gefühlen, unseren Gedanken und Wünschen. Ich entwinde ihm meine Hände und öffne die Wohnungstür.
„Ich sollte gehen. Ich glaube, ich habe ein Leben zu klären.“ Mit diesen Worten drehe ich mich um und sprinte die Treppe zu meiner eigenen Wohnung hinauf. Dort wartet schon Jens auf mich, um mir weiter seine Sicht der Dinge darzulegen.
„Ich liebe dich nicht mehr“, sage ich mitten in seinen Monolog hinein.
Jens stoppt abrupt und schaut mich ungläubig an. „Was soll das denn jetzt heißen?“
„Nun, ich denke, das heißt, dass ich finde, dass Liebe zu einer Beziehung normalerweise dazu gehört. Und wenn ich dich nicht mehr liebe, kann ich auch nicht mehr mit dir zusammen sein.“
Jens schaut geschockt. „Warum liebst du mich nicht mehr?“

Seltsame Frage, doch ich versuche, sie fairerweise zu beantworten. „Du warst weit weg und nicht greifbar. Ich habe hier alles allein gestemmt. Und am Anfang habe ich mich sehr alleingelassen gefühlt, doch dann habe ich gemerkt, dass ich sehr gut klarkomme. Und dann war da diese Lauren-Geschichte. Du hattest was mit ihr, oder?“
Fragend schaue ich Jens an. Der schaut schuldbewusst, aber nicht reuevoll. „Ein bisschen“, nuschelt er schließlich in seinen nicht mehr vorhandenen Bart.
„Wie kann man denn nur ein bisschen was mit jemandem haben?“
„Ich musste ja irgendwo wohnen“, verteidigt sich Jens.
„Und das beinhaltet, die Vermieterin zu vögeln?“, kreische ich verärgert.
„Schrei mich nicht an“, wehrt Jens auch sofort ab. „Da bekomme ich Angst, dass du übergriffig werden könntest.“
„Gehts noch?“, stöhne ich, stelle aber mein Kreischen sofort ein. Nicht weil Jens mich darum gebeten hat, sondern weil mir meine Stimmbänder zu schade sind, um sie wegen ihm zu strapazieren.
„Das zwischen Lauren und mir war nichts“, beschwört er mich schließlich. „Es hat nichts bedeutet. Ich musste immer nur an dich und Emil denken.“
„Hast du deswegen so oft angerufen?“, frage ich gallig, obwohl ich eigentlich gar nicht mehr verletzt bin und jegliche an Jens gerichtete Aufmerksamkeit, auch wenn sie negativ ist, eigentlich als verschwendete Energie ansehe.
„Die Zeitverschiebung“, murmelt Jens. „Du weißt doch, wie das ist. Schließlich hast du oft genug mitten in der

Nacht angerufen. Ich wollte dir und Emil das nicht antun“, trumpft er auf und scheint mit seinem Einfall, mir in gewisser Weise durch meine Anrufe Rücksichtslosigkeit vorzuwerfen, ausgesprochen zufrieden.
Mein doch leicht vorhandener Wunsch mich mit ihm auszusprechen, verpufft. „Wie auch immer. Ich liebe dich nicht mehr. Es ist vorbei, Jens.“
„Und jetzt soll ich einfach ausziehen?“, fragt er.
„Du bist doch noch nicht einmal eingezogen“, kontere ich.
„Ich stehe auch im Mietvertrag“, setzt Jens mich unter Druck. Und ich gebe zu, dass er da nicht Unrecht hat.
„Aber ich zahle die Miete“, wehre ich mich trotzdem. „Du kannst zu deinen Eltern ziehen.“
Jens verzieht das Gesicht. „Zu denen will ich aber nicht“, beschwert er sich. „Was ist nur los mit dir, Lara? Wann bist du nur so geworden?“
„Während du dich am anderen Ende der Welt gesucht hast, habe ich mich hier gefunden.“ Ich sage das und fühle mich dabei wieder voller Klarheit. Ein gutes Gefühl.
Jens schaut mich irritiert an, sagt aber nichts mehr. Dafür steht er auf, packt sein Bettzeug vom Sofa und trägt es ins Schlafzimmer. Dort legt er alles auf das Doppelbett und sagt: „Du kannst mich nicht rauswerfen. Deswegen bleibe ich. Mach du, was du willst.“
Ungläubig schaue ich ihn an. Ich hätte nicht gedacht, dass er ein solcher Egoist ist. Die Wut kocht in mir hoch, sprudelt und verursacht mir einen schlechten Geschmack im Mund.
„Das ist nicht dein Ernst“, entfährt es mir schließlich entgeistert.

„Doch. Und jetzt schlafe ich noch eine Runde. Das Sofa ist unbequem. Musst du nicht arbeiten?“
Mürrisch und gezwungenermaßen setze ich mich an den Küchentisch, um meinen Arbeitstag zu starten. Erst mal lade ich Sanne an die virtuelle Kaffeemaschine ein und klage ihr mein Leid.
„So ein Idiot“, sagt auch Sanne voller Inbrunst. „Ziehe doch zu Ben“, versucht sie dann einen produktiven Vorschlag zu machen.
„Wohl kaum“, antworte ich und mache keinen Hehl daraus, dass ich diese Idee absurd finde. „Dann würde das Desaster noch größer werden.“
„Das kann er eigentlich nicht durchziehen“, sinniert Sanne schließlich.
„Warum nicht? Für ihn ist es doch wunderbar bequem so. Sonst müsste er noch zu seinen Eltern ziehen, und die können extrem nerven.“
„Und an dich denkt er gar nicht?“
„Das hat er doch noch nie“, schnaube ich, und mir wird die Tragik der ganzen Situation bewusst. Solange Jens hier wohnt, ist es mehr als ungewiss, wie es mit mir und Ben weitergehen wird. Ob es überhaupt weitergeht, denn diese neue Konstellation zu erklären, ist fast unmöglich, ohne an Glaubwürdigkeit zu verlieren.
„Ich werde mal gleich zu Ben gehen und ihm die Sachlage darlegen“, meine ich schließlich. „Vielleicht glaubt er mir ja.“
Nur eine Minute später stehe ich vor seiner Haustür, und er öffnet mir mit den Worten: „Ich dachte, du wolltest erst heute Nachmittag kommen.“
„Dachte ich auch.“

Ben öffnet die Tür weit, um mich reinzulassen. „Möchtest du einen Kaffee?“
„Gern.“
Während er für uns einen Kaffee zubereitet, setze ich mich an den Tisch und schaue das Chaos an, das Emma hier veranstaltet hat.
„Bei mir sieht es irgendwie genauso aus“, lächle ich, während Ben mir die Kaffeetasse reicht. Ben schaut sich das Durcheinander auch lächelnd an.
„Ja, manchmal ist es hart.“ Er lässt seinen Blick noch mal durch den Raum schweifen. „Hast du mit Jens gesprochen?“, fragt er dann nach.
„Ja, er möchte wieder einziehen oder besser gesagt, er wird wieder einziehen. Ich werde gar nicht gefragt.“
Ben schaut betroffen. „Ich nehme an, du willst nicht mehr, dass er in deiner Wohnung lebt?“
„Nein, natürlich nicht“, versichere ich. „Aber was soll ich tun?“
„Ihn rauswerfen?“, schlägt Ben vor.
„Geht nicht. Er ist Mitmieter. Er müsste schon freiwillig gehen.“
„Dann musst du ihn überzeugen, dass das die beste Lösung wäre.“ Ben meint das ernst, weil er denkt, dass alle Menschen daran interessiert sind, die beste Lösung zu finden. Er kennt Jens nicht, der so egozentrisch ist, dass er eigentlich immer nur versucht, die beste Lösung für sich selbst zu finden.
Ich nehme einen Schluck Kaffee, um mich ein bisschen zu sortieren und sage dann: „Wenn es so einfach wäre.“
„Hast du ihm denn gesagt, dass du dich von ihm trennen möchtest?“

„Natürlich. Klar und deutlich habe ich ihm gesagt, dass ich ihn nicht mehr liebe und will, dass er auszieht. Aber er glaubt mir nicht; stellt sich stur."
„Warum glaubt er dir nicht?"
Ich schaue Ben an und sehe nicht den „Er-ist-ein-toller-Mann-und-ich-bete-ihn-an"-Ben, sondern einen warmherzigen Freund, der mich unterstützen möchte. Wieder eine andere Facette seines Charakters, die seine ganze Persönlichkeit abrundet, und eigentlich bete ich auch diese Seite an ihm an. Seine Frage kann ich auf einmal mit einer ganz neuen Sicherheit beantworten, von der ich nicht weiß, woher sie auf einmal kommt.
„Ich glaube, er denkt, dass ich keine eigene Meinung habe und sowieso nur mache, was andere wollen."
„Und? Stimmt das? Hast du keine eigene Meinung?"
„Doch, immer schon, aber ich habe mich nie getraut zu mir und meiner Meinung zu stehen."
„Traust du dich jetzt?"
„Ein bisschen mehr", bin ich nach wie vor zurückhaltend.
Ben lächelt mich an. „Aus dem kleinen Bisschen wird bald ein großes Bisschen, und irgendwann weißt du nicht mehr, warum du dich früher nicht getraut hast, da es plötzlich ganz selbstverständlich geworden ist."
Ich möchte ihm so gern glauben. Nicht mehr zu überlegen, was andere von mir erwarten, sondern nur noch zu überlegen, was ich von mir erwarte, ist ein so verführerischer Gedanke, dass ich mich kurz so fühle, als wäre er schon wahr geworden. Und erstaunt merke ich kurz, wie sich Freiheit im Geiste anfühlt.
Ben überwindet die kurze Distanz zwischen uns und nimmt mich in die Arme. Und ich lasse mich in die Arme

nehmen. Es ist eine gute, warme Umarmung. Vertrauensvoll, voller Zuneigung, freundschaftlich. Ich kann mich fallen lassen, fühle mich wohl und habe nicht den Impuls zu fliehen.

„Bleib hartnäckig, Lara. Sei du selbst und lebe deine Bedürfnisse. Niemand kann sich auf Dauer einer klaren Haltung entgegenstellen. Wichtig ist nur, dass du weißt, was du willst."

Ich nicke. „Ich versuche es."

Wir schauen uns an und sagen nichts mehr. Er hat einen leichten Bart, und ich mag es, ihn so zu sehen. Es wirkt männlich. Seine Augen sind warm und einladend. Um seine Lippen spielt ein leichtes Lächeln.

„Lara", sagt er und beugt sich zu mir. Die Bewegung holt mich zurück in die Realität. Mein Herz schlägt hart, dennoch zerstöre ich den Augenblick auf den ich so lange gewartet habe, indem ich mich wegdrehe und sage: „Ich muss noch arbeiten." Und dann bekomme ich doch noch einen Fluchtimpuls und renne aus seiner Wohnung. Mit klopfendem Herzen in meinem Wohnzimmer angekommen, könnte ich mich und meine verdammten Ängste verfluchen. Warum laufe ich vor Gefühlen nur immer davon, auch wenn sie sich gerade noch so gut angefühlt haben?

Unkonzentriert mache ich mich wieder an die Arbeit. Zum Glück ist Meike gerade nicht sehr streng. Diese zwangsweise Versetzung ins Homeoffice macht uns allen zu schaffen. Normalität ist unter diesen Umständen fast nicht aufrechtzuerhalten. Also fehlt es auch an einer strengen Hand.

Zum Mittagessen treffen wir uns alle wieder bei Frau Marquart. Ben hat sich immer noch nicht rasiert und ich

kann beim Essen nur daran denken, dass ich gerne wissen würde, wie sein Bart sich anfühlt. Das wirklich Schlimme für mich ist die Tatsache, dass ich es wissen könnte, wenn ich es nur zulassen würde. Aber in mir ist ein Knoten, der sich einfach nicht lösen möchte. Meine Gefühle machen mir Angst.
Ben spürt mein Bedürfnis nach Abstand, und zu meinem Erstaunen akzeptiert er meine Grenze anstandslos. Nach dem Mittagessen schnappe ich mir Emil, und wir gehen zurück in unser Zuhause. Zwar mault Emil, weil er lieber mit Emma spielen möchte, aber die Aussicht, seinen Vater zu sehen, muntert ihn sichtlich auf.
Jens ist tatsächlich wach, als wir die Wohnung betreten. Er begrüßt Emil nur kurz nebenbei und fragt dann: „Gibt es nichts zu essen? Ich habe Hunger. Und es ist doch Essenszeit." Demonstrativ schaut er auf die Uhr über dem Türsturz, der die Küche und den Essbereich vom Wohnzimmer trennt.
„Wir haben gegessen", antworte ich und frage mich gleichzeitig, warum er sich nicht selbst was machen kann.
„Wo und wann habt ihr was gegessen?", fragt Jens, plötzlich doch ganz interessiert.
„Bei unserer Nachbarin Frau Marquart. Sie passt vormittags immer auf Emil auf."
„Ist noch was übrig?", fragt Jens, und ich realisiere, dass er tatsächlich nur an der Befriedigung seiner eigenen Bedürfnisse interessiert ist. Keine Überlegung, warum Emil dort ist und wie wir überhaupt die Lockdown-situation überstehen.
„Nein", antworte ich. „Mach dir doch selber ein paar Nudeln."

„Schon wieder?“ Jens‘ Stimme klingt nörglerisch. Trotzdem trollt er sich in die Küche und kocht sich Nudeln.
Ich bringe Emil ins Bett, damit er mal wieder seinen Mittagsschlaf halten kann. Dann setze ich mich an den Küchentisch, um weiterzuarbeiten, während Jens mit den Töpfen klappert, um seinen Unmut über die für ihn unbequeme Situation zu äußern.
Kaum ist Emil wach, fliehe ich in den Park und denke ernsthaft über meine weitere Vorgehensweise nach, während ich auf einer Parkbank sitze und Emil beim Purzelbaumschlagen zusehe.
„Wo ist Emma?“, fragt er mich zum gefühlt mindestens hundertsten Mal. Und ich antworte wie immer: „Zu Hause wahrscheinlich. Ich weiß nicht, was Ben und Emma vorhaben.“
„Warum nicht?“
„Ben und ich haben eben nichts ausgemacht.“
„Ich will aber Emma sehen.“
„Aber Papa ist doch jetzt da.“
„Papa ist doof. Ben und Emma sind mir lieber“, bleibt Emil bockig.
Seufzend ergebe ich mich und trete mit Emil den Heimweg an, um zu schauen, ob Ben und Emma da sind. Doch sie sind es nicht. Trotz unseres Klingelns bleibt die Tür verschlossen. Wir sind beide enttäuscht. Der einzige Unterschied zwischen Emil und mir ist der, dass ich es nicht lautstark durch den Flur brülle.
In meiner Wohnung erwartet mich ein schlecht gelaunter Jens und ein unbequemes Sofa. Da Jens beschlossen hat das Schlafzimmer zu belegen, bin ich notgedrungen gezwungen ins Wohnzimmer auszu-

weichen, da ich auf gar keinen Fall mit Jens in einem Zimmer schlafen möchte. Und als ich später schlaflos auf dem Sofa liege, weiß ich ganz genau, dass diese Situation keine Zukunft hat und ich unbedingt was daran ändern muss.

11. Kapitel

Am nächsten Morgen, nach einer ausgesprochen unbequemen Nacht, ist die Situation dieselbe und ich weiß nicht, wie ich sie lösen soll. Jens scheint hingegen in unserem alten gemeinsamen Bett gut geschlafen zu haben, denn er summt fröhlich vor sich hin, während er in der Küche mit der Kaffeemaschine hantiert.
„Guten Morgen, Lara“, begrüßt er mich. „Du siehst müde aus.“
Ich würde ihn erwürgen, wenn ich nur von irgendwoher die Kraft dafür nehmen könnte.
„Du nicht mehr“, antworte ich schnippisch. „Hast du deinen Jetlag überwunden?“
„Jep“, gibt sich Jens agil und schenkt sich eine Tasse Kaffee ein.
„Schön für dich“, murmele ich und schenke mir auch eine Tasse ein. Dann mache ich mich auf den Weg, Emil zu wecken und für den Tag bei Frau Marquart anzuziehen. Sanft berühre ich ihn an der Wange, damit er langsam aus seinen Träumen in die Realität gleiten kann. Mit roten Schlafwangen schaut er mich zuerst müde an, lässt sich dann aber widerstandslos aus seinem Bett heben. Ich küsse ihn sanft auf die Stirn, und er kuschelt sich in meinen Arm.
Das ist aber auch tatsächlich der letzte ruhige Moment dieses Vormittags, da Jens aus der Küche geschossen kommt und unsere noch schläfrige Ruhe jäh zerstört, indem er mir Emil aus dem Arm reißt, ihn hoch in die Luft hebt und ruft: „Na, kleiner Mann, freust du dich, deinen Papa zu sehen?“

Emil fängt lautstark an zu heulen, und Jens ist irritiert. „Was hat er denn? Ist er immer so?"
Ich nehme ihm den brüllenden Emil wieder ab. „Er kennt dich nicht, Jens. So benehmen sich kleine Kinder dann eben."
„Aber ich bin sein Vater", protestiert Jens.
„Ja, auf dem Papier, aber nicht in seinem Herzen."
Daraufhin sagt Jens nichts mehr und schaut mich nur ausdruckslos an. Ich gehe ins Badezimmer und versorge Emil. Er ist die ganze Zeit weinerlich. Zuerst denke ich noch, dass er etwas ausbrütet, doch dann realisiere ich, dass er die schlechte Stimmung, die in dieser Wohnung seit gestern herrscht, auffängt und nicht damit umgehen kann.
Ich bin erleichtert, als ich ihn bei Frau Marquart abliefere und enttäuscht, dass Emma schon da ist und ich Ben nicht begegnet bin. Unlustig schalte ich meinen Laptop an, als ich wieder in meiner Wohnung bin, und treffe mich erst mal mit Sanne an der virtuellen Kaffeemaschine. Nachdem ich ein bisschen lamentiert, der momentanen Situationen viel negative Aufmerksamkeit geschenkt habe und Sanne fleißig mitgemacht hat, fühle ich mich besser.
Die Arbeit geht mir trotz Jens' Anwesenheit ganz gut von der Hand, denn er lässt sich den ganzen Vormittag nicht blicken, sondern bleibt im Schlafzimmer.
Wahrscheinlich schaut er auf seinem Handy Serien oder chattet mit Lauren oder anderen Frauen, die ihn darüber hinwegtrösten, dass er so eine undankbare Freundin hat. Exfreundin, korrigiere ich mich. Wenn er das Ex nur akzeptieren könnte.

Zur Mittagszeit verlässt Jens das Schlafzimmer und fragt, was es zum Essen gibt.
„Keine Ahnung, was Frau Marquart gekocht hat.“
„Du gehst wieder zu der alten Vettel, die auf Emil aufpasst?“
„Jeden Mittag“, antworte ich. „Außerdem ist sie keine alte Vettel.“
„Kann ich mit?“
Diese Frage macht mich perplex. Wie dreist kann man sein? „Frag sie halt“, gebe ich zurück in der ruhigen Gewissheit, dass Jens das sowieso nicht tut, da er lieber andere vorschickt, um die Dinge für ihn zu erledigen.
Doch zu meinem grenzenlosen und erschrockenen Erstaunen macht Jens sich tatsächlich auf den Weg ein Stockwerk tiefer und kommt kurze Zeit später fast triumphierend zurück und verkündet, dass er auch eingeladen ist. Dieser Schock sitzt so tief, dass ich mich nicht davon erhole, bis es eine Stunde später Zeit ist, sich auf den Weg zum Mittagessen zu machen.
Ben ist schon da und seine angeregte Plauderei mit Frau Marquart stoppt abrupt, als er Jens sieht. Jens gibt sich jovial und aufgeräumt, begrüßt zuerst Frau Marquart fast zu überschwänglich und bedenkt dann Ben mit einem kurzen Kopfnicken. Dieser nickt genauso unherzlich zurück. Ich spüre fast, wie die beiden den Kampf eröffnen. Und ich sehe zum ersten Mal beide Männer nebeneinander, die unterschiedlicher nicht sein könnten. Dabei stelle ich emotionslos fest, dass Ben nicht nur besser aussieht, sondern auch eine so positive, lebensbejahende Ausstrahlung hat, dass es fast egal ist, wie er aussieht. Nur sein Grinsen fehlt mir,

als er mich begrüßt. Ganz im Gegenteil: Sein Mund ist ein einziger, schmaler Strich.
Um die spannungsgeladene Stimmung zu überdecken, plaudere ich aufgeregt über Nichtigkeiten. Dabei vergesse ich das Essen und habe noch einen halbvollen Teller vor mir stehen, während alle anderen schon fertig sind. Jens scheint genervt von mir und meinen Plaudereien und sieht mich immer wieder an, als wollte er sagen: Oh, Lara. Was laberst du nur schon wieder für einen Blödsinn?
Ben hingegen sagt: „Du musst das nicht machen, Lara. Wir halten die Situation auch so aus."
Dabei ruhen seine Augen jetzt doch wieder voller Wärme auf mir. Ich nicke und sehe ihn ebenso warm und dankbar an. Und wie so oft verschwinden Raum und Zeit und nur wir bleiben übrig in einem Meer aus Liebe und Zuneigung. Schweren Herzens löse ich den Blick von ihm.
Jens lehnt sich männlich in seinem Stuhl zurück und verschränkt die Arme hinter dem Kopf. Er will wohl lässig erscheinen, und das gelingt ihm auch, wie ich ohne Begeisterung missgünstig feststelle. Zum Glück besitzt Ben genügend Größe, um nicht in die gleiche Attitüde zu verfallen. Stattdessen beugt er sich vor und fragt Jens freundlich: „Wie war Australien denn so?"
„Groß und weit. Waren Sie noch nie dort?"
„Nein, tatsächlich nicht."
„Sie haben was verpasst. Australien ist eine Erfahrung, die jeder mal machen sollte."
„Ich überlege es mir", gibt Ben sich gelassen. „Und was machen Sie jetzt? Beruflich, meine ich."

„Weiß ich noch nicht." Man sieht deutlich, dass ihm die Frage unangenehm ist. „Erst mal unterstütze ich Lara." Dabei tut er so, als hätte ich nur darauf gewartet und würde mich riesig freuen ihn endlich wieder an meiner Seite zu haben.
Ben zieht fragend die Augenbrauen nach oben. „Will Lara denn von Ihnen unterstützt werden oder brauchen Sie eher Laras Unterstützung?", fragt er dann auch provokant.
Jens nimmt die Arme wieder runter und rutscht unangenehm berührt auf seinem Stuhl hin und her.
„Natürlich will Lara meine Unterstützung. Ich bin schließlich Emils Vater."
„Wenn es nur eine Unterstützung wäre", murmele ich leise vor mich hin. Doch Jens hört mich nicht, nur Ben lächelt mich leicht an, sagt jedoch nichts mehr zu dem Thema, und an seinem Blick sehe ich, dass er richtigerweise der Ansicht ist, dass das meine Baustelle ist, die ich zu klären habe.
Schließlich ist auch mein Teller endlich leer, und ich helfe Frau Marquart, den Tisch abzuräumen. Schweigend räumen wir die Spülmaschine ein. Doch plötzlich legt Frau Marquart mir die Hand auf den Arm und sagt: „Es geht mich ja nichts an. Aber Herr Neumann ist ein guter, verlässlicher Mann. Sie sollten den anderen in die Wüste schicken." Bekräftigend nickt sie und drückt meinen Arm. „Sie sind eine hübsche, junge Frau und obendrein warmherzig und liebevoll. Jeder Mann sollte sich glücklich schätzen, Sie an seiner Seite zu haben. Auf einen solch unzuverlässigen Kerl wie Emils Vater sind sie doch gar nicht angewiesen."

Ich bin so berührt von ihren Worten, dass ich in Tränen ausbreche, und mir wird erst dabei so richtig bewusst, was sich bei mir alles an Kränkungen und Verletzungen aufgestaut hat. Und Frau Marquart, die scheinbar verbitterte und verbiesterte alte Frau, nimmt mich in die Arme und streicht mir tröstend über das Haar, bis ich mich nach einer gefühlten Ewigkeit wieder beruhigt habe.
„Sie werden das schon meistern, Lara. Sie können das. Vertrauen Sie auf Ihre Stärke."
Diese Worte tun mir so gut und geben mir so viel Hoffnung, dass ich fast wieder in Tränen ausgebrochen wäre. Doch Ben schaut in die Küche, um zu sehen, wo wir so lange bleiben, erkennt sofort wie es mir geht, wirft mir einen liebevollen und gleichzeitig verständnisvollen Blick zu, und der Augenblick endet mit einem warmen Händedruck von Frau Marquart.
Natürlich ist mir bewusst, dass Ben die bessere Wahl ist, und das nicht nur, weil ich total verliebt bin. Jens arbeitet den ganzen Nachmittag daran, mir das mit seiner demonstrativen Anwesenheit vor Augen zu führen. Er okkupiert die Wohnung mit einer Selbstverständlichkeit, die er vielleicht für Zusammengehörigkeit hält, die aber eher an Dreistigkeit grenzt. Und das sogar, obwohl ich ihm gesagt habe, dass ich ihn nicht mehr liebe. Ich werde einfach überrannt, das Ambiente, das ich geschaffen habe, zerstört. Dass er ohne zu fragen anfängt, die Lebensmittel in der Küche umzuräumen, da er ihre Anordnung unpraktisch findet, ist erst der Anfang. Dass er das macht, während Emil schläft und ich noch am Laptop sitze, ist nur noch rücksichtslos.

Sobald Emil wach geworden ist, flüchte ich mich sofort wieder mit ihm in den Park. Emil mault zwar, weil er Emma dabeihaben möchte, aber ich kann gerade auch Ben nicht sehen. Ich bin zu aufgebracht und brauche Zeit für mich. Also laufe ich eine große Runde und lasse Emil mit dem Laufrad nebenherfahren. Dabei muss er sich so konzentrieren, dass er nicht mehr meckern kann, und außer seinem Schnaufen höre ich eine Weile nichts mehr und habe somit die Möglichkeit, mal für ein paar Minuten meine Gedanken treiben zu lassen. Ich genieße diese geistige Ruhe. Gedanken kommen und gehen, doch ich halte keinen fest, sondern schaue sie nur kurz an und lasse sie dann weiterwandern. Danach fühle ich mich besser und bin bereit für die nächste Runde.
Als ich die Wohnung gestärkt betrete, macht sich bei ihrem Anblick gleich wieder Frustration in mir breit. Wo ich auch hinschaue, ist Jens' Anwesenheit sichtbar. Überall liegen seine Klamotten rum, sein Koffer steht im Flur, und das ehemals gemütlich unordentliche Wohnzimmer ist nur noch unordentlich. Ich spüre schon wieder die Tränen hinter meinen Augen brennen.
„Ah, Lara. Da bist du ja endlich", begrüßt mich Jens. „Was gibt es zum Abendessen?"
Als er mein völlig entgeistertes Gesicht sieht, fügt er schnell hinzu: „Ich dachte, wir könnten gemeinsam essen. Wie eine richtige Familie."
„Schöne Idee", meine ich. „Aber mit einem Dreijährigen am Tisch sind gemütliche Familienessen eher unmöglich."
„Bei Frau Marquart hat es doch auch geklappt."

Da muss ich ihm sogar recht geben, und mit Ben funktioniert es auch. Aber mit Jens ist die Vorstellung einfach absurd. Also zucke ich die Achseln und sage nur: „Ich helfe Emil noch beim Essen und esse meistens erst, wenn ich ihn ins Bett gebracht habe."
Das stimmt zwar so nicht mehr, da Emil in den letzten Wochen einen enormen Entwicklungsschub gemacht hat, aber ich hoffe, Jens damit von der Idee des gemeinsamen Abendessens abzubringen.
„Okay, auch recht", meint dieser dann auch zu meinem Erstaunen ganz relaxt. „Aber beschwer dich hinterher nicht, dass ich es nicht versucht hätte. Wie auch immer, Stefan hat vorhin angerufen, und wir treffen uns. Ich hole mir was unterwegs."
Mit diesen Worten verschwindet er pfeifend im Bad, und ich gehe wie betäubt in die Küche, um Emils Abendessen zu machen. Dieser Mensch macht mich einfach sprachlos. Ist ihm eigentlich bewusst, wie er sich benimmt? Und wenn ja, was sagt das über seinen Charakter aus?
Wenig später schlägt die Haustür hinter ihm ins Schloss. Ich bin sicher, dass er denkt, ich wäre jetzt verletzt und würde mir morgen entsprechend mehr Mühe geben. Und um ehrlich zu sein, die alte Lara hätte er mit diesem Verhalten auch tatsächlich zum Funktionieren gebracht. Die neue Lara ist aber einfach nur erleichtert, dass er weg ist. Ich wünschte nur, er würde auch wegbleiben.
Nachdem ich mit Emil am Küchentisch gesessen und lustlos ein Käsebrot in mich hineingewürgt habe, bringe ich den einzig wirklich wichtigen Mann in meinem Leben ins Bett und lese ihm noch eine Ritter Frosch-

Geschichte vor. Die kleine Lampe an seinem Bett, die gerade ausreicht, um noch die Buchstaben zu entziffern, dreht sich munter im Kreis. Da ich die Geschichte fast auswendig kenne, muss ich zum Glück keine besonders hohe Konzentration aufbringen. Schließlich stehe ich auf, streiche ihm noch kurz über die Stirn, höre ihn zufrieden glucksen und sehe zu, wie er langsam ins Reich der Träume abgleitet.
Ich räume die Küche auf und frage mich dann, was ich mit dem Rest des Abends in meinem emotionalen Zustand anfangen soll. Meine negativen Gedanken fahren in meinem Kopf Karussell, und so sehr ich mich auch bemühe ihnen Einhalt zu gebieten – es gelingt mir nicht. Während ich die Tassen in den Schrank räume, fällt mein Blick auf eine Flasche Wein, die ich in meinem letzten kinderlosen Urlaub in Kroatien mit Katja gekauft habe und die seitdem im hintersten Winkel des Küchenschrankes ihren gewöhnlichen Aufenthalt hat. Doch jetzt ist sie fällig, ich brauche unbedingt eine Aufmunterung, und ein paar schöne Erinnerungen, abgerundet mit einer passenden Flasche Wein, scheinen mir da durchaus angebracht.
Also öffne ich die Flasche und schenke mir ein großzügiges Glas ein. Dann setze ich mich aufs Sofa, ziehe die Beine an und arbeite an positiven Gedanken. Mitten in meine Affirmationen hinein, klingelt das Telefon, und ich sehe Katjas Nummer. Na, wenn das keine Gedankenübertragung ist, denn schließlich katapultiere ich mich gedanklich gerade in eine ausgesprochen schöne, entspannte und sonnenwarme Zeit, die ich immerhin mit ihr verbracht habe.

„Hi, Lara“, höre ich Katjas atemlose Stimme. „Wie geht es dir und was machst du gerade?“
„Ich trinke positive Erinnerungen.“
„Hast du endlich beschlossen den guten Wein aus unserem Kroatienurlaub zu trinken?“
Katjas Intuition hat mich schon immer erstaunt und heute umso mehr.
„Ja, genau mit dem schmecke ich gerade unserem Urlaub nach.“
„Was ist los, Lara?“
„Jens ist aus Australien zurück und hat sich wieder bei uns einquartiert.“
„Nicht dein Ernst?“, kreischt Katja. „Wirf ihn raus.“
„Würde ich ja gerne, aber er geht nicht freiwillig und da er mit im Mietvertrag steht, habe ich keine rechtliche Handhabe.“
„Was für ein Mist!“, sagt Katja inbrünstig. „Aber irgendwas muss man doch machen können.“
„Wahrscheinlich schon, aber jedenfalls nicht sofort“, frustriert schaue ich in mein Weinglas und trinke einen weiteren Schluck Positivität.
„Und was ist mit Ben?“
„Er meint, ich sollte das mit Jens klären, aber Jens ist ja nicht zugänglich für einen Konsens. Er zieht einfach seinen Stiefel durch.“
„Ich kenne Ben ja nicht, aber aus deinen Erzählungen klang es, als wäre er ein ziemlich toller Typ. Verlässlich und trotzdem nicht langweilig. Das ist selten. Meistens muss man sich entscheiden.“ Katja lacht ihr unnachahmliches Lachen.
„Und jetzt?“

„Was möchtest du denn?“, fragt Katja und verunsichert mich damit einmal mehr, da ich so selten von Menschen nach meiner Meinung gefragt werde. Aber Katja tut das immer wieder.
Ich denke also nach, um ihr auch wirklich eine wahre Antwort geben zu können. Ich bin verliebt in Ben. So viel steht einwandfrei fest. Ich möchte ihn küssen, fast immer, wenn ich ihn sehe. Das kann ich auch nicht leugnen. Auch wenn ich im entscheidenden Moment die Flucht ergreife. Ich fühle mich wohl mit ihm, überhaupt nicht übergangen oder bevormundet. Er ist ein toller Vater. Er ist ein wunderbarer Mensch.
„Lara, bist du noch da?“, fragt Katja in die Stille hinein.
„Ja, bin ich“, antworte ich. „Ich habe nur nachgedacht, und ich denke, ich möchte den Rest meines Lebens mit Ben verbringen.“
„Wow, das war deutlich und vollkommen klar. Das solltest du ihm sagen, egal was Jens macht. Du darfst nicht schon wieder dein Leben nach seinem Verhalten ausrichten.“
„Du hast recht. Irgendwann sollte ich zu dem stehen, was ich möchte und das auch klar kommunizieren, damit die anderen wichtigen Beteiligten auch wissen, was ich will. Sonst tappen sie ja im Dunkeln und handeln vielleicht anders als sie es tun würden, wenn sie wüssten, was ich fühle.“
Habe ich das gerade so klar formulieren können? Liegt es am Wein oder mache ich gerade wirklich eine Transformation durch?
„Genauso machst du es. Das klingt doch nach einem verteufelt guten Plan“, macht Katja mir Mut.

„Und wie läuft es bei dir?“, bringe ich schließlich den Fokus weg von meiner Person.
„Ach, ich habe gerade die vierte große Liebe meines Lebens getroffen. Jetzt stehe ich zwischen zwei Männern. Der eine ist verlässlich und langweilig, meine vierte große Liebe ist ein unzuverlässiger Kerl, auf den man sich besser nicht verlassen sollte, dafür aber unheimlich aufregend. Das Beste wäre eine Mischung aus den beiden“, überlegt Katja träumerisch. „Aber so wie die Dinge liegen, nehme ich halt beide mit.“
„Wissen sie voneinander?“, frage ich und bewundere Katjas Chuzpe.
„Natürlich nicht“, lacht Katja. „Und ich nenne sie beide Süßer, nur um sicher zu gehen, nicht mit den Namen durcheinander zu kommen.“
„Ich beneide dich“, sage ich ihre Klarheit bewundernd. „Bei dir scheint alles immer so einfach.“
„Ich beneide dich, Lara. Weil du endlich jemanden kennengelernt hast, der dich verdient.“ Katjas Stimme klingt auf einmal ganz ernst.
„Du hast doch auch großes Glück – immerhin hast du schon viermal deine große Liebe getroffen.“
Wir kichern beide, und ich liebe Katjas leichte Art, das Leben und die Liebe zu sehen. Bei mir ist alles immer irgendwie ernster und schwerer. Doch Katjas spielerischer Umgang mit der Liebe hat mir geholfen, und es geht mir viel besser, als wir auflegen. Ich trinke ein paar weitere Schlucke von meinen kroatischen Erinnerungen und gehe schließlich gedanklich wesentlich sortierter ins Bett.

Erst als ich schon fast eingeschlafen bin, fällt mir ein, dass Jens ja auch Anspruch darauf erhebt, im Bett zu schlafen. Oh nein, nur das nicht. Ich möchte nicht mit Jens neben mir schlafen. Und mit einem besoffenen schon gleich gar nicht, und ich weiß aus Erfahrung in welchem Zustand er von den Treffen mit Stefan zurückkommt. Also packe ich sein Bettzeug auf das Sofa im Wohnzimmer und schließe die Schlafzimmertür ab, doch vorher schalte ich noch das Babyfon ein, welches ich eigentlich schon lange nicht mehr benutze, damit ich Emil höre, falls er aufwachen sollte.
Leider will sich der Schlaf nicht einstellen. Ständig lausche ich auf die Geräusche, und ob ein in den Flur entlang taumelnder Jens dabei ist. Endlich, um zwei Uhr nachts, höre ich seinen Schlüssel im Türschloss und ihn kurz darauf in die Wohnung taumeln. Dabei stößt er gegen die Kommode und jault auf, weil er sich wohl irgendwas weh getan hat. Dann höre ich ihn meckern, als er sein Bettzeug im Wohnzimmer entdeckt. Polternd versucht er die Schlafzimmertür zu öffnen, doch die Tür ist ja verschlossen. Immer noch grummelnd macht er sich auf den Weg zurück ins Wohnzimmer und scheint sich dort ungewaschen auf das Sofa zu legen. Kurz darauf höre ich nichts mehr von ihm, und auch bei Emil bleibt zum Glück alles ruhig.
Als ich am nächsten Morgen aufstehe, schnarcht Jens noch auf dem Sofa vor sich hin. Emil ist schon wach und erwartet ungeduldig den neuen Tag. Ich ziehe ihn rasch an und verlasse dann nach einem kurzen Frühstück die Wohnung. Diesmal treffe ich Ben, der gerade noch in der Wohnungstür steht und entspannt mit Frau Marquart plaudert. Mit einem kurzen Blick erfasst er

meine Gestalt, nimmt meine Augenringe und die unachtsam gebürsteten Haare wahr und sagt: „Ich glaube, wir sollten reden."
Das denke ich schon seit Tagen, auch wenn es uns irgendwie nicht richtig gelungen ist.
Frau Marquart nimmt Emil mit einem wissenden Grinsen entgegen, und dann stehen Ben und ich uns allein in dem dämmrigen Flur gegenüber. Ben sieht so umwerfend aus, dass ich mich neben ihm noch unzulänglicher fühle, besonders nach einer fast schlaflosen Nacht und mehreren Gläsern Wein am Abend zuvor. Auch wenn auf seinem Gesicht wieder leichte Bartstoppeln zu sehen sind und seine Augen müde blicken, sieht er umwerfend aus. Dennoch registriere ich, dass auch mit ihm die Gefühle Achterbahn fahren. Es fühlt sich seltsam an, dass es mir gleichzeitig leidtut, dass es ihm schlecht geht und ich mich trotzdem freue, weil ich weiß, dass es ihm wegen mir schlecht geht.
„Wie geht es dir, Lara?", Seine Stimme klingt sorgenvoll.
„Ich habe kaum geschlafen und das, obwohl ich positive Erinnerungen getrunken habe."
Ben runzelt die Stirn, weil er meine Äußerung nicht versteht und natürlich auch nicht verstehen kann.
„Eine Flasche Wein aus dem letzten Kroatien-Urlaub mit meiner Freundin", erläutere ich.
„Ach so", meint er und sein Gesicht erhellt sich kurz. „Wir sollten wirklich reden, Lara."
„Ich weiß", antworte ich.
Also gehen wir nach draußen und laufen gemeinsam ziellos durch die Straßen. Ben läuft tief in Gedanken versunken neben mir und holt mehrmals tief Luft, aber

irgendwie scheinen auch meinem großartigen Nachbarn mittlerweile die guten Worte bei mir auszugehen. Wie schaffe ich es nur, ständig alles an die Wand zu fahren?

„Mir liegt sehr viel an dir", legt Ben schließlich los.

„Ich finde, dass du ein ganz besonderer Mensch bist, aber …" Mir bleibt mein Herz stehen, meine Knie werden weich und ich habe das Gefühl, keine Luft mehr zu bekommen, so sehr erschrecken mich seine ungesagten Worte.

„Was?", frage ich, als er zögert fortzufahren.

Er bleibt stehen und schaut mich an. Wieder dieser Blick, der tief in meine Seele blickt. Dann lächelt er bedauernd. „Ich bin mir auch wichtig. Und ich möchte, dass es mir gutgeht. Und mit dieser neuen Situation geht es mir nicht mehr gut."

Ich sage nichts, schaue ihm nur weiterhin in die Augen und versuche, ihn mit meinem Herzen vom Gegenteil zu überzeugen.

„Ich kann sie aber nicht lösen", sage ich schließlich hilflos.

„Doch, Lara. Das kannst du. Das habe ich dir schon mal gesagt. Es liegt alles in dir. Du bist nicht das Opfer von Umständen."

Wir haben unsere Gefühle bisher nie ausgelebt, manchmal mit Worten angedeutet, ein bisschen Kontakt durch die Kinder, ein paar geteilte Aufgaben, aber faktisch nicht mehr, als es auch mit anderen Nachbarn in der gleichen Situation möglich gewesen wäre. Deswegen fühlt sich dieses Gespräch ein bisschen bizarr an.

Doch das scheint er anders zu sehen, denn plötzlich nimmt er mich an den Schultern, und sein Gesicht kommt meinem immer näher. Kurz denke ich, dass er mich küssen wird und diesmal möchte ich nicht weglaufen, doch er legt nur seine Stirn an meine. Ich weiß nicht, ob ich erleichtert bin, dass ich mich meinen Gefühlen für Ben immer noch nicht stellen muss oder enttäuscht, weil ich es vor Sehnsucht fast nicht mehr aushalte.
„Ich kann das so nicht mehr“, murmelt er. „Ich denke, ich werde eine Weile zu meinen Eltern gehen und dann sehen wir weiter.“
Der Schreck fährt mir in die Glieder. Das darf nicht sein. Wie soll ich meine Tage nur ohne Ben durchstehen? Mitten im Lockdown war er mein einziger Lichtblick – und wäre es vermutlich auch ohne Lockdown gewesen. Doch ohne ihn wird mir die Isolation noch schwerer fallen. Ich könnte Jens umbringen. Doch tief in mir weiß ich, dass Jens zwar ein schwachköpfiger Idiot ist, aber diese unhaltbare Situation habe ich herbeigeführt. Ben hat schon mehrere Versuche gestartet, unsere Liebe aus der Sprachlosigkeit ins reale Leben zu holen, nur ich bin ihm immer ausgewichen. Vordergründig wegen Jens, den ich nicht betrügen wollte, aber mittlerweile frage ich mich, ob ich nicht einfach Angst davor hatte, zu meinen Gefühlen zu stehen.
Langsam löst sich Ben von mir. „Es tut mir leid, Lara.“ Und das klingt so endgültig, wie ich mich fühle. Wir gehen im Schneckentempo zurück zu unserem Haus in der Hoffnung, dass einer von uns, etwas sagt, was die Situation ändern wird. Ich könnte zum Beispiel einen Anruf bekommen, dass Jens vom Bus überfahren wurde

oder so was ähnliches. Doch natürlich passiert nichts so Unwahrscheinliches und wir erreichen viel zu schnell unsere Wohnungstüren.
„Also, dann ...", verabschiede ich mich, schließe meine Wohnung auf und gehe hinein, ohne mich noch mal umzudrehen. Dafür könnte ich mich ohrfeigen, aber Ben tut auch nichts, um mich aufzuhalten. Er sieht mir nur traurig nach. Jedenfalls bilde ich mir das ein.
In der Wohnung erwartet mich das bekannte Chaos, nur noch schlimmer. Jens liegt auf dem Sofa und zappt sich durch die Fernsehprogramme, vor ihm auf dem Sofa steht sein Frühstücksteller mit einem schon angebissenen Toastbrot.
„Ach, Lara. Da bist du ja endlich." Er bemerkt wohl meinen ungläubigen, aufgebrachten Blick und fährt entschuldigend fort: „Ich würde ja gerne meinen Teller in die Spülmaschine stellen." Er zeigt auf den Teller mit dem angebissenen Toast. „Aber die Spülmaschine ist voll." Das scheint ihm Erklärung genug, und er schaut zufrieden irgendeine blöde Serie weiter.
Innerlich rase ich vor Wut, aber ich sage nichts und schäme mich dafür. Er zerstört gerade mein Leben, und ich stehe da und sage: Nichts! Ich bin so wütend auf mich selbst. Am liebsten würde ich kotzen, schreien oder einfach nur alle Teller aus dem Schrank reißen und zerschlagen. Doch ich bleibe ruhig und schalte einfach meinen Laptop an. Dafür verachte ich mich, und dennoch kann ich nicht anders. Das ist die einzige Art, die ich gelernt habe, mit Konflikten umzugehen: ruhig bleiben und zur Tagesordnung übergehen. Alles andere ist überspannt. Und nur anstrengend für andere.

Also drücke ich mal wieder meine eigenen Gefühle runter. Und das Einzige, was ich sagen kann, was für mich spricht, ist die Tatsache, dass ich gar nicht daran denke, die Spülmaschine auszuräumen.

12. Kapitel

Ben ist weg. Und der Lockdown ist so plötzlich zu Ende wie er begonnen hat. Ich kann Emil wieder in den Kindergarten bringen und sehe zu meiner Freude Nadja und zu meinem Leidwesen auch Tanja, die ehemalige Notarsgattin, wieder, die aufgeregt nach Ben fragt.
„Er ist gerade bei seinen Eltern“, kläre ich sie auf, doch irgendwie geht die Aussage in ihrer hektischen Ben-Suche unter, und ich weiß gar nicht, warum, denn es ist eine durchaus wichtige Information.
„Ben ist ein so toller Mann“, schwärmt sie, und ich glaube, er mag mich auch.“ Sie versucht, verschämt zu schauen, doch es misslingt ihr. Auch wenn ich mich gerade noch in der Ben-Bearbeitungsphase befinde, trifft mich ihre Ignoranz, denn ich mir ziemlich sicher: Ben steht nicht auf sie! Auch wenn sie es sich noch so sehr wünscht.
„Schön“, sage ich trotzdem und frage mich gleichzeitig, was Ben wohl davon halten würde. Wahrscheinlich würde er mich für meine Feigheit schimpfen. Doch ich bin einfach zu unsicher, um ihr klar zu sagen, dass Ben zu mir gehört. Aber tut er das überhaupt?
Er ist schließlich gegangen, auch wenn mein Verhalten, beziehungsweise meine ungelöste Situation der Auslöser war. Nichtsdestotrotz ist Ben momentan nicht erreichbar, und das tut mir weh. Und dabei spielt es keine Rolle, was Tanja denkt, was er über sie denkt.
„Wo ist er denn nun? Und die liebe Emma?“, wendet sie sich wieder an mich, nachdem sie ihr Spiegelbild wohlgefällig in der Glastür betrachtet hat.
„Wie schon gesagt ist er bei seinen Eltern.“

„Und wann kommt er wieder?“
Das wüsste ich auch gern, denke ich, doch laut sage ich: „Das hat er mir nicht gesagt.“
„Ich dachte, ihr würdet euch so gut verstehen.“ Sie sieht mich gönnerhaft an. „Nicht traurig sein, Lara, aber Männer wie Ben wollen einfach was anderes an ihrer Seite haben.“
Ob ihr klar ist, wie beleidigend sie ist? Und wie sehr sie danebenliegt?
„Ich werde ihm dein Interesse auf jeden Fall bekunden“, lasse ich sie noch wissen und verlasse dann mit aufrechtem Rückgrat den Kindergarten. Auch wenn ich weiß, dass Tanja sich in ihrer Fantasie was zusammengebastelt hat, tut mir ihre herablassende Art weh. Und in irgendeinem toten Winkel meines Herzens habe ich die Befürchtung, dass sie recht haben könnte. Ben ist ein so wunderbarer und auch gutaussehender Mann. Was sollte er mit mir wollen? Ich fühle mich mal wieder belang- und bedeutungslos.
Wieder zu Hause angekommen, finde ich die Wohnung in dem üblichen „Jens-wohnt-auch-hier“-Zustand vor. Überall liegt schmutzige Wäsche, das Frühstücksgeschirr ist nicht weggeräumt und das Bettzeug liegt immer noch auf dem Sofa. Im Flur stolpere ich über seine Turnschuhe. Ich könnte laut schreien, doch aus Erfahrung weiß ich, dass es verschwendete Energie ist. Ich räume also die Küche notdürftig auf und schalte meinen Laptop für eine Videokonferenz mit Meike ein. Kurz darauf flackert sie schon über den Bildschirm. Sie sieht gut aus, erholt und kein bisschen gestresst mehr. Der Lockdown scheint ihr gutgetan zu haben. Und genau so klingt sie auch, aufgeräumt, jovial und den

Mitarbeitern, in dem Fall mir, zugewandt. Nach der Begegnung mit Tanja tut mir das ausgesprochen gut.
Nach einem kurzen Austausch darüber, wie ich die letzten Wochen verlebt habe, wobei ich mich hüte, Jens zu erwähnen, meint Meike: „Wir kehren ins Büro zurück. Bist du bereit?“
„Auf jeden Fall“, antworte ich und meine es auch genauso, da mir eine Rückkehr ins Büro die Gelegenheit gibt, meinem häuslichen Desaster zu entfliehen.
„Okay, dann sehen wir uns morgen.“ Sie lächelt und dann wird der Bildschirm dunkel. Zuerst denke ich, dass das daran liegt, dass die Konferenz zu Ende ist, doch dann steht Jens in Boxershorts und mit verstrubbelten Haaren in der Tür und sagt: „Ich habe die Sicherung rausgedreht, das Licht im Wohnzimmer schien mir so hell und ließ sich nicht abdrehen. Aber dann habe ich gemerkt, dass es das Tageslicht war. Ich drehe die Sicherung wieder rein.“
Seufzend lasse ich meinen Kopf in die Hände sinken. Je schneller dies hier endet, desto besser. Doch der Tag vergeht, ohne einen weiteren Lichtstreifen am Horizont, und am Abend sitze ich wieder allein mit Emil in einer chaotischen Wohnung und wünsche mich an jeden anderen Ort dieser Welt. Zum Glück kann ich am nächsten Tag wieder ins Büro gehen.
Sanne erwartet mich an der Kaffeemaschine, plausch- und lästerbereit. Es ist wie in alten Zeiten, die genau genommen noch nicht so lange her sind, und dennoch fühlt sich alles so anders an. Wie aus einem vergangenen Leben. Nichts scheint mehr so, wie es war.

Sanne umarmt mich heftig, und ich drücke sie ebenso heftig zurück. Wir können es nicht glauben, dass wir uns wiedersehen. Es erscheint bizarr und ist dennoch real.
„Wie geht es dir, Lara? Was macht dein Mitbewohner?"
Ich muss lachen, obwohl die Situation nicht zum Lachen ist, einfach nur deshalb, weil ich froh bin, in die Normalität zurückkehren zu können.
„Mein Mitbewohner wohnt und geht mir auf die Nerven", antworte ich wahrheitsgemäß.
„Und dein Nachbar?"
Schlechte Frage, also antworte ich kurz: „Der ist bei seinen Eltern."
Fragend zieht Sanne ihre Augenbrauen hoch.
„Er findet die Situation mit Jens zu absurd, da kann er nicht mehr nebenan wohnen." Ich muss bei meiner Formulierung selbst kichern, und Sanne kichert mit.
„Er wird wiederkommen", prophezeit sie mir. „Nicht nur in seine Wohnung, sondern auch zu dir. Aber er hat recht, Jens sollte bis dahin Geschichte sein."
Ich nicke. „Emotional ist er das auch. Ich weiß nur nicht, wie ich ihn auch körperlich aus meinem Leben bekomme."
„Ich bin sicher, dass sich das finden wird", gibt sich Sanne zuversichtlich. „Schließlich kann es auch für ihn nicht besonders angenehm sein. Vielleicht bequem, aber nicht angenehm."
„Ich wünschte mir, du hättest recht." Meine Stimme klingt hoffnungsvoll.
Dann machen wir uns an unsere Arbeit, und das mit wesentlich mehr Elan als in den Wochen vor dem Lockdown. Meike stresst nicht allzu sehr, obwohl viel zu tun ist. Auch wenn wir alle im Homeoffice nicht gerade

die Hände in den Schoß gelegt haben, ist doch viel liegen geblieben.
Am Nachmittag hole ich Emil aus dem Kindergarten ab. Natürlich bin ich mal wieder zu spät, und Nadja sieht mich natürlich auch wieder strafend an. Dennoch liegen wir uns kurz darauf in den Armen, vor lauter Glück darüber, uns wieder live und in Farbe zu sehen. Tanja steht abseits und ich sehe, wie sie ihr glamouröses Haupthaar vor lauter Unglauben über die Freude unserer Reunion schüttelt, von der sie ausgeschlossen ist. Weil ganz ehrlich, wer freut sich schon, Tanja wiederzusehen? Ich bestimmt nicht.
Als ich mit Emil zu Hause ankomme, finde ich die Wohnung wieder in dem Status völligen Chaos vor. Also genau genommen so, wie ich sie heute Morgen verlassen habe. Jens ist nicht da – was das Chaos zumindest ein bisschen minimiert. Ich räume ein bisschen auf, während Emil eine Kinderserie im Fernsehen anschaut. Es sieht besser aus, aber Jens' Sachen sind einfach immer noch da und geben der Wohnung das Ambiente von Fremdheit. Das scheint auch Emil zu spüren, denn er verhält sich ausgesprochen eigentümlich. Doch in seinem Zimmer sieht es zu seinem Glück aus wie immer, sodass er sich darin zurückzieht und selbstvergessen mit seinen Autos spielt.
Ich stehe am Küchenfenster, schaue auf die Straße und beobachte die Leute. Es ist Frühsommer geworden und zusammen mit der Aufhebung des Lockdowns zieht es die Menschen nach draußen und zurück ins Leben. Die Sonne scheint, die Menschen lachen, und ich vermisse Ben. Ich vermisse ihn so sehr, dass es mir weh tut. Obwohl sich alles wieder auf Normalität einstellt, kann

ich darüber keine Freude empfinden. Mein ganzes Fühlen richtet sich auf Ben und seine fehlende Anwesenheit. Und dann ist da diese ungelöste Situation um Jens. Ich fange an zu weinen und kann fast fünf Minuten nicht mehr aufhören. Mein Gesicht fühlt sich verschwollen an und meine Augen sind rot. So findet Jens mich am Küchenfenster stehend als er nach Hause kommt.

Er sieht mich genervt an und fragt: „Was ist mit dir los?“ Abrupt endet mein Schluchzen – vor lauter Schreck darüber, dass Jens auf einmal in der Küche steht.

„Seltsam, dass du das fragst“, antworte ich nur, löse mich vom Fenster und beschäftige mich damit, ein paar Gläser in den Schrank zu räumen.

„Warum seltsam? Darf man dir jetzt noch nicht einmal mehr Fragen stellen? Ich habe keinen Röntgenblick, weißt du.“

„Mit ein bisschen Empathie wäre dir auch so klar, dass du mich in eine unhaltbare Situation gebracht hast.“ Genervt verdreht Jens seine Augen. „Ich schlafe doch wieder auf dem Sofa. Ich finde, du hast keinen Grund dich zu beschweren.“

„Du bist in meiner Wohnung, in meiner Privatsphäre. Vielleicht habe ich ja auch einen neuen Freund.“

Ich sehe deutlich, wie es bei dieser Aussage hinter Jens‘ Stirn arbeitet. „Ich bin dein Freund“, ist er sich sicher.

„Nicht mehr. Ich habe dir doch gesagt, dass ich dich nicht mehr liebe.“

„Das hast du doch nicht ernst gemeint“, gibt sich Jens uneinsichtig. „Ich bin Emils Vater. Wir sind in gewisser Weise eine Familie.“

„Du bist Emils Vater, das ist richtig. Deswegen werden wir in gewisser Weise auch immer verbunden bleiben. Ich liebe dich trotzdem nicht mehr."
Diese absolut konkrete Aussage überrascht mich. Jens ebenso.
„Hast du einen neuen Freund?"
„Nein."
„Dann kann ich ja bleiben."
„Nein."
„Ich weiß nicht wohin."
„Zu deinen Eltern?", rege ich nicht zum ersten Mal an.
„Will ich nicht."
Das ist doch nicht mein Problem, denke ich. Und das auch nicht zum ersten Mal.
„Du könntest ausziehen", schlägt er vor.
„Machst du Witze? Das hier ist Emils Zuhause. Hier habe ich Nachbarn, die mich unterstützen."
Vor Hilflosigkeit kommen mir schon wieder die Tränen. Jens ist so stur, so egozentrisch. Jens sieht meine Tränen, interpretiert sie als Schwäche und lächelt, weil er weiß, dass er vorläufig erst mal wieder gewonnen hat.
Ich gehe zu Emil und versuche mich mit seinen Spielzeugautos abzulenken.
„Mama weint", sagt Emil und legt seine dicklichen Kleinkindarme um meinen Hals. Ich weiß nicht, ob es richtig ist, aber ich weine in Emils Armen noch ein bisschen weiter. Immerhin ist es authentisch. Emil kuschelt sich enger an mich und streicht mir tröstend über das Haar und zu meinem Schrecken stelle ich fest, dass mein dreijähriger Sohn mehr Empathie hat als sein dreißigjähriger Vater. Schließlich versiegen meine

Tränen. Emil berührt sanft mein Gesicht und sagt mit der unglaublichen Weisheit eines Kindes: „Mama vermisst Ben? Emil vermisst Emma auch." Und dann weinen wir beide noch mal eine Runde. Als endlich wirklich keine einzige Träne mehr kommen will, nimmt Emil den Hörer seines Spieletelefons, ruft Emma an und kommandiert sie zurück. Trotz meines roten, geschwollenen Gesichts muss ich lächeln.

Jens ist nicht mehr in der Wohnung, als Emil und ich in die Küche gehen, um unser Abendbrot zu essen. Allerdings hat er einen Zettel auf den Küchentisch gelegt, auf den er geschrieben hat, dass er wieder mit Stefan unterwegs ist, um der bedrückenden Atmosphäre zu entkommen. Er ist so ein Idiot! Wenn es nicht so furchtbar wäre, könnte ich fast darüber lachen.

Kaum habe ich Emil ins Bett gebracht und mir ein paar kroatische Erinnerungen in ein Glas gegossen, klingelt das Telefon. Es ist Lars, und sofort frage ich mich, was er jetzt schon wieder will. Ich habe die Männer in meinem Leben einfach über, die die ganze Zeit denken, sie könnten über mich verfügen, wie es gerade ihrer Stimmung entspricht.

Dementsprechend ungehalten schnauze ich ins Telefon.

„Was willst du denn?"

„Hola, Lara. Was ist denn mit dir los?"

„Was willst du?", wiederhole ich, ohne auf seine Frage einzugehen.

„Ich wollte mich mal erkundigen, wie es dir geht. Jens ist aus Australien zurück, habe ich gehört."

„Wer hat dir denn das erzählt?"

„Ich habe neulich Katja in der Stadt getroffen." Ich seufze innerlich. Katja ist einfach eine furchtbare Plaudertasche.
„Ja, er hat sich wieder hier einquartiert."
„Das hört sich nicht gerade begeistert an", deutet Lars meinen Tonfall richtig.
„Ich habe mich von ihm getrennt. Aber er weigert sich trotzdem auszuziehen."
„Spinnt der Typ? Wie egoistisch ist das denn?"
Bei dieser Aussage verschlägt es mir doch glatt die Sprache. Ich hätte eher damit gerechnet, dass Lars sich auf Jens' Seite schlägt und mich dafür verurteilt, ihn nicht wieder aufzunehmen, um endlich die Familie zu spielen, die alle bei mir sehen wollen, um sich selber besser zu fühlen.
„Dagegen kannst du was tun", ist sich Lars sicher.
„Erst mal nicht, da er mit im Mietvertrag steht."
„Du kannst ihn rausklagen."
„Das ist sicher eine langfristige Lösung", stimme ich ihm zu.
Dann schweigen wir beide.
„Kurzfristig könnte ich vielleicht helfen", bricht Lars schließlich das Schweigen.
„Wie denn?", frage ich und klammere mich an jeden Strohhalm, selbst wenn mein perfekter Bruder ihn hält.
„Ich könnte kommen und ihn rauswerfen."
Allein die Vorstellung ist so absurd, dass ich lachen muss.
„Warum lachst du? Ich meine das ernst", gibt Lars sich beleidigt. „Du bist meine Schwester und ich halte zu dir."

Ist er auf den Kopf gefallen? Wann war das? Seit wann hält er zu mir?
„Davon habe ich aber die letzten Jahre nicht viel gemerkt“, wage ich dann dementsprechend auch einzuwenden.
Lars sagt erst mal nichts, doch dann antwortet er: „Du hast es vielleicht nicht gemerkt, aber ich stand immer hinter dir. Manchmal verstehe ich nur deine Art zu handeln nicht.“
„Nicht alle Menschen verhalten sich gleich. Wir sind Individuen.“
„Schon, aber Menschen, die ähnlich handeln wie man selbst, versteht man eben einfach besser.“
„Dennoch sollte man die anderen deswegen nicht als unfähig darstellen.“
Dies alles zu sagen, kostet mich so viel Mut, dass meine Beine vor lauter Aufregung ganz schwach werden. Dennoch bin ich fasziniert davon, dass wir dieses Gespräch wirklich führen.
„Das wollte ich nicht“, antwortet Lars und klingt aufrichtig. „Auch wenn ich deine Sicht auf das Leben nicht immer teilen konnte, habe ich durchaus wahrgenommen, dass du deinen Alltag gut gemeistert hast. Auch ohne Jens. Oder vielleicht besonders ohne Jens.“
Unwillkürlich muss ich lächeln, da Lars das nicht durch die Telefonleitung sehen kann, sage ich: „Es berührt mich wirklich sehr, dass du das sagst.“
„Okay“, gibt Lars sich wieder geschäftig. „Wie lösen wir das Problem Jens also?“
„Was schlägst du vor? Rauswerfen ist da keine Option. Er hat einen Schlüssel und kann problemlos wieder rein.“

„Du könntest das Schloss austauschen."
„Darf ich das einfach bei einer Mietwohnung?", zweifele ich die an sich gute Idee an.
„Frag deinen Vermieter. Er hat mit Sicherheit Verständnis für deine Situation."
Die Idee klingt gar nicht so schlecht.
Nachdem Lars und ich also der Lösung des Problems Jens einen Schritt nähergekommen sind, unterhalten wir uns noch ein bisschen über Silke und seine Kinder und im Überschwang meiner nicht ungerechtfertigten Dankbarkeit, biete ich an, auf diese doch aufzupassen, wenn Lars und Silke mal wieder einen Abend zu zweit haben wollen.
„Vielen Dank, Lara. Ich werde mit Sicherheit bei Gelegenheit auf dein Angebot zurückkommen." Das klingt so respektvoll und auf Augenhöhe, dass ich mich frage, warum wir es nicht immer geschafft haben so miteinander zu reden? Na ja, vielleicht war unsere Zeit einfach noch nicht gekommen.
Nachdem wir aufgelegt haben, gehe ich auf unseren kleinen Balkon, ziehe mir den altersschwachen Terrassenstuhl zurecht und trinke meinen Wein in kleinen Schlucken, während ich über das Gespräch mit Lars und unsere Beziehung im Allgemeinen nachdenke. Schon als wir Kinder waren, war Lars mir gegenüber herablassend. Es fühlte sich nie so an, als wäre er mein großer, verlässlicher Bruder. Tatsächlich war es heute das erste Mal, dass ich mich von ihm aufgefangen fühlte. Das ist schön und verwirrend zugleich.
Die Luft ist mild, und es ist angenehm, draußen zu sitzen und in den Mond zu schauen. Ich erinnere mich an eine andere Nacht auf meinem Balkon und die Wehmut und

die Sehnsucht nach Ben wird so groß, dass ich fast wieder anfange zu weinen. Gleichzeitig wird meine Wut auf Jens riesig, doch es regt sich auch ein leiser Ärger auf Ben. Er könnte meine prekäre Situation auch verstehen und mir zur Seite stehen, anstatt das Weite zu suchen. Was muss ich daraus eigentlich schließen? Dass ich nicht mehr interessant für ihn bin, sobald Probleme auftauchen? Oder dass ich doch nie wirklich interessant für ihn war, sondern nur schöne Begleitung bei der geteilten Kinderbetreuung?
Der gerade noch so schöne Abend fühlt sich plötzlich belanglos an und ich muss daran denken, dass ich mal gelesen habe, dass alles eine Frage der Betrachtungsweise ist. Eine graue Welt kann sich bunt anfühlen, wenn ich verliebt bin und eine bunte Welt grau, wenn ich Kummer habe.
Ein milder, mondscheinheller Abend kann sich wunderbar anfühlen und im nächsten Moment verschwindet seine Schönheit und alles nur, weil sich meine Gedanken einmal gedreht haben. Im realen Leben hat sich nichts geändert, ich habe nur den Fokus meines Blickwinkels verlagert. Dementsprechend versuche ich ihn mithilfe getrunkener, positiver Erinnerungen ein weiteres Mal zu verlagern. Leider gelingt mir das nur mittelprächtig. Also gebe ich schließlich auf und gehe ins Bett.
Am nächsten Morgen komme ich kaum aus dem Schlafzimmer, da Jens seine Klamotten vom Vorabend anscheinend im Flur ausgezogen und vor der Schlafzimmertür fallengelassen hat. Verärgert kicke ich sie mit dem Fuß beiseite. Im Wohnzimmer höre ich Jens schnarchen. Obwohl ich mir vorgenommen habe heute

zu handeln, statt nur zuzusehen und mich zu ärgern, keimt wieder hilflose Wut in mir auf. Ich öffne Emils Zimmertür und ich finde ihn schon wach und wartend in seinem Bettchen vor. Als er mich sieht, streckt er mir seine Ärmchen entgegen.

„Du bist ja schon wach, mein Schatz“, sage ich und hebe ihn aus seinem Bettchen. Sanft und immer noch schläfrig kuschelt sich Emil an mich. Mit Emil auf dem Arm gehe ich in die Küche. Dort setze ich ihn in auf seinen Stuhl und bereite sein Frühstück zu. Ein bisschen Toast mit Marmelade in kleine Stücke geschnitten. Nachdem er gegessen hat, ziehe ich ihn an und bringe ihn in den Kindergarten.

Ich merke, dass Nadja sich gerne mit mir unterhalten würde, nicht über Kindergartenbelange, sondern einfach so über dies und das. Der Lockdown hat bei uns allen einen wahnsinnigen Nachholbedarf an menschlichem Kontakt ausgelöst. Doch ich habe es eilig, denn ich möchte auf dem Weg ins Büro meinen Vermieter anrufen und ihn um die Genehmigung bitten, das Schloss austauschen zu dürfen.

Zum Glück erreiche ich Herrn Hartmann sofort und schildere ihm so ruhig wie möglich mein Problem.

„Hallo Frau Kuzera“, antwortet mein Vermieter jovial. „Schön, dass Sie mich anrufen, aber für einen Schlossaustausch brauchen Sie meine Genehmigung nicht. Sie müssen nur die Kosten selber tragen.“

„Okay“, sage ich. „Das klingt gut.“ Ich bin erleichtert. Gleich darauf rufe ich einen Schlosser an und vereinbare einen Termin für den Nachmittag in der Hoffnung, dass Jens nicht da sein wird. Sollte er wider Erwarten doch da sein, muss ich den Termin eben verlegen. Dann

rufe ich noch Lars an und teile ihm mit, was ich bisher jetzt so geplant habe.
„Sehr gut, Lara“, lobt er mich und klingt dabei kein bisschen gönnerhaft. „Gib mir Bescheid, wenn du definitiv weißt, dass der Schlosser kommen kann, dann komme ich auch und bleibe bei dir. Ich könnte mir vorstellen, dass Jens toben wird, wenn er merkt, dass er ausgesperrt wurde.“
Er macht eine kurze Pause. „Vielleicht solltest du Emil lieber zu unseren Eltern bringen, damit er das nicht mitbekommt.“
Ich möchte Emil nicht zu meinen Eltern bringen und mir ihre dummen Kommentare anhören.
„Ich kann Frau Marquart fragen“, beeile ich mich zu sagen.
„Auch gut“, gibt sich Lars zufrieden. „Also bis später dann.“
„Bis später“, sage ich und lege auf. Innerlich völlig fassungslos laufe ich weiter in die Agentur. Ich habe plötzlich einen Bruder, einen, der wirklich für mich da ist, denke ich verwundert, während ich durch die Drehtür gehend das Büro betrete. Wenig später sitze ich an meinem Schreibtisch und reiche bei Meike für den Nachmittag einen halben Tag Urlaub ein, in der Hoffnung, dass es nicht umsonst ist.

13. Kapitel

Kurz nach dem Mittagessen bin ich wieder zu Hause. Jens liegt lustlos auf dem Sofa und schaut Fernsehen. In dem Moment sieht es nicht so aus, als würde er in naher Zukunft das Haus verlassen. Doch bevor ich frustriert bin, weil meine Pläne scheinbar nicht aufgehen, beschließe ich mir erst mal Gewissheit zu verschaffen.

„Hast du heute nichts vor?“, frage ich mürrisch, damit ich nur nicht zu neugierig klinge, denn sonst hätte Jens mit Sicherheit gemerkt, dass irgendetwas für ihn Nachteiliges vor sich geht.

„Doch“, sagt er und rekelt sich genüsslich und bewusst provokativ. „Ich treffe mich in zwei Stunden mit Stefan.“

Na, denke ich, innerlich zufrieden grinsend, das passt ja hervorragend. Laut schnauze ich: „Und dann hast du jetzt nichts Besseres zu tun als faul auf dem Sofa zu liegen?“

„Oh, Mann, Lara, das ist mal wieder typisch für dich. Immer nur meckern. Lass mich einfach hier liegen.“ Damit ist das Thema für ihn beendet und er zappt weiter durch die Programme.

Ich tue so, als würde ich wutentbrannt in die Küche stürmen, aber in Wirklichkeit bin ich hochzufrieden. Wenn er nur schon weg wäre!

Die zwei Stunden scheinen sich endlos zu dehnen. Ich lege ein bisschen Wäsche zusammen, räume die Küche auf und putze das Bad. Dann höre ich endlich, wie Jens sich die Jacke und die Schuhe anzieht und mit einem lässigen „Ciao, Lara“ die Wohnung verlässt.

Ich rufe Lars an und informiere ihn, dass die Luft rein ist und er verspricht spätestens um 15 Uhr bei mir zu sein. Jetzt ist es 14 Uhr. Der Schlosser soll um 14:30 Uhr kommen. Ich kann es kaum erwarten und zähle die Minuten runter. Ich denke zwar nicht, dass Jens allzu schnell wieder zu Hause sein wird, aber wirklich sicher fühle ich mich erst, wenn das Schloss ausgetauscht ist. Die Zeit bis zum vereinbarten Termin mit dem Schlosser vertreibe ich mir, indem ich schon mal Jens' Sachen zusammensuche und in seinen Koffer packe. Wirklich viel ist es nicht, auch wenn man aufgrund der strategisch geschickten Verteilung in der Wohnung was anderes vermuten könnte.
Schließlich ist der Schlosser da. Es ist ein netter älterer Herr, der vollstes Verständnis für meine prekäre Situation hat.
„Manchmal, junges Fräulein", sagt er weise „verstehen Männer nur die eine Sprache."
„Welche denn?", frage ich neugierig.
„Die vollendeten Tatsachen", grinst er, und ich grinse zurück. In dem Moment kommt auch Lars mit großen Schritten die Treppe rauf und ich habe mich selten so unvoreingenommen gefreut, meinen großen Bruder zu sehen.
„Wie siehts aus?", fragt er. „Ist das Schloss schon ausgetauscht?"
„Bin gerade dabei", antwortet der nette Schlosser. „Dauert nicht mehr lange."
Ich lächle erleichtert. „Komm doch rein, Lars. Möchtest du etwas trinken?"
„Gerne. Hast du einen Tee?"

„Sicher“, antworte ich und stelle schon den Wasserkocher an.
Der Tee ist gerade fertig als ich meinen handwerklich tätigen Helfer auch schon rufen höre.
„Fertig, junges Fräulein. Jetzt können Sie sicher sein, dass niemand Unbefugtes mehr die Wohnung betritt.“
Er grinst, als ich voller Bewunderung das neue Schloss beäuge. „Die Rechnung schicke ich dann per Post“, sagt er noch und tippt sich kurz an die imaginäre Mütze. Eine Respektsgeste, die mich an Gesten aus einem amerikanischen Film erinnern und die ich so unglaublich liebenswert finde, dass ich ihn am liebsten umarmt hätte.
Und dann denke ich: Warum eigentlich nicht? Dieser Mensch hat eine für mich wahnsinnig wichtige Tat vollbracht. Dafür hat er meine Anerkennung und eine liebenswerte Geste mehr als verdient. Also öffne ich meine Arme weit und drücke den erstaunten Schlosser an mich. Doch an seinem Gesichtsausdruck kann ich ablesen, dass er sich über meine spontane Umarmung freut.
Und dann höre ich plötzlich eine mir bekannte Stimme, eine Stimme, die mich bis in meine Träume verfolgt: „Was hat dieser Mann getan, dass er sich eine Umarmung von dir verdient hat?“
Ich drehe mich um und schaue direkt in Bens blaue Augen. Auf seinem Gesicht liegt sein unglaubliches Lächeln.
„Ben“, sage ich nur und löse mich aus der Umarmung mit dem Schlosser.

Ben hebt entschuldigend beide Arme. „Ich war ein Idiot."
Interessiert bleibt der Schlosser stehen, wohl gespannt, wie diese interessante Gesprächseröffnung weitergeht.
„Ein Idiot?", hake ich nach, weil mir nichts Besseres einfällt.
Ben überwindet die letzten Stufen und steht schließlich vor mir. „Ich hätte nicht gehen dürfen und dich in einer Situation allein lassen, die auch für dich nicht einfach sein kann." Er steht jetzt so dicht vor mir, dass ich kaum atmen kann und doch gleichzeitig alle meine Sinne wach sind, um den ganzen Mann Ben wahrzunehmen und zu spüren.
„Ich habe das Schloss austauschen lassen", sage ich, und auch wenn es Ben erklärt, wie ich die Situation für mich gelöst habe, klingt es völlig aus dem Zusammenhang gerissen.
Der Schlosser neben mir nickt zustimmend und grinst. „Gern geschehen. Das sind die schönen Momente in meinem Job."
Ben schaut den fremden Mann zwar etwas irritiert an, wendet sich dann aber sofort wieder an mich.
„Du hast das Schloss austauschen lassen?"
„Ja, damit Jens nicht mehr in die Wohnung kommt. Sein gepackter Koffer steht hier", fahre ich fort und zeige mit großer Geste hinter mich, wo Jens' Habseligkeiten auf die Abholung durch ihren Besitzer warten.
„Du hast ihn also verlassen?" Ben schaut mich so erwartungsfroh an, dass meine Knie sofort weich werden und mein Herz ihm entgegenfliegt, ohne dass ich es wieder einfangen könnte. Es ist einfach sofort mehr bei ihm als bei mir.

„Ich habe ihn schon vor Wochen verlassen“, stelle ich trotzdem nochmal klar, weil es scheint, als wäre hier irgendwas bei Ben nicht ganz angekommen. „Nur Jens wollte es nicht verstehen oder die Konsequenz nicht wahrhaben.“
„Was für eine Konsequenz?“, stellt Ben sich entweder absichtlich doof oder versteht es tatsächlich nicht.
„Dass er keine Bleibe hat, wenn ich ihn rauswerfe und er zu seinen Eltern, insbesondere seiner Mutter, ziehen muss.“
Da muss Ben lachen, und sein Lachen klingt befreit und wunderbar echt.
„Das ist der einzige Grund, warum er bei dir blieb?“
„Ich denke schon, auch wenn er es wahrscheinlich nie zugeben würde.“
Bens Blick ruht so liebevoll auf mir, dass mir warm ums Herz wird und ich nur noch denken kann, dass er mich endlich küssen soll, damit ich weiß, wie es sich anfühlt, wenn man nicht nur davon träumt.
„Und bist du darüber traurig?“, vergewissert Ben sich und versucht sich einen weiteren sicheren Boden in der Unsicherheit der Liebe einzuziehen.
Ich tue, als müsste ich kurz überlegen und sage dann: „Nein.“ Einfach so. Klar und deutlich.
Und Ben lächelt. So tief und glücklich, wie man nur lächeln kann, wenn man sich absolut und ehrlich freut. Dann nickt er mit dem Blick in Richtung von Jens‘ Gepäck. „Und? Wird er Ärger machen?“
„Wahrscheinlich“, antworte ich. „Aber Lars ist da, um mich zu unterstützen, falls es unerträglich wird.“
„Dein Bruder hilft dir?“, fragt Ben, erwartungsgemäß sehr erstaunt.

Ich nicke und fühle unerklärlichen Stolz dabei. Der nette Schlosser nickt auch, fast so, als könnte er die Situation beurteilen. Doch als er meinen Blick sieht, packt er dann doch rasch seine Tasche, wünscht uns noch einen schönen Tag und macht sich auf den Weg Richtung Haustür.
„Komm rein“, fordere ich Ben auf. So wie vorhin auch Lars. „Möchtest du auch einen Tee?“, frage ich ganz gefangen von dem Déjà-vu-Erlebnis.
„Gern“, antwortet Ben und verlängert damit ungewollt noch den Erinnerungsmoment des gerade erst Erlebten.
Das Wasser ist noch warm und ich gieße ihm einen Tee auf, mit dem er sich dann zu Lars ins Wohnzimmer gesellt. Dieser ist zuerst verhalten in seiner Reaktion, öffnet sich jedoch nach Bens lächelnder Begrüßung. Ben stellt sich vor und versichert Lars damit ohne weitere Worte, dass er auf derselben Seite wie er steht – nämlich auf meiner. Lars entspannt sich daraufhin zusehends.
„Dein netter Nachbar?“, fragt er dennoch und deutet mit dem Daumen auf Ben.
„Ja“, grinse ich. „Der nette Nachbar.“ Der wundervolle, anbetungswürdige und ausgesprochen gutaussehende Nachbar, ergänze ich dann noch im Stillen und mein Lächeln vertieft sich.
„Wo ist Emma?“, frage ich Ben.
„Die habe ich bei meinen Eltern gelassen.“ Ben schaut etwas unschlüssig. „Ich wollte erst mal mit dir alleine reden.“ Er wirkt unsicher.
„Okay“, sage ich. „Worüber?“ Und noch während ich frage, könnte ich mich ohrfeigen. Meine Güte, Lara, bist

du dämlich. Worüber wohl? Und ganz sicher will er das außerdem nicht vor Lars bereden.
Das gleiche denkt wohl Ben, denn er schaut mich fast entgeistert an. „Bringen wir erst mal diese Sache hinter uns“, meint er schließlich. „Dann bleibt immer noch Zeit zum Reden.“
Lars schaut interessiert mein Wandbild an, das einen Strand mit Dünengras darstellt und mir bei Betrachtung immer so ein schönes Urlaubsgefühl vermittelt. Doch Lars scheint eher zu versuchen so zu tun, als würde er uns nicht zuhören, anstatt an seinen nächsten Urlaub an der Nordsee zu denken. Wo er sowieso nicht hinfährt, weil es Silke dort zu kalt ist. Ich finde, dieses geheuchelte Desinteresse echt rührend, doch bevor ich weiter darüber nachdenken kann, unterbricht Ben die Stille: „Sollen wir eine Runde Karten spielen? Dann vergeht die Zeit schneller.“
„Gute Idee“, rufe ich und springe auf. Ich hole mein Kartenspiel aus der Kommodenschublade, und dann sitzen wir an meinem Wohnzimmertisch und spielen Rommé. Trotz der Anspannung und der permanenten Bereitschaft, die Wohnung gegen einen kommenden Eindringling und jegliches zukünftiges Ungemach zu schützen, bereitet das Spiel uns allen eine Menge Spaß. Wir lachen, legen unsere Karten um die Wette ab und vergessen darüber die Zeit. Irgendwann schmiere ich uns ein paar Brote, öffne eine Flasche Wein, und wir spielen weiter. Es fühlt sich gut an. Vertraut, freundlich, familiär. Fast vergesse ich, warum wir hier eigentlich sitzen und worauf wir warten.

Zwischendurch gehe ich noch zu Frau Marquart und frage sie, ob es ihr wohl was ausmachen würde, Emil über Nacht bei sich zu behalten.
„Aber nein, meine Liebe", sagt sie und ich fühle mich bei der Anrede irgendwie komisch, älter und jünger gleichzeitig.
„Ist es für dich auch okay, mein Liebling?", wende ich mich an Emil und gehe in die Hocke, um ihm direkt in die Augen schauen zu können. Emil nickt eifrig. „Ich bleibe gerne bei Tante Marquart."
Also bringe ich seine Schlafsachen samt Mister Petz ein Stockwerk tiefer und fühle mich erleichtert, dass keine Gefahr mehr besteht, dass Emil den Rausschmiss seines Vaters mitbekommt.
Und dann, es ist schon nach 11 Uhr und wir sind mitten in einem spannenden Finale, hören wir auf einmal Schritte auf der Treppe und einen Schlüssel, der ins Schloss gesteckt wird und sich nicht drehen lässt. Daraufhin folgt lautes Fluchen. Dann herrscht Stille, als es Jens wohl dämmert, dass der Koffer, der vor der Tür steht, seiner ist.
„Lara!", schreit er. „Was soll das? Mach sofort die Tür auf." Er verleiht seiner Forderung mit einem Fußtritt gegen die Wohnungstür Nachdruck.
Ich stelle mich zitternd auf die andere Seite der Tür und versuche mit einigermaßen fester Stimme zu sagen: „Du wolltest ja nicht hören. Ich möchte nicht mehr mit dir zusammen sein und ich möchte auch nicht mehr, dass du hier wohnst."
„Ich bin genauso Mieter wie du", gibt Jens aufgebracht zurück.

„Aber ich bezahle die Miete", antworte ich und versuche meiner Stimme einen selbstsicheren Klang zu geben. Ben steht neben mir und drückt meine Hand. Lars steht ein bisschen weiter entfernt im Flur, aber trotzdem bereit einzuschreiten, falls es notwendig wird.
„Pah!", meint Jens wegwerfend und ich kann die dazugehörige Geste fast durch die Tür sehen. „Das spielt keine Rolle. Der Mietvertrag zählt."
„Für mich spielt es aber eine Rolle!" Meine Stimme wackelt nicht und ich bin stolz auf mich. Meine Hand ruht warm und sicher in Bens Hand.
„Ach, komm schon, Lara. Mach auf", ändert Jens seine Taktik. „Wir sind ein tolles Paar. Und Emil möchte bestimmt mit beiden Elternteilen aufwachsen."
Ben schüttelt vehement mit dem Kopf. Lass dich nicht einwickeln, höre ich ihn flüstern. Emil braucht Sicherheit und elterliche Zuwendung, und die muss er nicht zwangsläufig von seinem leiblichen Vater bekommen.
„Gerade, weil ich Emil liebe, werfe ich dich raus", sage ich und lehne meine heiße Stirn an die Tür. „So leid es mir tut, aber Emil ging es ohne dich besser."
Ich weiß, dass die Worte hart sind und womöglich noch nicht einmal ganz richtig, zumindest aus Emils heutiger Sicht und dennoch das Beste, was ich tun kann – für mich und für Emil.
„Das ist nicht wahr", begehrt Jens auch gleich auf. „Emil liebt mich."
„Er liebt die Vorstellung einen Vater zu haben", korrigiere ich. „Wie auch immer, du kannst ihn jederzeit sehen. Dafür musst du hier nicht wohnen."

Daraufhin herrscht Schweigen auf der anderen Seite der Tür und ich kann mir richtig vorstellen, wie es in Jens arbeitet. Ich meine, er hat sich eigentlich die ganze Zeit nicht wirklich um Emil gekümmert, aber Emil hat halt in derselben Wohnung gelebt, da war es einfach, ihm ab und zu mal über den Kopf zu streicheln. Aber dafür extra durch die halbe Stadt zu fahren? Nicht unbedingt etwas, was auf Jens' Agenda steht.
Ein weiterer Tritt gegen die Tür. Jens muss seinem Unmut weiterhin Ausdruck verleihen. Dann holt er wohl sein Handy aus der Tasche und telefoniert. Dann hören wir wie er sich seinen Koffer schnappt und fluchend die Treppe runterstolpert.
Ich könnte weinen vor Erleichterung. Ben drückt meine Hand. „Das hast du gut gemacht, Lara", tröstet Ben mich über meinen vermeintlichen Verlust hinweg. Ich nicke.
„Er ist erst mal weg", sage ich. „Das ist sie Hauptsache."
„Auf jeden Fall", sagt Lars. „Ich glaube auch nicht, dass er heute noch mal wiederkommt."
Ich schüttele den Kopf. „Nein, ich denke auch nicht."
„Soll ich trotzdem bleiben?", fragt Lars und gibt weiterhin den beschützenden Bruder.
„Lara bleibt heute Nacht bei mir", mischt sich Ben ein und drückt meine Hand noch ein bisschen fester. Ich sehe ihn an. Ach so, das wusste ich ja noch gar nicht. Trotzdem erwidere ich seinen Händedruck.
„Na, dann bist du ja gut versorgt", lächelt Lars und macht sich auf den Weg zur Wohnungstür.
„Auf jeden Fall", bestätigt Ben und die beiden tauschen einen Männerblick, den ich nicht verstehe, der aber ihre gemeinsame Sorge um mich ausdrückt, und deshalb bin

ich zufrieden. Zufriedener als ich mich als emanzipierte Frau fühlen sollte. Aber auch das ist mir gerade egal. Ich möchte nur noch mit Ben alleine sein und ihn in all seiner Benheit spüren.
Lars dreht sich noch einmal zu mir um und wünscht mir alles Gute; er würde sich morgen melden. Ja, denke ich und sage es vermutlich auch laut. Dann geht er, und Ben und ich stehen alleine in meinem dunklen Flur.
„Endlich“, flüstert er und legt seine Stirn an meine. „Ich dachte in meiner Ungeduld schon, ich müsste dich den Rest meines Lebens mit anderen teilen.“
„Nein, musst du nicht“, flüstere ich zurück. „Nur mit Emil“, füge ich noch hinzu, und Ben lacht. Dann nimmt er mein Gesicht in seine beiden Hände und küsst mich. Zuerst sanft und vorsichtig, dann fordernder und schließlich voller Leidenschaft. Seine Zunge öffnet meine Lippen, ich lasse es geschehen, dann antworte ich ihm. Wir fangen beide an zu zittern und es fühlt sich seltsam und grandios an, diesen Mann im Arm zu halten und zu spüren, wie er vor Emotionalität zittert. Vor Aufregung und Liebe – vor Liebe zu mir. Großes Erstaunen breitet sich in mir aus. Und Demut. Und Liebe. Und überhaupt ganz viele Gefühle, die alle durcheinander purzeln und trotzdem in Bens Armen eine Heimat finden.

14. Kapitel

Am nächsten Morgen wache ich in seinem Bett und in seinen Armen auf. Ein unendliches Gefühl von Zufriedenheit erfüllt mich, wie ich es ab heute jeden Tag haben möchte. Und nach Bens Blick zu schließen, geht es ihm genauso. Wir sehen uns an, seine Augen sind so klar, obwohl es noch früh am Morgen ist. Sein Ausdruck offen und vertrauensvoll, seine Hände, die nach meinen greifen, warm und fest. Mir kommt es vor, als wären alle Eindrücke und Emotionen an diesem Morgen besonders stark wahrnehmbar, besonders klar, besonders intensiv. Selbst die Sonne, die durch das Fenster scheint, erscheint mir heller als sonst am frühen Morgen.

Ruckartig richte ich mich auf. Oh nein, wie spät ist es eigentlich? Voller Schrecken suche ich nach einer Uhr.

„Es ist halb zehn", verkündet Ben nach einem Blick auf sein Handy. Dabei lächelt er so umwerfend, dass meine gesamte Panik verebbt und ich nur noch denke: Was solls? Und mich wieder in seine Arme schmeiße und ihn küsse, als ob ich nicht genug bekommen könnte. Genau genommen kann ich auch nicht genug bekommen.

Trotzdem löse ich mich kurz darauf und sage bedauernd: „Ich muss Emil abholen und in den Kindergarten bringen und mir dann eine gute Ausrede einfallen lassen, warum ich erst so spät ins Büro komme."

„Wie wäre es denn, wenn du sagst, dass du dich nicht aus den Armen deines unwiderstehlichen Nachbarn lösen konntest?"

Ich lache. „Zu nah an der Wahrheit."

„Wirklich?“, grinst Ben und zieht mich wieder zu sich herunter. Ich lasse es geschehen und vergesse ein paar weitere Minuten den Tag, der darauf wartet, begonnen zu werden.
Doch leider lässt er sich nicht ewig in die Vergessenheit schieben, geradezu aufdringlich klopft er an meinen Verstand, und ich schaffe es irgendwann tatsächlich aufzustehen. Ben bleibt mit hinter dem Kopf verschränkten Armen liegen und beobachtet amüsiert meine Bemühungen, meine Sachen zusammen zu suchen und sie irgendwie in angebrachter Reihenfolge anzuziehen.
„Sehen wir uns später?“, fragt er, als ich endlich fertig bin.
„Auf jeden Fall“, sage ich. „Wann holst du Emma?“
„Heute Nachmittag irgendwann“, antwortet Ben und fährt nach einer kurzen Pause fort. „Vielleicht hat Emil ja heute Lust bei Emma zu übernachten? Was meinst du?“
Ich grinse. „Ich frage ihn.“
Ben grinst auch. „Dann bis später“, winkt er mir nach, und ich hetze in meine Wohnung, um mir die Zähne zu putzen und die Haare zu kämmen. Ein anderes Oberteil wäre auch nicht schlecht. Also durchforste ich auch noch schnell den Kleiderschrank nach etwas Passendem.
Es ist nach 10 Uhr, als ich Emil endlich bei Frau Marquart abhole. „Schöne Nacht gehabt?“, fragt diese freundlich, und mir ist es wahnsinnig peinlich. Sieht man es mir an?
„Ich habe Herrn Neumann gestern gesehen“, lächelt Frau Marquart wissend und seufzt fast sehnsuchtsvoll. „Es ist schön jung zu sein.“

Da kann ich ihr nicht widersprechen. Dennoch schnappe ich mir Emil und lege einen Turbo ein, um in den Kindergarten zu kommen.
„Ich dachte schon, Emil wäre krank geworden", begrüßt Nadja mich, als ich Emil ins Spielzimmer bringe.
„Ja, so ähnlich", sage ich und fühle mich viel zu glücklich, um ein schlechtes Gewissen zu haben.
Als ich in die Agentur komme, ist die Kaffeemaschine schon verwaist und Meike leicht angesäuert. „Lara, es ist in Ordnung, wenn es mal später wird. Aber sag bitte das nächste Mal Bescheid."
„Es war ein Notfall, Meike", beteuere ich.
„Für einen Notfall siehst du zu glücklich aus", nimmt mir Meike auch sofort den Wind aus den Segeln.
„Trotzdem war es ein Notfall", gebe ich mich stur. Und irgendwie stimmt es ja auch, schließlich kommt es nur auf die Definition an.
Da grinst Meike mich völlig unerwartet an und sagt: „Solche Notfälle hätte ich auch gern öfter mal."
Ich lächle zurück und sage inbrünstig: „Ich auch." Dann füge ich noch erschrocken hinzu: „Aber nicht, dass du denkst, es kommt jetzt öfter vor."
„Das nächste Mal kannst du ja besser planen."
„Auf jeden Fall", versichere ich und setze dann mit meinem Kaffee den Weg zu meinem Platz fort.
Im Laufe des Tages kommt auch Sanne an meinen Schreibtisch und flüstert: „Ich wollte nur mal sehen, wie dein Gesicht aussieht, wenn du Sex hattest."
Ich boxe Sanne spielerisch auf den Arm und vertraue ihr an: „Ich hatte keinen Sex."
„Nicht?", fragt sie erstaunt und reißt die Augen auf.
„Nein, einfach nur eine tolle Nacht."

„Aber hoffentlich mit dem Richtigen?“, hakt Sanne sicherheitshalber nach.
„Ja“, antworte ich selig. „Mit dem Richtigen. Und das mit dem Sex holen wir bestimmt nach.“
Tatsächlich haben Ben und ich nicht miteinander geschlafen, auch wenn wir in einem Bett übernachtet haben. Wir haben geredet, uns geküsst und in die Augen geschaut. Für Sex schien es mir zu früh und ihm ging es wohl genauso, da er nichts in dieser Richtung versucht hat. Trotzdem war es eine der schönsten Nächte meines Lebens – einfach nur bei ihm zu sein und zu wissen, dass es keine Ausnahme ist, sondern der Beginn einer Gewohnheit, hat mich so unbeschreiblich glücklich gemacht, dass ich eine Ahnung davon bekomme, warum manche Menschen kitschige Liebesfilme mögen.
Als ich mit Emil nach Hause komme, klebt eine Einladung zum Abendessen an meiner Tür.
„Was meinst du, Emil? Emma ist wieder da. Sollen wir mit ihr und Ben essen?“
„Au ja“, strahlt Emil und läuft schon voller Begeisterung über den Flur. Ich betrete erst mal unsere Wohnung und versuche mich wenigstens ein bisschen zurecht zu machen. Doch dann schaue ich mich im Spiegel an und denke: Nichts steht einer Frau besser, als glücklich zu sein! Und damit sind alle Verschönerungsversuche abrupt beendet und ich stehe – immerhin mit gekämmten Haaren – kurz darauf vor Bens Tür.
Auf mein Klingeln öffnet er sie, und seine Freude mich zu sehen ist so deutlich sichtbar und spürbar, dass auch ich erst gar nicht in Versuchung komme, meine Gefühle zu verbergen. Wenn ich sie einem Menschen zeigen

kann, dann Ben. Dort sind sie gut aufgehoben. Und ich auch, denke ich, als seine Arme mich umschließen.
„Hunger?“, fragt Ben.
Ich nicke. „Sehr.“ Und dann bin ich mutig und sage: „Ich konnte den ganzen Tag nichts essen, weil ich ständig an dich denken musste.“
„Ging mir genauso“, antwortet Ben und streicht mir eine Haarsträhne zurück.
Das Abendessen vergeht viel zu langsam. Ben und ich sitzen uns am Tisch gegenüber, sehen uns an, wollen uns berühren, können das nicht und sind trotzdem völlig eingenommen von der Gegenwart des anderen. Die Kinder spüren das, und sie wären keine gesunden Kinder, wenn sie das nicht ausnutzen und sich gegenseitig mit Essen bewerfen würden. Völlig überdreht sind sie dann nach dem Essen kaum ins Bett zu bekommen, sodass Ben und ich aufgeben und sie auf dem Teppich im Wohnzimmer spielen lassen bis sie dort auch einschlafen, während wir auf dem Sofa sitzen und verstohlen Händchen halten.
Vorsichtig hebt Ben zuerst Emma hoch und dann Emil und trägt beide Kinder ins Bett. In ihren Straßenklamotten, ohne Zähneputzen, ohne Geschichte.
Hauptsache sie schlafen und sind ruhig.
Ich erwarte ihn schon im Wohnzimmer und umschließe ihn mit meinen Armen, als er wieder kommt. Er nimmt mein Gesicht in seine Hände und küsst mich. So vorsichtig und sanft als wäre ich aus teurem Porzellan. Fast unbemerkt dirigiert er mich ins Schlafzimmer und schließt leise die Tür. Dann holt er ein Babyfon aus seiner hinteren Hosentasche und stellt es auf der Kommode ab.

„Sicherheitshalber“, flüstert er und schiebt mir bei den Worten mein Shirt nach oben. Auch ich lasse meine Hände unter sein T-Shirt gleiten und fühle seine verblüffend weiche und warme Haut. Und seine Muskeln, die sich unter der Haut spannen. Sein Mund gleitet an meinem Hals entlang und findet meine Brüste. Es strömen Gefühle auf mich ein, die ich schon lange nicht mehr gefühlt habe, wenn überhaupt jemals, und ich stöhne. Dann liegen wir auf seinem Bett, sind beide nackt, fühlen einander und spüren unseren Gefühlen nach, die ungehindert in unsere Körper fließen und dort ihren Ausdruck finden.

Danach liegen wir nebeneinander, lauschen dem Atem des anderen, und zumindest ich versuche zu begreifen, was ich gerade erlebt und gefühlt habe. Ich denke, Ben geht es nicht anders, denn er streicht mir wieder mein Haar hinters Ohr und schaut mich intensiv an, ganz so, als würde er sich jedes Detail von mir einprägen wollen.

„Wir haben unser ganzes Leben Zeit“, flüstere ich und berühre seine Wange. Auch wenn ich in dem Moment selbst nicht weiß, was ich eigentlich damit sagen will, bin ich sicher, dass Ben mich versteht.

„Ich weiß“, antwortet er, und in dem Augenblick ist irgendwie alles klar, und der Weg vor mir ist offen und ohne Hindernisse. Und dabei soll es auch bleiben, deshalb widerstehe ich jedem Blick aufs Handy und ignoriere auch die leisen Jammerlaute aus dem Babyfon.

„Emma träumt“, sagt Ben. „Dann jammert sie immer ein bisschen vor sich hin.“

Ich kuschele mich tiefer in seine Arme. „Ich bin glücklich, Ben. Ich möchte nur, dass du das weißt.“

„Ich auch", murmelt er in mein Haar und die Klarheit des Augenblicks bleibt und begleitet mich bis in meinen Schlaf, der anders als bei Emma tief und traumlos ist.
Am nächsten Morgen wache ich vor Ben auf und habe somit die Gelegenheit, ihn beim Schlafen zu beobachten. Mein Herz ist so übervoll mit liebevollen Gefühlen, dass es für mich ein enormer Kraftakt ist, Ben nicht zu wecken, um seine Nähe noch besser zu spüren. Doch ich bleibe standhaft und stehe schließlich sogar auf. Es ist Freitag. Ein Tag noch, dann haben Ben und ich das ganze Wochenende für uns. Abgesehen von den Kindern natürlich, die ja auch dazu gehören. Also bleiben uns hoffentlich wenigstens die Nächte.
Ben wird wach, als ich schon angezogen im Zimmer stehe und mir gerade überlege, dass es sinnvoll wäre, mir jetzt endlich mal was anderes anzuziehen.
„Du gehst?", fragt er.
Ich gehe vor ihm auf die Knie und küsse sanft seine Stirn. „Ich muss mich dringend duschen, mich umziehen und dann arbeiten. Soll ich die Kinder vorher in den Kindergarten bringen?"
Ben winkt ab. „Lass sie schlafen. Ich bin heute im Homeoffice und kann sie später hinbringen. Beeil du dich einfach, dann bist du heute Abend früher wieder da."
Wir grinsen uns selig an, und ich frage mich dann doch, warum verliebten Menschen eigentlich immer das Hirn amputiert wird, nur damit sie die Welt für eine Weile rosarot sehen.
Diesmal treffe ich Sanne an der Kaffeemaschine und kann mich des Gedankens nicht erwehren, dass sie auf mich gewartet hat. „Und?", fragt sie auch schon und

bestätigt damit meinen Verdacht. „Hast du Sex gehabt? Du siehst nämlich nicht nur glücklich, sondern auch zutiefst befriedigt aus."
„Frage beantwortet, oder?", antworte ich und hülle mich ansonsten in geheimnisvolles Schweigen.
„Aha", macht Sanne. „Also diese Nummer: Es ist so wertvoll und einzigartig, dass man lieber schweigt, als es vor anderen breitzutreten." Sie hält kurz inne. „Gutes Zeichen." Mit diesen Worten macht sie sich wieder auf den Weg in ihr eigenes Büro und lässt mich verwirrt zurück.
Der Tag vergeht so unendlich langsam, dass ich das Bedürfnis habe, alle Uhren um mehrere Stunden vorzudrehen. Ich möchte einfach nur so schnell wie möglich wieder bei Ben sein. Erst kurz vor Feierabend fällt es mir endlich mal ein, meine eingegangenen Nachrichten auf dem Handy anzuschauen. Ich habe 25 ungelesene Nachrichten von Jens. Mich durchzuckt kurzes Entsetzen, und dann öffne ich mit einem beklommenen Gefühl die erste Nachricht. Dann die nächste und die nächste. Und sie alle sind im gleichen Ton: Ich sei eine blöde Schlampe, die es nicht verdient habe in der Wohnung zu bleiben. Eine egozentrische Ziege, die nicht in der Lage sei, ein Kind zu erziehen und überhaupt eine Person, die sich verschämt in ein Loch verziehen sollte, um über ihre Schlechtigkeit nachzudenken.
Darauf bin ich nicht gefasst. Natürlich habe ich damit gerechnet, dass Jens böse auf mich ist, aber dass seine Wut auf mich ein solches Ausmaß annimmt, das hätte ich nie gedacht. Es ist eine Tirade des Hasses.

Meine Glücksgefühle ebben so schnell ab, wie sie gekommen sind. Wird es immer so sein? Dass Jens diese Macht über mich hat? Ich habe richtig gehandelt, ich habe nach meinen Gefühlen gehandelt und er hat kein Recht, das infrage zu stellen.
Als ich nach Hause komme, sind die Kinder schon da. Ben hat sie auch abgeholt und sie spielen zusammen bei ihm im Wohnzimmer. Er sieht sofort, dass mit mir etwas nicht stimmt.
„Was ist passiert?“, fragt er und dirigiert mich in die Küche, damit ich in Ruhe erzählen kann und die Kinder mich nicht hören. Ich zeige ihm die Nachrichten von Jens. Ben liest sie alle durch und sagt dann, vollkommen gelassen und ohne jegliche Aufregung: „Lass ihn toben. Er ist wütend und wird sich schon wieder beruhigen. Er hat halt gedacht, du machst, was er will. Jetzt dämmert ihm, dass du deinen eigenen Willen hast und dass dieser nicht unbedingt mit seinen Wünschen übereinstimmt.“
Ich nicke. „Das stimmt. Und Jens ist zwar ein Egoist, aber kein wirklich schlechter Mensch. Ich habe nur Angst, dass er versucht, mir Emil wegzunehmen.“
„Er weiß, dass du davor Angst hast. Deshalb stellt er es in den Raum. Aber wirklich ernsthaft wird er die Idee nicht verfolgen. Er wird die Verantwortung nicht wollen.“
Ich denke nach, dann nicke ich. „Du hast recht. Außerdem würde kein Gericht dieser Welt Emil Jens zusprechen. Ein bisschen Vertrauen habe ich in unsere Justiz dann doch.“
Ben und ich lächeln uns an. „Wir schaffen das schon“, muntert Ben mich auf und stellt sich damit auch

unmissverständlich auf meine Seite und sieht sich als zu meinem Leben gehörig.
Habe ich schon Mal erwähnt, dass ich ihn anbete? Ach ja, bestimmt ein Dutzend Mal. Doch ich kann es immer wieder sagen, so wahr ist es.
Diesmal muss ich Emil in sein eigenes Bett bringen. Das sagt mir die Vernunft. Er muss Zähne putzen, sich waschen und einen Schlafanzug tragen. Trotzdem zögere ich meinen Aufbruch lange raus. Als ich schließlich mit Emil in meine Wohnung gehe, steht Ben kurz darauf mit einem Babyfon bewaffnet vor meiner Tür und wir verbringen dann den Abend gemeinsam auf meinem Sofa.
Doch die Nacht schläft dann jeder in seinem Bett. So will es zwar nicht das Herz, aber die Vernunft. Schließlich trägt jeder von uns Verantwortung für ein kleines Kind.
„Wir haben so viel Zeit“, sagt Ben beim Abschied, doch ich spüre seine Angst. Das gleiche hat er letzten Endes bei Nina auch gedacht.
„Wir sehen uns morgen wieder“, versichere ich ihm und versuche ihm seine Unruhe zu nehmen. Was mir nicht gelingt und so verbringen wir die halbe Nacht damit, uns Nachrichten zu schreiben, die uns wieder glücklich und zuversichtlich machen.
Doch wir sehen uns am nächsten Morgen wieder, denn ich stehe schon um sieben bei ihm vor der Tür und zittere vor Sehnsucht. Er öffnet mir verschlafen, sieht mich zittern, zieht mich an sich und die Welt ist wieder gut.
„Wo ist Emil?“, fragt er.
„Schläft noch. Ich lasse ihn schlafen. Es ist Samstag.“ Dann wedele ich mit dem Babyfon und Ben zieht mich

daraufhin sofort in die Wohnung und in sein Bett. Doch der Tag, der so gut beginnt, findet zu schnell ein jähes Ende, denn Emma stört uns mit lautem Geschrei. Und Ben fühlt sich bemüßigt aufzustehen und ihr Frühstück zu machen. Ich gehe in meine Wohnung, wecke Emil, nehme ihn mit zu Ben, und Emma hört auf zu schreien. Ben und ich sitzen trotzdem brav zusammen am Tisch. Vor lauter Frust müssen wir lachen. Und ich bekomme eine Ahnung, dass es nicht einfach wird, unsere Bedürfnisse mit denen der Kinder unter einen Hut zu bringen.
Es dauert nicht lange, da fangen die Kinder an zu quengeln, weil ihnen langweilig ist, und Ben und ich beschließen in den Park zu gehen. Da die Spielplätze immer noch abgesperrt sind, nehmen wir die Laufräder mit. Während die Kinder sich fröhlich auf ihren Laufrädern austoben und mit ihren kurzen Beinen um die Wette lauffahren, unterhalten Ben und ich uns. Dabei gehen wir nebeneinander ohne uns zu berühren, was mir unendlich schwerfällt. Ihm geht es ebenso, jedenfalls glaube ich das zu spüren.
Ben erzählt von seiner Beziehung zu Nina. Zuerst stockend, doch als er merkt, dass ich ihm aufmerksam zuhöre und keine unangebrachten Eifersuchts-bemerkungen kommen, wird seine Ausdrucksweise flüssiger. Und ich erfahre, dass sie sich ewig kannten bevor sie beschlossen zu heiraten und Emma zu be-kommen. Davor gab es für Ben auch andere Frauen, ein paar unerwiderte Gefühle und unglückliche Liebes-geschichten. Aber letzten Endes wussten Nina und er, dass sie zusammengehören, auch wenn sie noch so jung waren.

Ich bin von der Geschichte berührt. Sie klingt wie eine wunderbare Liebesgeschichte, nicht zuletzt auch aufgrund Bens warmer Stimme, die immer je nach Emotionslage mal lauter und mal leiser wird, sodass es jedem Zuhörer leicht gemacht wird, sich in die Geschichte einzufinden und sie nachzufühlen. In Bens Wohnung habe ich Fotos von Nina gesehen und festgestellt, dass sie vollkommen anders aussieht und ein komplett anderer Frauentyp als ich ist, und ich frage mich, ob das ein gutes oder ein schlechtes Zeichen ist.
„Sie war sehr schön", sage ich und hoffe, dass es jetzt nicht so klingt, als würde ich erwarten, dass er mir versichert, dass ich auch sehr schön bin. Was ich sowieso nicht bin, dessen bin ich mir durchaus bewusst, auch wenn ich mich nicht unbedingt zu den hässlichen Geschlechtsgenossinnen zählen würde. Ich sehe passabel aus, manchmal sogar richtig hübsch, besonders wenn ich gut geschlafen habe, und ich habe schöne Augen. Nina hingegen war unleugbar eine Schönheit, und auch Ben gehört zu den besser aussehenden Männern. Eigentlich wäre das die optimale Ausgangsposition, um mich unzulänglich zu fühlen. Komischerweise tue ich das nicht. Ich fühle mich von Ben vollkommen angenommen und geliebt, einfach dafür, dass ich ich bin. Es ist ein unbeschreibliches Gefühl.
„Ja, das stimmt. Das war sie." Ben fügt kein Kompliment an mich hinzu und auch, wenn ich nicht darauf spekuliert habe, bin ich enttäuscht. „Aber das war nicht der Grund, warum ich sie geliebt habe." Jetzt sieht er mich direkt an. „Ich habe sie geliebt, weil sie aufrichtig und loyal war. Weil sie immer einen Grund zum Lachen

fand. Und weil sie allem etwas Positives abgewinnen konnte. Es war angenehm, mit ihr zusammen zu sein, weil es völlig frei von jeglichen Erwartungen an mich war, irgendwie sein zu müssen, wie sie mich gerne haben wollte."

Ich weiß nicht, was ich sagen soll, deshalb sage ich lieber gar nichts.

„Versteh mich nicht falsch", fährt er fort. „Ich möchte euch nicht vergleichen. Nichts liegt mir ferner, aber du bist wie sie. Das ist mir sofort aufgefallen. Und ich konnte mein Glück kaum fassen, dass ich noch mal einem Menschen begegnen sollte, in dessen Gegenwart ich mich so wohlfühle." Ben greift nach meiner Hand und zwingt mich auf seine unnachahmliche Ben-Art, ihm in die Augen zu schauen. „Mir ist wichtig, dass du das weißt." Er lächelt mich an und ich nehme völlig zusammenhanglos seine Bartstoppeln wahr, die mal wieder von einer mehrtägigen Rasierer-Abstinenz zeugen. Es steht ihm so gut, dass mir kurz der Atem stockt. Dennoch ist auch mir bewusst, dass die Anziehung, die Ben auf mich ausübt nichts mit seinem Äußeren zu tun hat, sondern mit dem, was ich sehe, wenn ich ihm in die Augen schaue. Und damit, wer ich bin, wenn ich bei ihm bin. Ich fühle mich wohler mit mir selber, wenn er in der Nähe ist und das ist vielleicht der wichtigste Grund jemanden zu lieben.

„Wie war das bei dir und Jens?"

„Nicht halb so romantisch", antworte ich mit einem schiefen Grinsen. „Ich hatte vor ihm kein besonders gutes Händchen für Männer. Und mit ihm auch nicht, wenn ich mir das gerade so überlege", gebe ich noch mit einem Halblachen zu und versuche, die Beziehung mit Jens ein wenig mit Humor zu sehen. „Jedenfalls gab es da eine ganze Reihe von unverbindlichen Begegnungen mit Männern. Dann kam Jens, und er war verbindlich. Viel mehr musste er zu dem Zeitpunkt gar nicht sein, um mich umzuhauen."

Ben schaut mich an und streicht mir mal wieder das Haar hinter das Ohr, um mir zu zeigen, dass er bei mir ist und mit mir fühlt. Ein kurzer Blick in die Zukunft sagt mir, dass mir diese Geste noch sehr vertraut werden wird. Und das macht mich für einen Moment so glücklich, dass ich platzen könnte.

„Du hast mehr verdient als Verbindlichkeit", sagt Ben ernsthaft und ich schlinge meine Arme um ihn, um ihn noch besser zu spüren.

„Ich möchte mittlerweile auch mehr als Verbindlichkeit."

„Was möchtest du denn?", fragt Ben und rückt kurz von mir ab, um mir besser in die Augen zu sehen.

Dich, denke ich. Aber der Grund, warum ich Ben will, ist ja ein ganz anderer.

„Angenommen und geliebt werden", antworte ich deshalb, denn das ist genau das Gefühl, das ich habe, wenn ich mit Ben zusammen bin. Ich fühle mich geliebt. Und das fühlt sich so großartig an, dass ich fast augenblicklich zu einem besseren Menschen werde.

„Das ist perfekt", antwortet Ben. „Denn das bekommst du von mir." Und dann küsst er mich, ungeachtet der Tatsache, dass die Kinder uns sehen können. Plötzlich kichert es neben uns, und ich höre ungeschickte Schmatzer, als Emil versucht, auch Emma zu küssen, die sich aber heldenhaft wehrt und sagt: „Igitt, Emil. Mach doch sowas nicht."

Ben und ich fahren auseinander. Doch wir sehen nur in zwei lachende Kindergesichter, die anscheinend mit der Entwicklung hochzufrieden sind. Soweit Dreijährige das überhaupt überblicken und beurteilen können.
Hand in Hand machen wir uns auf den Rückweg. Zwei müde, aber zufriedene Kleinkinder im Schlepptau. Doch leider ist der Friede nur schöner Schein, denn als wir unseren Hausflur betreten, finden wir Jens vor meiner Wohnung sitzend vor, der anscheinend nur auf mich gewartet hat. Ich bin auf Jens' Wuttirade überhaupt nicht vorbereitet, sodass ich ein paar Schritte zurücktrete als sie beginnt. Dabei wollte ich ihn zuerst einfach nur freundlich fragen, ob ich etwas vergessen hätte einzupacken, doch als Jens loslegt, merke ich schnell, dass das Problem ganz woanders liegt. Und auch wenn ich seinen Ausführungen gar nicht richtig folgen kann, ist mir klar, dass Jens mich für eine egoistische Kuh hält, weil ich ihm zumute bei seiner noch viel egoistischeren Mutter zu wohnen, die tatsächlich von ihm erwartet, sein benutztes Geschirr in die Spülmaschine zu stellen.
„Und was macht überhaupt der da?“, fragt er aggressiv und deutet auf Ben. Jens schäumt vor Wut. „Dein, ach so, hilfsbereiter Nachbar? Das Weichei, der sein Kind selbst in den Kindergarten bringt. Stehst du jetzt auf so was?“
Ben bleibt bei dieser Beleidigung so gelassen, wie jemand nur sein kann, der weiß, dass er moralisch überlegen ist und außerdem die Prinzessin bekommen hat.
Und das bin dann wohl ich.
Jens schäumt noch mehr.

„Ich fliege zurück", verkündet er. „Wenn du mich nicht hierhaben willst, kann ich auch wieder gehen. Schließlich wollte ich dir mit meiner Rückkehr einen Gefallen tun."
Ich erspare es mir, ihn darauf hinzuweisen, dass er nicht nach Australien zurückkann, da das Land aufgrund seiner Coronabestimmungen niemanden mehr reinlässt. So blöd das für Jens auch ist, aber er muss sich entweder in Deutschland eine Arbeit suchen, damit er eine eigene Bleibe bezahlen kann oder sich überwinden bei seiner Mutter die Spülmaschine einzuräumen. Tja, schwierige Situation für ihn. Aber vielleicht hilft ihm das ja beim Erwachsenwerden. Ich wünsche ihm jedenfalls alles Gute. Und das sage ich ihm auch. Zusammen mit einer ziemlich unmissverständlichen Geste, das Haus zu verlassen.
Zu meinem grenzenlosen Erstaunen verlässt er ohne weiteres Aufheben seine Warteposition vor meiner Haustür und macht sich auf den Weg, die Treppe hinunter zu gehen.
„Ich möchte trotzdem für Emil da sein", sagt er noch, schon im Gehen begriffen.
„Gern", antworte ich. „Melde dich einfach. Meine Nummer hast du ja."
Und dann geht Jens die Treppe runter und gibt mir meine Freiheit wieder, indem er aus meinem Leben verschwindet. Nun, zumindest fast, da er ja angekündigt hat, Emil sehen zu wollen. Was gut ist – auch für Emil.
„Es kann gut werden", sagt Ben und schaut auch dem verschwindendem Jens hinterher. „Ich glaube, wir haben eine echte Chance."

„Ja“, sage ich und schaue ihn offen an. „Das glaube ich auch.“ Und dann lächle ich.

Epilog

Natürlich wurde nicht alles gut. Aber das war ja klar. Schließlich geht es hier um das reale Leben. Und jedes Leben ist geprägt von schönen, aber eben auch von weniger schönen Momenten. Doch mitten im Lebenswahnsinn mit all seinen Herausforderungen gibt es diese kleine Oase, die aus Ben, mir und den Kindern besteht und die jeden Tag wunderbar und lebenswert macht.

Ben und ich hatten trotz unserer starken Gefühle füreinander einen eher holprigen Start in unseren Beziehungsalltag. Nachdem Jens sich die ersten Wochen komplett zurückgezogen hatte, raffte er sich schließlich doch auf und versuchte sein Leben in den Griff zu bekommen, auch wenn es nach und nach endgültig bei ihm ankam, dass ich kein Interesse mehr an ihm hatte, egal wie sehr er sich bemühte und Änderung versprach. Doch ich muss anerkennen, dass er sich tatsächlich Mühe gibt, Emil ein guter Vater zu sein. Zumindest einmal im Monat für ein paar Stunden, aber mehr ist von ihm wohl nicht zu erwarten. Mittlerweile soll er eine neue Freundin haben und bei ihr auch eingezogen sein. Ich bin nicht sicher, ob ich mich für ihn freuen oder eher Mitleid mit ihr haben soll.

Dann war da noch Emmas Widerstand, mich quasi als Mutter zu bekommen, mit dem wir nicht gerechnet hatten, zumal sie an Nina ja gar keine Erinnerung hat und am Anfang auch ganz begeistert von der Wendung war. Ben meinte, sie habe wohl einfach Angst, die Sicherheit des Vater-Tochter-Konstrukts zu verlassen. Mit der Logik einer mittlerweile Vierjährigen akzeptierte sie Emil als ihren Bruder allerdings anstandslos.

Also waren wir gezwungen, es Emma zuliebe langsamer angehen zu lassen, als uns lieb war. Manchmal war unsere Sehnsucht, beieinander zu sein, so groß, dass wir die ganze Nacht damit zubrachten, uns Nachrichten zu schreiben. Nachdem Ben feststellte, dass das lächerlich wäre, da wir ja eigentlich nur durch einen Hausflur getrennt wären, verbrachten wir viele und lange Nächte gemeinsam im Treppenhaus. Beide das Babyfon neben sich.

Zum Glück arrangierte sich Emma irgendwann mit der Situation und war einverstanden, dass Ben und sie entweder bei uns schliefen oder Emil und ich bei ihnen. Das entspannte uns alle und die Situation sichtlich. Der nächste Schritt wird eine gemeinsame Wohnung sein, aber das haben wir auf die Nach-Corona-Ära verschoben.

Ein Lockdown jagt nämlich den nächsten, und immer wieder zwingt Corona uns ins Homeoffice und die Kinder in die Isolation. Zum Glück gibt es Frau Marquart, die dann unermüdlich für uns kocht und die Kinder betreut und im Laufe der Zeit von einer hilfsbereiten Nachbarin zu einem Familienmitglied geworden ist. Besonders die Kinder lieben ihre neue Oma, die sie weiterhin liebevoll Tante Marquart nennen.

Seit dem Schlosswechsel hat sich mein Verhältnis zu Lars weiter verbessert, und auch wenn der Rest der Familie mich teilweise immer noch herablassend behandelt, einschließlich seiner Frau Silke, die unsere neue Nähe als absurd empfindet, fühle ich mich Lars näher als jemals zuvor in meinem Leben. Wir investieren beide viel, damit es so bleibt und ignorieren den verschnupften Rest.

Ach, apropos verschnupft. Auch Tanja, die ehemalige Notargattin, reagierte mehr als verschnupft, als sie merkte, dass Ben und ich ein Paar sind. Sie unterstellte Ben, ihr falsche Hoffnungen gemacht zu haben und versuchte ihn als gnadenlosen Womanizer darzustellen, dem es nur um das Eine ging. Sie prophezeite uns eine kurze Zukunft.

Ob es an meinem neuen Selbstverständnis liegt, an meiner Souveränität, die Coronakrise zu meistern oder einfach an meiner Kompetenz, ist mir nicht ganz klar. Jedenfalls wurde mir innerhalb der Agentur ein anderer Job angeboten. Weg von der Sklaven-Assistenz für Meike schien mir zuerst wie eine wunderbare Wendung. Doch dann wurde mir klar, dass ich trotz Meikes Dominanz-Anfällen eigentlich ganz gern für sie arbeite und lehnte ab. Meine Loyalität hat uns zu einem noch besseren Team gemacht, und wir arbeiten immer öfter auf Augenhöhe.

Manchmal muss man einfach durchhalten, anstatt immer aus den Situationen zu flüchten. Es ist nur oft so schwierig zu erkennen, wann welche Option besser ist. Aber auch hier übe ich und lerne immer besser, Situationen und meine eigenen Gefühle zu erkennen und richte mein Handeln danach aus.

Sanne treffe ich immer noch jeden Morgen an der Kaffeemaschine, auch wenn es während Corona oft nur eine virtuelle ist. Der tägliche Austausch tut uns beiden gut.
Und dann ist da noch Katja, die Ben über alles liebt und sich unendlich für mich mitfreut. Da sie es mit ihrer vierten großen Liebe endlich in eine paarähnliche Beziehung geschafft hat, plant sie schon gemeinsame Urlaube, wobei sie aber die Kinder gedanklich geflissentlich weglässt. Mal sehen, ob das was wird. Ich freue mich auf jeden Fall sehr für sie.
Heute stehe ich am Fenster, schaue in den schönen Sonnentag hinaus, höre Emils Geschrei aus dem Wohnzimmer, weil er sich mal wieder über irgendetwas ärgert, was nicht so klappt, wie er es sich vorstellt und ich freue mich einfach nur auf den Abend mit Ben.
Es hat sich viel verändert in den letzten Monaten, aber die größte Veränderung ist meine eigene Sicht auf das Leben. Denn es geht nicht darum, ein vermeintlich perfektes Leben zu führen, sondern nur darum, dass man sich in seinem eigenen Leben wohlfühlt. Dass man sich selbst annimmt und mag, wie man ist, denn: Perfekt bin ich so wie ich bin! Perfekt bin ich heute! Und das ist vielleicht meine wichtigste Erkenntnis!

Ende

Danksagung

An dieser Stelle möchte ich mich bei allen bedanken, die mich bei der Entstehung dieses Buches unterstützt haben und ohne die dieses Buch so nie entstanden wäre. Diesmal bin ich beim Lektorieren einen anderen Weg gegangen und freue mich, dass ich so viele kompetente Helfer an meiner Seite hatte.

Ich danke meiner Cover-Designerin Désirée Lothmann, die auch das Cover für den dritten Band entworfen hat und das unverwechselbare Design beibehalten hat. Es ist super geworden!

Insbesondere danke ich meiner langjährigen Freundin Britta Myers dafür, dass sie meine Bücher immer als eine der Ersten liest und mir ein ehrliches Feedback gibt. Vielen Dank auch, dass ich mit dir über meine Schreiblust, meine Bücher und meine Autoren-Paranoia reden kann, ohne, dass du mir das Gefühl gibst, bescheuert zu sein.

Mein besonderer Dank gilt dem kanadischen Filmschauspieler Jason Cermak, der mich bei der Entwicklung der Figur des Ben inspiriert hat. Sein umwerfendes Lächeln hat Ben eindeutig von ihm geerbt! Zudem hat seine wunderbar authentische Art und positive Haltung dem Leben und anderen Menschen gegenüber es mir erst möglich gemacht, Ben seinen besonderen Charakter zu verleihen. Ich danke ihm zudem für seine Genehmigung dies in meiner Danksagung zu erwähnen. Ich weiß, dass das nicht selbstverständlich ist.

Außerdem möchte ich mich bei den Mitgliedern meiner Lesegruppe für die bereichernden Gespräche über Bücher und viele andere interessante Themen bedanken. Ich freue mich jedes Mal auf unsere Treffen. Vielen Dank Ira, dass ich deine Bemerkung, dass du schon dreimal die Liebe deines Lebens getroffen hast und jetzt auf deine vierte wartest, Katja in den Mund legen durfte.

Danken möchte ich außerdem meinen beiden Nichten für einen besonderen Abend in einem Irish Pub kurz vor Weihnachten. An diesem Abend habe ich nicht nur gelernt, dass man positive Erinnerungen trinken kann (ich hoffe, ihr seht es mir nach, dass ich Lara ein Glas kroatischen Rotwein trinken lasse und kein Irish Stout), sondern auch, dass meine Bücher ebenso von Männern gelesen werden, die sich dabei köstlich amüsieren (ihr wisst schon, wen ich meine). Also, liebe Männer, traut euch Frauenbücher zu lesen. Ihr könnt nur gewinnen!

Über die Autorin

Maren Sobottka ist gelernte Steuerfachgehilfin und hat jahrelang als Buchhalterin in verschiedenen Werbeagenturen gearbeitet. Sie lebt mit ihrer Familie in der Nähe Stuttgart.

„Perfekt bin ich heute“ ist ihre dritte Buchveröffentlichung und der dritte und letzte Band der Perfekt-Reihe. Die ersten beiden Bände „Perfekt werde ich morgen“ und „Perfekt war ich gestern“ sind 2020 und 2022 erschienen.

Perfekt werde ich morgen

Perfekt werde ich morgen, heute mache ich lieber was anderes.

Laura Hardenberg ist Art-Directorin in einer Werbeagentur mit viel zu vielen Arbeitsstunden zu jeder Tages- und Nachtzeit, viel zu wenig Geld und jeder Menge Druck. Klar, dass sie ihren Mann Jakob und ihre beiden Kinder kaum noch zu Gesicht bekommt.

Doch von einem Tag auf den anderen wird Laura arbeitslos und hat plötzlich mehr Zeit als ihr lieb ist. Zudem steht sie vor familiären Herausforderungen, die ihr mittlerweile völlig unbekannt sind.

Ein humorvoller Roman über den Zwiespalt einer berufstätigen Mutter, die Planlosigkeit des Lebens und die Überbewertung von Perfektion.

Perfekt war ich gestern

Du änderst nicht dein Leben, dein Leben ändert dich!

Olivia ist Steuerberaterin und liebt die Ordnung von Paragrafen. Sie hat ein tolles Haus mit Pool und ist mit Lukas schon viele Jahre glücklich liiert. Veränderung steht nicht in ihrem Lebensplan - alles ist perfekt wie es ist! Doch eine plötzliche Unlust auf Paragrafen stürzt sie in eine Lebenskrise und zwingt sie ihre Haltung zu überdenken. Doch der Weg zum unperfekten Leben ist steinig...

Wird Olivia es schaffen ihr Leben neu zu leben?

Ein unterhaltsamer Frauenroman über die Veränderungen im Leben und die Erkenntnis, dass nicht alles im Leben geplant werden kann.